ヒ
櫻
ヲ
し
螢

活版印刷三日月堂

庭のアルバム

ほしおさなえ

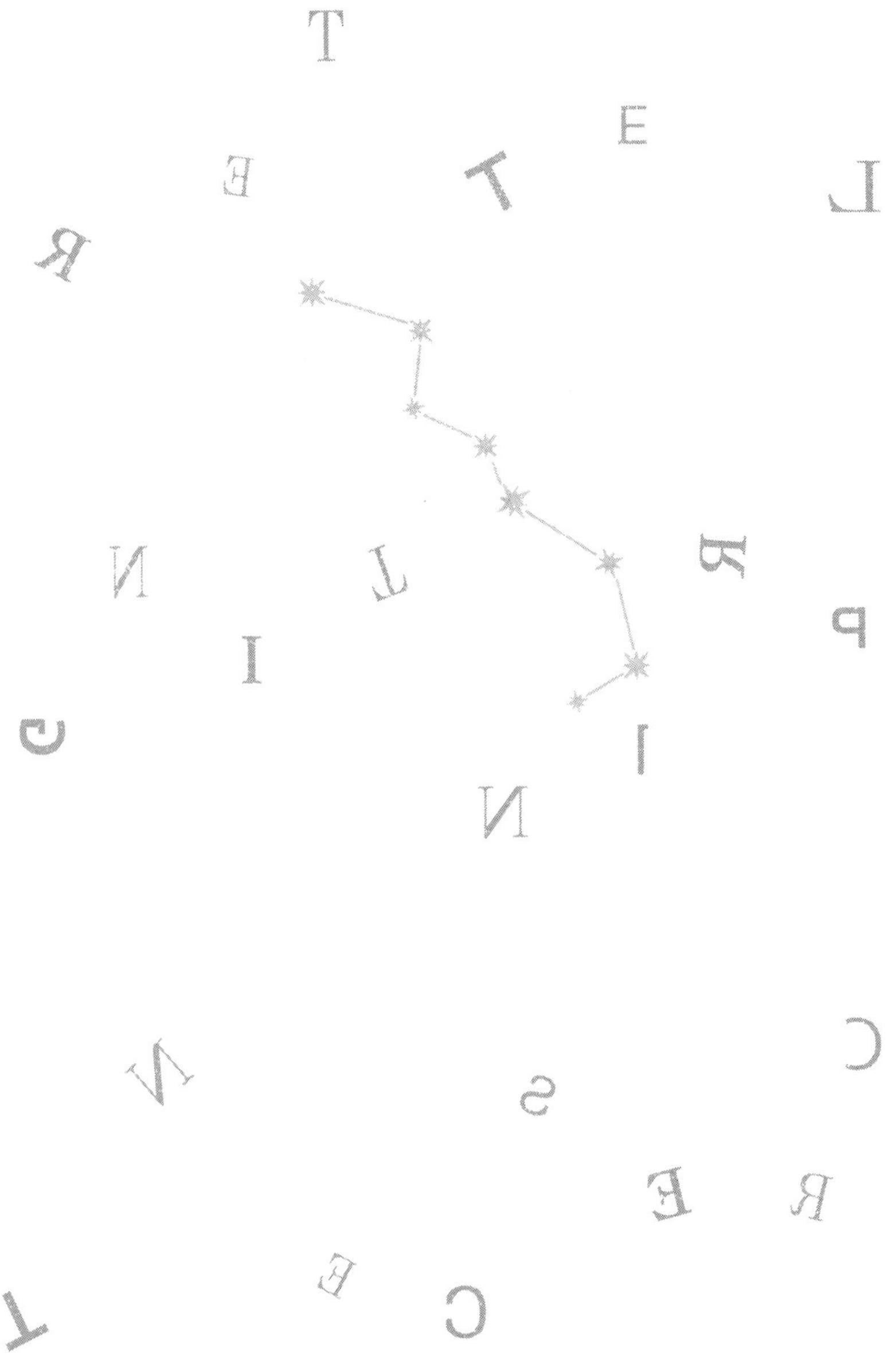

Contents

扉写真撮影　帆刈一哉
扉写真撮影協力　九ポ堂・つるぎ堂（緑青社）

チケットと昆布巻き

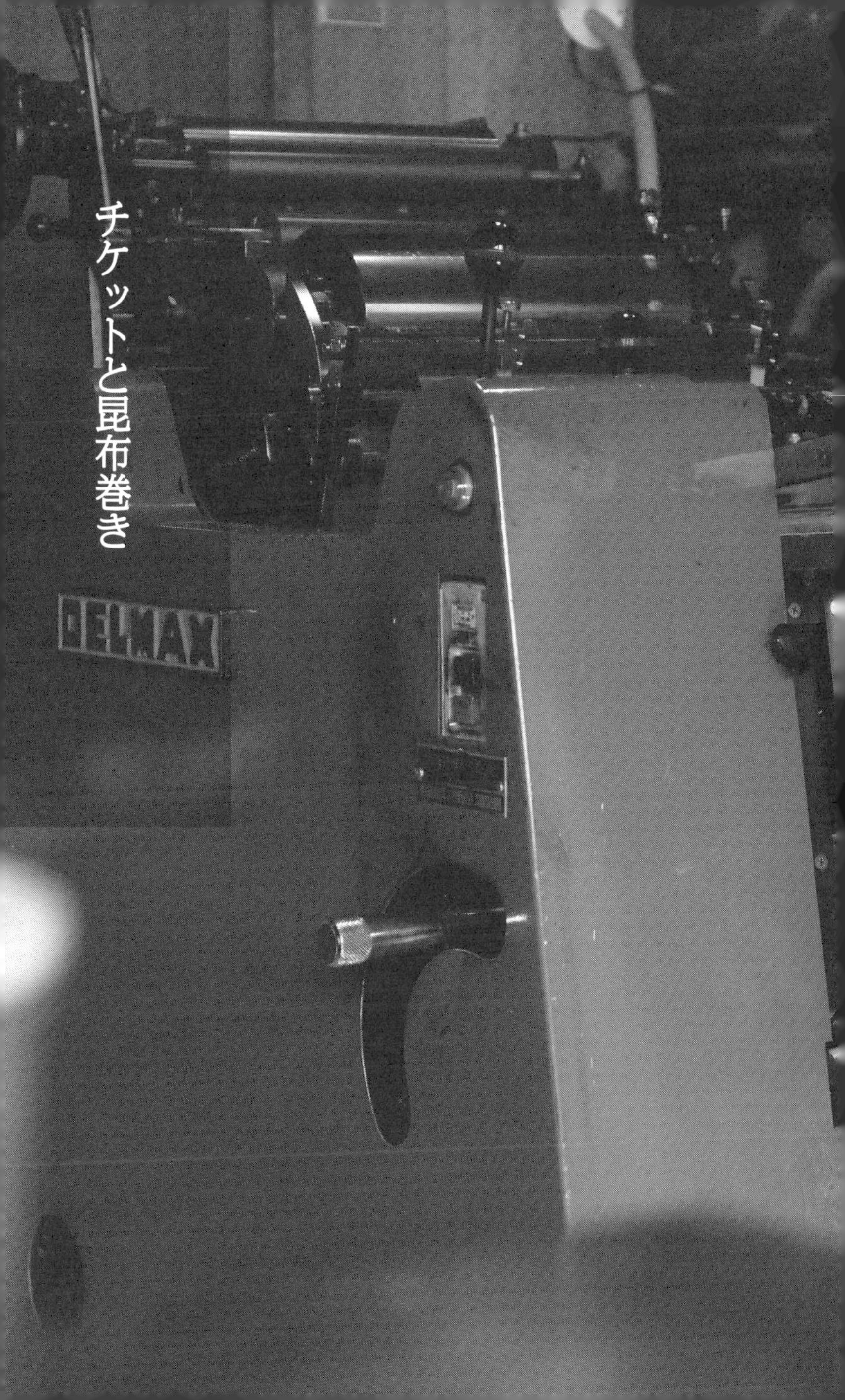

1

頭の上にその人の名前が浮《う》かんで見える。いつだったか、そんなマンガを読んだ。死神《しにがみ》と契約《けいやく》して特別の目をもらう、という設定《せってい》だったか。

いまの俺《おれ》もそれと似《に》てる。ただし死神《しにがみ》と契約《けいやく》したわけじゃない。見えているのも、名前ではなく、年収《ねんしゅう》。

今日《きょう》の披露宴《ひろうえん》の主役、新郎《しんろう》の清水《しみず》は大手出版社勤務《しゅっぱんしゃきんむ》。新婦《しんぷ》は会社の同僚《どうりょう》らしい。俺《おれ》と同じ円卓《えんたく》には大学時代のゼミの同期が集まっている。正面に座《すわ》っている磯村《いそむら》はテレビ局、となりの吉田《よしだ》は新聞社、三枝《さえぐさ》は大手総合《そうごう》商社。ほかの四人も経済誌《けいざいし》の「平均年収《へいきんねんしゅう》の高い上位一〇〇社」にはいっている会社ばかり。

卒業して四年。彼《かれ》らの勤《つと》める会社の二十代半ばの平均年収《へいきんねんしゅう》はしっかり頭に刻《きざ》まれている。彼《かれ》らのなかにも差はあるが、俺《おれ》の年収《ねんしゅう》と比《くら》べ物にならない、ってことだけははっきりしていた。

みんなあきらかに俺《おれ》よりいいスーツを着ている。就活《しゅうかつ》までスーツなんて着たことがなかった。スーツの値段《ねだん》なんて知らなかったし、関心もなかった。だがいまは、

チケットと昆布巻き

量販店《りょうはんてん》で買ったくたびれたスーツを着ている自分がはずかしくてたまらない。

俺《おれ》は出版社志望《しゅっぱんしゃしぼう》だった。雑誌《ざっし》を作りたかった。だが、大手はみんな落ちた。編集《へんしゅう》職《しょく》にこだわったのがよくなかったのかもしれない。内定をもらった連中から、職種《しょくしゅ》を変えた方がいいんじゃないか、とも言われた。だが、出版《しゅっぱん》にこだわった。

かろうじて小さな情報誌《じょうほうし》の出版社《しゅっぱんしゃ》に引っかかり、「月刊《げっかん》めぐりん」という旅行情報誌《じょうほうし》の編集部《へんしゅうぶ》に配属《はいぞく》された。旅行雑誌《ざっし》なんて、と最初は気乗りしなかったが、やってみるとなかなか面白《おもしろ》い。

編集長《へんしゅうちょう》は経験豊富《けいけんほうふ》で辣腕《らつわん》だったし、「めぐりん」は普通《ふつう》の旅行雑誌《ざっし》と違《ちが》って広告《こうこく》が少なく、そこに住む人、働く人をしっかり取材するのが主旨《しゅし》だった。編集《へんしゅう》が記事を書くのでやりがいもあった。

それでもときどき、このままでいいのか、と思う。だが、月刊誌《げっかんし》のスケジュールはきつく、ひとつの山が終わるとまた次の山が押《お》し寄《よ》せてくる。自分のことを深く考えている時間はなく、流されるように日々《ひび》が過《す》ぎていった。

たまの休みはただただ眠《ねむ》る。わけのわからない時間に目が覚めて、自分はなんのために生きているんだろう、と思う。読み捨《す》てられてしまう雑誌《ざっし》。だれの記憶《きおく》にも残らないかもしれない。そんなものを作るためになぜ毎晩徹夜《まいばんてつや》しているのか。

「竹野《たけの》、二次会どうする？」

となりの樋口《ひぐち》の声ではっとした。披露宴《ひろうえん》の食事も、あとはデザートだけ。二次会があることは清水から聞いていた。

大学時代、このなかで清水といちばん親しかったのは俺《おれ》だった。だが卒業後は間《ま》遠《どお》になった。仕事が忙《いそが》しかったのもあるし、大手出版社《しゅっぱんしゃ》に就職《しゅうしょく》した清水に引け目を感じていたのもある。清水はそういうことに無頓着《むとんちゃく》なのか、二次会には必ず来てくれ、新婦《しんぷ》を紹介《しょうかい》したいし、引き出物のお礼もしたいから、と言っていた。

引き出物というのは、昆布巻《こぶま》きのことだ。俺《おれ》の実家は地方のかまぼこ屋で、昆布《こぶ》巻《ま》きも作っている。大学時代、清水がうちを訪《たず》ねて来たときに昆布巻《こぶま》きを食べてえらく気に入って、清水の家から毎年正月に注文が入るようになった。

今回の結婚式《けっこんしき》でも、引き出物はいまはオーダーカタログがふつうなのに、新婦《しんぷ》の知人の漆《うるし》作家の小皿セットと、うちの昆布巻《こぶま》きを入れたい、と言ってきた。

有名でもなんでもない店なのにいいのかな、と思ったが、清水は、親や新婦《しんぷ》と相談して決めたことだ、と言う。実家に頼《たの》むと、お得意《とくい》さんだから引き出物用の特製《とくせい》の昆布巻《こぶま》きを作るよ、と言っていた。

「新婦《しんぶ》側の女の子たちも来るし、もちろん俺《おれ》は出るよ」

樋口《ひぐち》は当然、という顔で言った。

「樋口《ひぐち》は彼女《かのじょ》、いるじゃないか。まだ続いてるんだろ？」

反対側のとなりの三枝《さえぐさ》が訊《き》く。

「まあね」

樋口《ひぐち》は言葉を濁《にご》した。そういえば、大学時代、同じサークルの子と付き合っていると言っていた。俺《おれ》は会ったことがないが、いい家のお嬢《じょう》さんで家庭的な感じ、という噂《うわさ》は聞いたことがあった。その子のことだろうか。

「じゃあ、これ以上出会いはいらないんじゃないの」

三枝《さえぐさ》が茶化《ちゃか》した。

「それとこれとは別。それにさあ……。まあ、いろいろあるんだよ」

樋口《ひぐち》の言葉にまわりから冷やかしがとんだ。そういえば樋口《ひぐち》は、むかしから男女関係でいろいろあった男だった。

二次会、どうするか。行ったって、清水が紹介《しょうかい》したいというその新婦《しんぷ》も、たぶん俺《おれ》よりずっと収入《しゅうにゅう》がいいのだ。清水とだってなにを話したらいいかわからない。

しかも、明日《あした》は早朝から仕事。今日《きょう》もここに来る直前まで会社にいて、友人の結《けっ》婚式《こんしき》という理由で抜《ぬ》けて来た。仕事はまだ終わっていない。明日《あした》の取材の前に残した分を片付《かたづ》けなければならない。帰ろう。でも、明日《あした》仕事があるから、とは言いたくない。仕事ってなんだよ。ここにいる連中からしたら小さな話だ。

少しだけ出よう。清水や新婦《しんぷ》と話すのも気が重かったが、二次会会場ならそこまで長々《ながなが》と話す必要はない。俺《おれ》の近況《きんきょう》をあれこれ訊《き》かれることもないだろう。

「で、お前、二次会どうすんだ？」

樋口《ひぐち》にもう一度訊《き》かれ、出るよ、と答えた。


二次会がはじまるとすぐ、清水と新婦《しんぷ》がやって来た。

「引き出物を決めるとき、明生《あきお》さんから昆布巻《こぶま》きをいただいて、昆布巻《こぶま》きってこんなおいしいものだったの、ってすごく驚《おどろ》きました。わたしも引き出物は絶対《ぜったい》これ、って思って。知人の漆《うるし》作家の小皿がとても合いそうだったので、そちらとセットにしたんです」

新婦《しんぷ》の梨沙子《りさこ》さんにきらきらした目で言われた。昆布巻《こぶま》きを作ったのは俺《おれ》じゃないですから、と苦笑いしながら返すと、そうですね、と微笑《ほほえ》んだ。気取ったところのない、いい感じの人だな、と思った。

清水は前と変わらなかった。聞けば、清水の労働環境《かんきょう》も俺《おれ》とさほど変わらないようだ。上司に大量の仕事を押《お》し付けられて辟易《へきえき》している、とも言っていた。

清水は、俺《おれ》も変わっていない、と言った。うなずいたけど、内心ちがうと思っていた。大学時代、俺《おれ》たちは平等だった。いまはそうじゃない。この頭上に漂《ただよ》っている数字。数字が大きいから、清水はほかの人の数字を見なくていいだけだ。

ほかの客に呼《よ》ばれて新郎新婦《しんろうしんぷ》が去ったあとは、所在《しょざい》なく隅《すみ》っこの方で酒を飲んでいた。樋口《ひぐち》がやって来て、俺《おれ》にやたらと女の子を勧《すす》めた。かなり飲んでいるらしく、おすすめの子を指差して、まずは声をかけてみろ、と言う。

「いや、いいよ」

やんわりと断《ことわ》る。

「つまらないやつだなあ」

樋口《ひぐち》は、ははは、と笑って、去っていった。ほっとすると同時に、むしゃくしゃした。つまらないやつ。大学時代も樋口《ひぐち》に何度もそう言われた。

卒業旅行の行き先を決めていたときもそうだった。樋口《ひぐち》は海外のビーチリゾートに行きたがった。学生最後だから羽目を外したい、と言って。俺《おれ》は九州か東北に行きたかった。だが、国内旅行なんて言い出せなかった。

——竹野はどこ行きたいんだ?

――いや……。とくに希望はないよ。

――つまらないやつだなあ。

樋口《ひぐち》は笑った。結局行き先は南の島に決まって、金を出せない俺《おれ》は、会社の研修《けんしゅう》と重なった、と嘘《うそ》をついて辞退《じたい》したのだ。

だれにもあいさつせず、途中《とちゅう》で二次会会場を出た。

なんだかみじめだった。実のところ、ほかのやつらは俺《おれ》の年収《ねんしゅう》のことなんか気にしてないのかもしれない。俺《おれ》が自意識過剰《じいしきかじょう》なだけ。大学時代は同じ教室で同じように授業《じゅぎょう》を受けた。みんな平等で、死ぬまでそうだと信じていた。

だがそんなのは……学生のあいだのまぼろし。ほんとうはあのころだって、親の年収《ねんしゅう》でいろんなことがちがってたんだろう。たしか磯村《いそむら》も吉田《よしだ》も親がマスコミ人。ほかもみんな親は一流企業《きぎょう》に勤《つと》めていた。

そういうのから外れていたのは、清水と俺《おれ》くらいだ。清水の父親は地方公務員《ちほうこうむいん》だが、もとは小さな造《つく》り酒屋の次男坊《じなんぼう》だ。店は伯父《おじ》が継《つ》いだが、家族経営《けいえい》だから、繁《はん》忙期《ぼうき》には清水の母親が手伝いに行くこともあるらしい。ふたりとも自営《じえい》の家出身。

だからあいつとは気が合ったのか。

有名出版社《しゅっぱんしゃ》に行きたかった。だけど、それはなんのためだったんだ？　雑誌《ざっし》を作りたいから？　面接《めんせつ》でもそう話した。だけど、ほんとうはただ、だれでも名前を知ってる会社にはいりたかっただけなんじゃないか。有名人に会ったり、華《はな》やかな場所に身を置けたりすると思ってただけなんじゃないか。

家に帰るのはやめ、そのまま会社に戻《もど》った。残っていた仕事を片《かた》づけ、夜明け前にタクシーで家に帰る。これで早朝出社はなくなった。十時までに行けばいい。四時間は家のベッドで眠《ねむ》れる。

目覚ましをかけて横たわったとたん、意識《いしき》が薄《うす》れた。

2

目覚ましの音で目を覚まし、朦朧《もうろう》としたまま着替《きが》える。昨日《きのう》の黒いスーツが床《ゆか》に落ちていたが、ハンガーにかける時間はない。これは帰ってからにしよう。

コンビニで朝食を買って出社した。今日《きょう》の午前中は会議、午後から川越《かわごえ》にある「シアター川越《かわごえ》」の取材に出かけることになっていた。

俺《おれ》の担当《たんとう》する「月刊《げっかん》めぐりん」は、一号につき一か所、首都圏《しゅとけん》の街を取り上げて紹介《しょうかい》する雑誌《ざっし》だ。ただし、銀座《ぎんざ》や新宿《しんじゅく》や渋谷《しぶや》のような街は取り上げない。そこに生活している人がいる街、というのが条件《じょうけん》だった。

いまは次々号《じじごう》、川越《かわごえ》特集の取材を行っている。編集長《へんしゅうちょう》の佐々田《ささだ》さんが川越在住《かわごえざいじゅう》ということもあって、この号はいつになく気合がはいっていた。

――いや、自分も川越《かわごえ》に越《こ》して来たのは五年くらい前で、生まれ育ったわけじゃないんだけどね。見どころがたくさんあって、いまだに飽《あ》きない。

佐々田《ささだ》さんは川越《かわごえ》のことになると実に楽しそうに語る。自分の生まれ育った土地に愛着がない俺《おれ》は、佐々田《ささだ》さんの川越愛《かわごえあい》がいまひとつ理解《りかい》できずにいた。

だが、取材のために初めて川越《かわごえ》を訪《おとず》れたときは正直驚《おどろ》いた。駅前はふつうの町。東京《とうきょう》から近いけれど小さな地方都市といったところ。だが、中心街まで歩いて行くと「小江戸《こえど》」と言われるのがよくわかった。

蔵造《くらづく》り、明治大正期《めいじたいしょうき》の洋館、喜多院《きたいん》に氷川《ひかわ》神社。醤油蔵《しょうゆぐら》もあれば、菓子屋横丁《かしやよこちょう》なんていう駄菓子屋《だがしや》の一角もある。秋には川越《かわごえ》祭りという大きな祭りもあるらしく、山車《だし》を展示《てんじ》した博物館もあった。

蔵造《くらづく》り資料館《しりょうかん》の説明によると、川越《かわごえ》に蔵造《くらづく》りの町並《まちな》みができたのは、明治二十六年の大火災《だいかさい》がきっかけらしい。この大火《たいか》の際《さい》、焼け残ったのが蔵造《くらづく》りであったため、復興《ふっこう》の際《さい》、商人たちは競《きそ》って蔵造《くらづく》りの店舗《てんぽ》を建てるようになる。

第二次大戦で空襲《くうしゅう》に遭《あ》わなかった川越《かわごえ》には、蔵造《くらづく》りの建物が多く残った。だが、しだいに町の中心が川越《かわごえ》駅近辺に移《うつ》っていき、一九六〇年代ごろから一番街《いちばんがい》付近はしだいに廃《すた》れていく。さらに、建物の形より商店の看板《かんばん》が優先《ゆうせん》され、蔵造《くらづく》りの建物も改装《かいそう》されたり、建て替《か》えられたりしていった。

一九八〇年代になってから、商店主や市民のあいだに古くからの町並《まちな》みを守ろうという意識《いしき》が生まれ、町並《まちな》み景観保存《ほぞん》が唱《とな》えられるようになった。住民たちの努力で町並《まちな》みが整えられ、いまの姿《すがた》になったらしい。

今日《きょう》の午後に取材する「シアター川越《かわごえ》」は、いまどきめずらしい「町の映画館《えいがかん》」なのだそうだ。むかしは大きな町にはたいていこういう映画館《えいがかん》があったらしいが、大手シネコンが増《ふ》えた結果、いまはほとんどなくなってしまった。

シアター川越《かわごえ》も経営者《けいえいしゃ》が高齢《こうれい》となり、一時休館していた。だが新しい経営者《けいえいしゃ》のもと、存続《そんぞく》を望む人たちの支援《しえん》を受けて復活《ふっかつ》したのだ。

ふつうの映画館《えいがかん》とはちがい、シアター川越《かわごえ》では、一般《いっぱん》の人たちが貸切《かしきり》イベントを行うことができる。映画《えいが》愛好者が集って、上映会《じょうえいかい》を行うこともできるし、講演会《こうえんかい》などのイベントを行うこともできた。

近々《ちかぢか》「ウェスタン」という大きな西部劇《せいぶげき》愛好会の企画《きかく》で西部劇《せいぶげき》の上映会《じょうえいかい》が行われ

るらしい。このイベントの主催者《しゅさいしゃ》は古くからの常連客《じょうれんきゃく》で、むかしのシアター川越《かわごえ》にくわしいとのことで、今日《きょう》はこの人から過去《かこ》の話を聞くことになっていた。

小雨《こさめ》の降《ふ》る川越一番街《かわごえいちばんがい》を歩き、細い路地にはいる。

「いい路地ですねえ。昭和感っていうのかなあ。なつかしい感じがします」

カメラマンの深沢《ふかざわ》さんはあちこち写真を撮《と》りながら歩いている。深沢《ふかざわ》さんは三十代半ば。こうした風景が好きで、見かけると撮影《さつえい》しているらしい。

「そうだろう?」

佐々田《ささだ》さんがうれしそうに答えた。佐々田《ささだ》さんは俺《おれ》の親と似《に》たような世代だ。俺《おれ》が生まれたのは平成で、昭和の風景の実物は見たことがない。

「ああ、あれだ」

佐々田《ささだ》さんが遠くを指す。白いタイル張《ば》りの建物。「シアター川越《かわごえ》」というレトロな文字の看板《かんばん》。深沢《ふかざわ》さんは、いいなあ、とつぶやきながらシャッターを切っている。たしかに昭和の映画《えいが》やドラマに出てくるような建物だ。

「実はわたしも、なかにはいったことはまだないんだ。地元で映画《えいが》を見る時間はなかなかないからね。だから今日《きょう》はすごく楽しみなんだよ」

佐々田《ささだ》さんが入口の前に立つ。「定休日」の札がかかっているが、鍵《かぎ》はかかっていないようだ。佐々田《ささだ》さんが、すみません、と声をかけながら扉《とびら》を押《お》す。なかの小さな売店の前に立っていた女性《じょせい》がふりかえった。

「『月刊《げっかん》めぐりん』ですが……」

佐々田《ささだ》さんが声をかける。

「ああ、こんにちは。お待ちしてました。木下《きのした》です」

女性《じょせい》が名刺《めいし》を差し出す。木下さんはこの館の企画運営担当《きかくうんえいたんとう》で、今回の「ウェスタン」の人の取材を設定《せってい》してくれたのも彼女《かのじょ》だった。

「これはなつかしいなあ。ほんとにむかしの映画館《えいがかん》だ」

佐々田《ささだ》さんがあちこちを見回す。売店に置かれたガラスのショーケース。映画《えいが》のポスターや色紙が貼《は》られた壁《かべ》。売店の隣《となり》には赤いソファと小机《こづくえ》が置かれている。重い扉《とびら》を開けて劇場内《げきじょうない》に入ると、赤い布張《ぬのば》りの椅子《いす》が並《なら》んでいた。

今日《きょう》は定休日なので、館内に客はだれもいない。深沢《ふかざわ》さんはこの内装《ないそう》もえらく気に入ったようで、あちこちでシャッターを切っている。

「こんにちはー。ウェスタンの津川《つがわ》です」

入口の方から男の声がした。

「あ、津川《つがわ》さんたちがいらしたみたいです」

木下さんが劇場《げきじょう》の扉《とびら》を開ける。俺《おれ》たちもあとについて待合室に出た。

「こんにちは」

木下さんの向こうに、男性《だんせい》がふたりいた。

「こちら『月刊《げっかん》めぐりん』編集部《へんしゅうぶ》の佐々田《ささだ》さん、竹野さん、深沢《ふかざわ》さんです」

木下さんに紹介《しょうかい》され、ふたりの男に礼をする。

「そして、こちらが津川《つがわ》さん。今回の西部劇《せいぶげき》イベントの主催者《しゅさいしゃ》の方。それからこちらは片山《かたやま》さん。『我《われ》らの西部劇《せいぶげき》』の著者《ちょしゃ》、片山隆一《かたやまりゅういち》さんの息子《むすこ》さんです」

木下さんがにこやかに言った。

「今日《きょう》はむかしの『シアター川越《かわごえ》』の様子をうかがいつつ、今回の企画《きかく》のお話もお聞きしたく……どうぞよろしくお願いします」

佐々田《ささだ》さんが頭をさげる。木下さんが、津川《つがわ》さんと片山《かたやま》さんに待合室の赤いソファを勧《すす》める。佐々田《ささだ》さんと俺《おれ》は向かいの木の椅子《いす》に座《すわ》った。

津川《つがわ》さんはかなり年配で、雰囲気的《ふんいきてき》には俺《おれ》の祖父母《そふぼ》くらい。七十代後半か八十代といったところだろうか。川越《かわごえ》出身で、長年出版社《しゅっぱんしゃ》で映画《えいが》関係の雑誌編集《ざっしへんしゅう》に携《たずさ》わって来たらしい。片山《かたやま》さんは、佐々田《ささだ》さんと同じくらいに見えた。

木下さんによると、今回の西部劇《せいぶげき》イベントは、もともと『我《われ》らの西部劇《せいぶげき》』という本の刊行《かんこう》記念の貸切《かしきり》イベントとして企画《きかく》されたものらしい。だが、木下さんが、それならその週は西部劇《せいぶげき》ウィークにしましょう、と提案《ていあん》したのだそうだ。

『我《われ》らの西部劇《せいぶげき》』は、片山隆一《かたやまりゅういち》というライターが数年に渡《わた》って「ウェスタン」の会報《かいほう》に連載《れんさい》したコラムをまとめた本らしい。昭和二十年代から日本で公開された西部劇《せいぶげき》にまつわるもので、映画《えいが》の内容《ないよう》や当時の日本での評判《ひょうばん》などの情報《じょうほう》も細かく記されていた。本人はかなり前に他界したらしいが、その息子《むすこ》が、いま目の前にいる片山《かたやま》さんというわけだ。

「でも、その片山《かたやま》さんが亡《な》くなって、もうかなり経《た》っているのですよね。どうしていまになって本を刊行《かんこう》することになったんですか？」

佐々田《ささだ》さんが訊《き》いた。

「それはですね。いろいろなことがありまして……」

片山《かたやま》さんは、カバンから一冊《さつ》の本を取り出した。『我《われ》らの西部劇《せいぶげき》』。むかしのペーパーバックのような装丁《そうてい》の本だった。

「うわあ、できたんですね」

木下さんが感嘆《かんたん》の声をあげた。片山《かたやま》さんが木下さんに本を手渡《てわた》す。

「ほんと、貴重《きちょう》な資料《しりょう》ですよ。それに、本としても素敵《すてき》です。うちにも置かせてもらいたいくらいです」

「ぜひ。そうしたら父も喜《よろこ》ぶと思います」

片山《かたやま》さんが微笑《ほほえ》む。

「これがその『我《われ》らの西部劇《せいぶげき》』なんですね。見せていただいても良いでしょうか」

佐々田《ささだ》さんが言った。

「ええ、もちろん」

片山《かたやま》さんがうなずく。木下さんが本を佐々田《ささだ》さんに渡《わた》した。

「これ……もしかして、活版《かっぱん》印刷ですか?」

手に取って開いたとたん、佐々田《ささだ》さんは目を近づけて言った。

「よくわかりましたね」

片山《かたやま》さんが驚《おどろ》いたように言った。

活版《かっぱん》印刷……? よくわからないけど、たしか古い印刷方法だったよな。

「いえ、最近、活版《かっぱん》印刷の名刺《めいし》をもらったことがあったので……なるほど、だから部数限定《げんてい》なんですね」

「しかも、活字で組んでるんですよ。最近は活版《かっぱん》でも、パソコンで組んだのを凸版《とっぱん》にして、ということが多いんですけど、これはほんとに一本ずつ活字を並《なら》べて版《はん》を作ってるんです」

「この本を丸ごと一冊《さつ》……？　いまどきそんなことを請《う》け負ってくれるところがあるなんて……その印刷所、どこにあるんですか？」

佐々田《ささだ》さんが信じられないという顔で訊《き》いた。

「実は、川越《かわごえ》なんです。川越《かわごえ》に古い印刷所がありましてね」

片山《かたやま》さんの言葉に、佐々田《ささだ》さんが目を丸くした。

「川越《かわごえ》に？　知らなかった。そこで本の印刷をしてるんですか？」

「いえ、そうじゃないんです。この本は特別で……」

津川《つがわ》さんと片山《かたやま》さんの話によると、『我《われ》らの西部劇《せいぶげき》』は「ウェスタン」の人気連《れん》載《さい》だったらしい。「ウェスタン」創立《そうりつ》十五周年に、みんなで費用《ひよう》を出し合って、本にまとめるという話になった。

著者《ちょしゃ》の隆一《りゅういち》さんは、本にするなら自分が親しくしている川越《かわごえ》の「三日月堂《みかづきどう》」という印刷所で活版《かっぱん》の本にしたい、と言ったのだそうだ。三日月堂《みかづきどう》の店主もこのコラムのファンだったらしく、印刷を請《う》け負ってもらうことになった。組版《くみはん》も進み、残すは隆一《りゅういち》さんの連載《れんさい》最後の回の原稿《げんこう》だけ、という状態《じょうたい》だった。

だが。その原稿《げんこう》を送る直前に隆一《りゅういち》さんは急死。最終回の原稿《げんこう》は行方不明《ゆくえふめい》、「ウェスタン」に掲載《けいさい》することもできず、本を印刷することもままならず、そのまま話が立ち消えになってしまった。

ところが最近、息子《むすこ》の片山《かたやま》さんが最後の原稿《げんこう》を発見した。三日月堂《みかづきどう》の店主も亡《な》くなっており、店も一時は閉《し》まっていたのだが、幸運なことに孫が帰って来て、営業《えいぎょう》を再開《さいかい》していた。しかも『我《われ》らの西部劇《せいぶげき》』の版《はん》もすべて残っていたのだ。

「それで、新しく見つかった原稿《げんこう》だけ、お孫さんに組んでもらって、本作りが実現《じつげん》することになって」

「その流れ自体がドラマみたいですね。そんなことが現実《げんじつ》にあるとは……」

佐々田《ささだ》さんは本を見つめ返す。

「そうなんですよ。『ウェスタン』の会員に募《つの》ったら、ありがたいことに八十冊《さつ》近く注文が来まして。三日月堂《みかづきどう》の大型《おおがた》印刷機は長年使っていなかったためにうまく動かなかったんですが、校正機《こうせいき》で刷ってくれたんです」

津川《つがわ》さんが言った。

「校正機……というのは？」

俺《おれ》は小声で佐々田《ささだ》さんに訊《き》いた。

「ああ、若《わか》い人はよくわからないよね。校正刷り……つまり試《ため》し刷りのための機械なんだよ。いまでも雑誌《ざっし》を作るとき、校正はするだろう？」

津川《つがわ》さんが笑う。

「え、ええ」

「いまはパソコンで組んで、プリンタで出力するから、校正機って言ってもピンと来ないよなあ。むかしはさ、本でも雑誌《ざっし》でも、印刷物は活字を組んで作ってたんだよ。こう、鉛《なまり》の小さな字を並《なら》べて、固定して、インキを塗《ぬ》って、紙に押《お》し付ける、っていうのかな……言葉で説明するのはなかなかむずかしいな」

佐々田《ささだ》さんが苦笑した。

「活字を並《なら》べて組むからね、文字の間違《まちが》いがあったら、その活字を抜《ぬ》いて、正しいものに入れ替《か》えなくちゃならない。校正機は、本刷りの機械に比《くら》べて活字をセットしやすくできてるけど、大量に印刷するには向いてないんですよ」

津川《つがわ》さんが言った。

佐々田《ささだ》さんから手渡《てわた》され、本を開く。見たとたん、はっとした。たしかに、なにか違《ちが》う。明朝体《みんちょうたい》だが、これまで見たどの書体とも微妙《びみょう》に違《ちが》った。なにより、ひとつひとつの文字に奥行《おくゆ》きのようなものが感じられた。なんなんだろう、これは。どうしてこんなふうに見えるんだ？

「そんなわけで、限定《げんてい》百部なんです」

「そんな貴重《きちょう》な本を分けていただいていいんですか？」

木下さんが心配そうな顔になる。

「もちろんですよ。父にとってもここは思い出の映画館《えいがかん》ですからね。父の西部劇《せいぶげき》好《ず》きはここから始まったようなものです。この本にもそう書いてありますよ」

「片山《かたやま》くんは大学の同窓《どうそう》で、わたしより三つ年下だった。高校時代からひとりで東京の映画館《えいがかん》まで出て映画《えいが》を見てたみたいだね。一日一本は必ず見るって決めてさ。だから大学入ったときにはもうかなりの数を見ていて、えらいのが入ってきたなあ、って。でも、あるとき、同じ川越《かわごえ》出身だってわかってさ。はじめて映画《えいが》を見たのはここだって言ってた」

津川《つがわ》さんが館内を見回した。

「当時、川越《かわごえ》にはけっこう映画館《えいがかん》があったんだよ。七軒《けん》？　いや、八軒《はっけん》かな。この規模《きぼ》の街にしちゃ、多い方だよ。だから、片山《かたやま》くんもわたしも、最初は川越《かわごえ》の映画《えいが》館《かん》をぐるぐるめぐってた。でも、だんだんそれだけじゃ足りなくなって、都心に繰《く》り出すようになった。その時期が片山《かたやま》くんの方が全然早くてね。わたしが不良化したのは高三になってからだけど、片山《かたやま》くんは高一から」

津川《つがわ》さんがにやりと笑う。目尻《めじり》に深い皺《しわ》が寄《よ》り、なかなか渋《しぶ》くてかっこいい。

「すみません、いつのまにか本題に入ってしまってました。ここからメモさせてもらってもいいですか？」

佐《さ》々《さ》田《だ》さんがさっと手帳を取り出す。

「ああ、申し訳《わけ》ない。つい、なつかしくなって」

津川《つがわ》さんは苦笑しながら、当時のことを語りはじめた。

むかしの映画館《えいがかん》というのは、いまのシネコンとはずいぶんシステムが違《ちが》うようだった。映画《えいが》はまず東京の大きな映画館《えいがかん》で公開され、評判《ひょうばん》の良かったものが地方の館で上映《じょうえい》される。封切《ふうき》り上映《じょうえい》はロードショーと呼《よ》ばれていた。

ロードショーのみの館のほか、名画座《めいがざ》といって旧作《きゅうさく》をまとめて上映《じょうえい》する館もあったらしい。名画座《めいがざ》では共通点のある作品を二、三本集め、連続して上映《じょうえい》されることが多く、一度チケットを買って入場すれば、何回でも映画《えいが》を見られた。シネコンとちがって席の指定もなく、客が多ければ立ち見になった。

シアター川越《かわごえ》は、ロードショーも旧作上映《きゅうさくじょうえい》も行っていたらしい。亡《な》くなった片山《かたやま》さんも津川《つがわ》さんもプログラムが変わるたびに館を訪《おとず》れた。

「なんだったんだろうなあ、あのころは。なんでも良かったんだ。映画《えいが》だったらなんでも見た。それくらいしか面白《おもしろ》いと思えるものがなかったんだよねえ」

津川《つがわ》さんが目を細める。

「このシアター川越《かわごえ》のことはどうですか？　なにか思い出はありますか？」

佐々田《ささだ》さんが訊《き》く。

「正直なところ、ここに来たって、見てるのは映画《えいが》だけ。映画《えいが》見てるあいだは、その世界の住人になりきってるからね。映画館《えいがかん》なんか見てない」

津川《つがわ》さんが笑った。

「じゃあ、館自体のことはあまり記憶《きおく》にないんでしょうか」

「うん。長いことそう思ってた。映画館《えいがかん》なんて、どこも同じだって。だけど、ちがったんだねえ」

津川《つがわ》さんがつぶやく。

「最近じゃ、映画館《えいがかん》もこぎれいになったよね。全国どの街に行っても同じ。椅子《いす》はふかふかで、ドリンクをおくホルダーも付いてたりしてさ。すごく快適《かいてき》で、こっちもそれに慣《な》れてしまった。けど、いったん閉館《へいかん》したここが復活《ふっかつ》したとき、ああ、これだ、って思ったんだよ。わたしの知っている映画館《えいがかん》はこれだ、って」

目を閉《と》じて、深く息を吐《つ》く。

「あまり覚えてないと思ってた。でも身体《からだ》のどこかに残っていた。扉《とびら》の大きさ、天井《てんじょう》の高さ、スクリーンまでの距離《きょり》。音の響《ひび》き方とか。不思議なもんだよねえ。椅子《いす》に座《すわ》ったとたん、よみがえってきたんだ。フィルムが傷《きず》だらけで、雨が降《ふ》ってるみたいな映像《えいぞう》や、ザーッとした音……」

津川《つがわ》さんが天井《てんじょう》を見上げる。

むかしの映画館《えいがかん》の様子が目に浮《う》かぶ気がした。あの赤い布張《ぬのば》りの椅子《いす》に身体《からだ》を預《あず》け、目の前で繰《く》り広げられる異世界《いせかい》を見つめる。

「大学時代のことも頭をよぎったなあ。バカみたいに映画《えいが》見てたころ。みんなで映《えい》画《が》作りたいなあ、なんてよく言ってたっけ。わたしなんかは冴《さ》えない風貌《ふうぼう》だし、監《かん》督《とく》とか撮影《さつえい》をやってみたかったけど、片山《かたやま》くんなんか、かなりの二枚目《にまいめ》だったからね。カウボーイハットをかぶると似合《にあ》ってたっけ」

なつかしい、というふうに目を閉《と》じる。

「あのころの友人たちもだんだん亡《な》くなっていって……ああ、なんだか、人生も結局、映画《えいが》みたいな、まぼろしみたいなものだなあ、って」

深沢《ふかざわ》さんのカメラのシャッター音が響《ひび》いた。津川《つがわ》さんの少しうつむいた顔が、古い映画館《えいがかん》の待合室によく映《は》えていた。

「今日《きょう》はありがとうございました。いいお話をうかがうことができました。むかしのシアター川越《かわごえ》のにぎわいが目に浮《う》かぶようでしたよ」

ひととおりインタビューが終わり、佐々田《ささだ》さんが言った。

「そうですね。あと、『我《われ》らの西部劇《せいぶげき》』を刷った、っていう印刷所のこともちょっと気になりましたねえ」

深沢《ふかざわ》さんが佐々田《ささだ》さんを見た。

「ああ、そうだね。そんな印刷所があるなんて、わたしも知らなかった。その印刷所、いまも営業《えいぎょう》してるんですか？」

佐々田《ささだ》さんが片山《かたやま》さんに訊《き》く。

「ええ、もちろん。実はこれから三日月堂《みかづきどう》に行くんですよ」

片山《かたやま》さんが言った。

「そうなんですか？」

「このイベントのための入場チケットを刷ってもらうことになってるんです。もしよかったら、いっしょに行きませんか？」

「わたしはこのあと会議が入っているので長くはいられませんが、印刷所は気になりますね。記事にできるかもしれない」

佐々田《ささだ》さんが深沢《ふかざわ》さんと俺《おれ》を見た。

「深沢《ふかざわ》くんと竹野くんはまだ時間、あるよな。わたしは途中《とちゅう》で社に戻《もど》るが、少し話を聞いてきてくれないか？　可能《かのう》なら撮影《さつえい》もしてきてくれ」

「わかりました。うーん、おもしろそうだ」

深沢《ふかざわ》さんは乗り気だが、俺《おれ》は今日中《きょうじゅう》にあげなければならない作業がいくつかあって、少し焦《あせ》っていた。取材が長引くと、またしても帰りが深夜になる。余分《よぶん》な仕事が増《ふ》えてしまった。だが、こうなった以上、行くしかない。

「先ほどもお話ししましたが、三日月堂《みかづきどう》の店主は先代のお孫さんで、弓子《ゆみこ》さん、っていうんです」

「え、女の人なんですか？」

佐々田《ささだ》さんが驚《おどろ》いた顔になった。

「ええ」

「印刷所を継《つ》いだ、っていうから、てっきり男性《だんせい》かと思って」

「いえ、それが、若《わか》い女性《じょせい》なんですよ。年もそう、竹野さんと同じか、少し上くらいかな。あんな古い機械を動かすなんて思えないような人なんですけど、ひとりで印刷所を切り盛《も》りしてるんです」

女性《じょせい》……？　俺《おれ》と同じくらい……？

そんな人がひとりでお祖父《じい》さんの印刷所を継《つ》いだ？

「じゃあ、その人がさっきの本をひとりで印刷したんですか？」

思わず訊《き》いてしまった。

「そうなんですよ。ちょっと驚《おどろ》くでしょう？　店に行ったらもっと驚《おどろ》きますよ。印刷機や活字がどんなものか見たら……。コピー機とはわけが違《ちが》いますからね」

「わたしもその印刷所に行くのははじめてでね。活版《かっぱん》印刷っていうのはハードな仕事なんだよ。活字は重いし、機械はごついし、インキで汚《よご》れるし。それをひとりで切り盛《も》りしてる、っていうんだから。ちょっと楽しみにしてるんだよ、どんな女性《じょせい》なんだろう、って」

津川《つがわ》さんが言うと、片山《かたやま》さんが、ははははっと笑った。

3

蔵造《くらづく》りの建物が並《なら》ぶ一番街《いちばんがい》をしばらく歩き、交差点を曲がってから、細い路地にはいった。少し行って、また曲がる。ふつうの家ばかりの静かな道だ。

「あそこですよ」

片山《かたやま》さんが指差した先に、白い町工場みたいな建物があった。

入り口に「三日月堂《みかづきどう》」と書かれた看板《かんばん》がかかっている。

「うわあ、ここ、すごいですねえ」

深沢《ふかざわ》さんの声がした。入り口のガラス戸に顔を近づけて中をのぞいている。うしろから見て、驚《おどろ》いた。壁一面《かべいちめん》の棚《たな》にびっしり小さなものが詰《つ》まっていた。

「ほう……こりゃ、すごいな」

佐々田《さ さ だ》さんが言った。

「これ、全部活字ですか?」

深沢《ふかざわ》さんが訊《き》く。

——これはほんとに一本ずつ活字を並《なら》べて版《はん》を作ってるんです。

さっきの片山《かたやま》さんの言葉を思い出し、ぎょっとした。

活字を一本ずつ並《なら》べて、って……。つまり、あの本の版《はん》は、これを一本ずつ並《なら》べて作られてるってことか? あの本、三百ページはあったよな。一ページ八百字だとして、二十四万字。この小さな四角を二十四万個《こ》、手で並《なら》べた、ってことか？

「わたしもこういう棚《たな》を見たのははじめてだ」

佐々田《ささだ》さんが答えた。

「そうなんですか？」

「うん、印刷所に行ったことは何度もあるが、わたしが就職《しゅうしょく》したころには組版《くみはん》はもう写植になってたからね」

佐々田《ささだ》さんが言うと、片山《かたやま》さんがガラスのドアを開けた。

「片山《かたやま》さん。こんにちは」

奥《おく》から女の人が出てきた。華奢《きゃしゃ》な人だった。

まさか、この人じゃ、ないよな。

「すみません、弓子さん。少し遅《おく》れてしまいました。津川《つがわ》さんがシアター川越《かわごえ》で取材を受けていて……。そこからの流れで、ちょっとお客さんが……」

片山《かたやま》さんがこちらを見た。たしかさっき孫娘《まごむすめ》の名前は弓子さんって言ってた。ということはやっぱりこの人なのか。

「こちら、『月刊《げっかん》めぐりん』っていう旅行雑誌《ざっし》の編集《へんしゅう》の方で、今度川越《かわごえ》特集を作るらしいんです。シアター川越《かわごえ》の記事も出るらしくて、むかしのことを知っている津《つ》川《がわ》さんにインタビューを……ああ、弓子さんは津川《つがわ》さん、はじめてでしたね。こちらウェスタンの津川《つがわ》さん、『我《われ》らの西部劇《せいぶげき》』刊行《かんこう》イベントの幹事《かんじ》で……」

弓子さんが津川《つがわ》さんを見る。津川《つがわ》さんがゆっくりと手を差し出した。

「津川《つがわ》です。いつになったら紹介《しょうかい》してくれるのかってやきもきしてました」

笑いながら言い、弓子さんと握手《あくしゅ》した。

「お目にかかるの、ずっと楽しみにしてたんですよ。『我《われ》らの西部劇《せいぶげき》』をひとりで刷ったんでしょう？　片山《かたやま》さんが、華奢《きゃしゃ》できれいなお嬢《じょう》さんだって言うから、どんな女性《じょせい》なんだろう、って」

「えっ？」

弓子さんは一瞬片山《いっしゅんかたやま》さんの方を見て、目を丸くした。すっきりした顔立ちで、化粧《けしょう》っ気もなく、服も質素《しっそ》だった。だが肌《はだ》がきれいで、透《す》き通るようだった。

「いやあ、想像《そうぞう》以上にかわいらしい方で、ちょっと照れるなあ」

津川《つがわ》さんが、ははは、と笑う。弓子さんの方は困《こま》ったような顔をしていた。

「でも、びっくりだ。この機械をひとりで動かしてるなんて」

「いえ。まだまだ全部は使い切れてませんし。むかし祖父《そふ》に教わったことを思い出しながら、少しずつ手探《てさく》りで仕事してる状態《じょうたい》です」

弓子さんは落ち着いた口調で答えた。

「いやあ、なつかしいなあ。若《わか》いころは出張《しゅっちょう》校正で印刷所に通ったこともあったからね。インキの匂《にお》い、あのころと同じだ」

津川《つがわ》さんが目を細める。

「インタビューのとき、今回のイベントの話も出て、『我《われ》らの西部劇《せいぶげき》』の印刷の話になって……。こちらの編集部《へんしゅうぶ》の方も活版《かっぱん》印刷に興味《きょうみ》を持って、いっしょに、ってことになったんです。大丈夫《だいじょうぶ》ですか？」

片山《かたやま》さんが言った。

「ええ、もちろん」

弓子さんがにこっと笑う。笑うと少し子どもっぽくなるんだな、と思った。

「突然《とつぜん》うかがってすみません。打ち合わせの様子を見せていただいてもいいですか？　お邪魔《じゃま》にならないようにしますので」

「大丈夫《だいじょうぶ》ですよ。あまり広くないですけれど」

「写真、撮《と》らせてもらってもいいでしょうか？」

「活字の棚《たな》や機械は撮《と》っていただいてかまいません。ただこのあたりの組んだ版《はん》だけは避《さ》けてください。お客様の個人情報《こじんじょうほう》もあるので」

「わかりました。金属《きんぞく》のこの重厚《じゅうこう》な感じ、ネジと歯車とモーター、しびれるなあ」

深沢《ふかざわ》さんが大きな機械の前でカメラを構《かま》える。カシャッ、カシャッとシャッター音が響《ひび》いた。

「ええ、でも、いまこの機械は使えなくて……」

弓子さんが言った。

「うまく動かない、というお話は先ほど片山《かたやま》さんたちからもうかがいましたが、壊《こわ》れてしまった、ということですか？　それとも故障《こしょう》……？」

佐々田《ささだ》さんが訊《き》く。

「故障箇所《こしょうかしょ》さえ直せば動くと思います。ただ、わたし自身はひとりでこの機械を扱《あつか》ったことはなくて、細かいところまではわからないんです」

弓子さんが答える。

「修理《しゅうり》できる人はいるんでしょうか」

「祖父《そふ》がお願いしていたところに連絡《れんらく》してみたんですが、もう廃業《はいぎょう》してました。製《せい》造《ぞう》が止まってずいぶん経《た》つので、新しい部品はないでしょうから、部品が壊《こわ》れていた場合はどうしたらいいのか……。動かしたいとは思ってるんですが……」

「そうなんですか」

佐々田《ささだ》さんが機械をなでる。

「それで校正機で刷ったんだってね。片山《かたやま》さんから聞いてびっくりした」

津川《つがわ》さんが訊《き》く。

「その機械はどこにあるんですか？」

佐々田《ささだ》さんがあたりを見回した。

「こちらです」

弓子さんが事務机《じむづくえ》ほどの大きさの機械の前に立った。機械を動かすと、ローラーで練られたインキが版《はん》につく。回転した胴《どう》に紙が巻《ま》きつき、インキのついた版《はん》に接《せっ》して紙にインキがつく、という仕組みらしい。

「これはなつかしいねえ。できれば版《はん》も見てみたいですね」

津川《つがわ》さんが機械をなでながら言う。

「版《はん》は奥《おく》の部屋にあります」

弓子さんが扉《とびら》を開けた。ついていくと倉庫のような部屋があり、棚《たな》にぎっしりと紐《ひも》で縛《しば》られた活字の束があった。

「これ……全部……」

深沢《ふかざわ》さんも呆然《ぼうぜん》としている。

「あの……すみません」

思わず声が出た。

「基本的《きほんてき》なことで申し訳《わけ》ないんですけど、つまり、この活字を並《なら》べたものをあの機械にセットして、百枚《まい》刷って、終わったら次の版《はん》に取り替《か》えて、また百枚《まい》刷って……っていうのを繰《く》り返した、ってことですか？」

「はい。紙を送るのは電動ですけど、紙を入れるのは一枚《まい》ずつ手差しで……」

弓子さんがさらっと答える。

「あの本、何ページあったんですか？」

「三百二十ページくらいです」

啞然《あぜん》とする。

「見開きで刷るとしても、百六十回ってことですよね？」

「そうですね。大きな印刷機なら、大きな紙に複数ページを配置して折丁《おりちょう》にすることができるんですが、校正機では見開きまでしか刷れないので……。一度に二ページずつ印刷して……」

その作業を百冊分？　いったい何日くらいかかったのだろう。想像するだけで目まいがした。

「どれくらいかかったんですか？」

「全部刷るのに三週間かかりました」

弓子さんが笑って言った。驚《おどろ》くのを通り越《こ》して、呆《あき》れてしまった。

「弓子さんって言ったっけ。細いけど、やっぱり職人《しょくにん》なんだねえ」

津川《つがわ》さんが笑った。

「むかしの職人《しょくにん》さんは、けっこうみんな筋肉質《きんにくしつ》で、屈強《くっきょう》だったよね。なにせ重たいゲラの箱を持ち歩くんだから」

「ゲラの……箱……？」

編集者《へんしゅうしゃ》は校正用に刷り出したものをゲラと呼《よ》んでいる。だが、箱とは……？

「そうか、君たちはゲラがなんだかわかってないんだよなあ。ゲラって木箱の上に活字を並《なら》べて組んでたんだよ。その箱がガレー船つまり手漕《てこ》ぎの船に似《に》てたからgalleyって呼《よ》ばれてて、それがなまってゲラになった。で、校正用に刷り出したものが『ゲラ刷り』。いつのまにかそれが縮《ちぢ》まって、校正用のプリントをゲラって呼《よ》ぶようになったわけだ」

「そうだったんですか！」

深沢《ふかざわ》さんが声をあげる。

「つまり、これがその箱」

津川《つがわ》さんが床の上に積み重ねられた大きな木の箱を指した。

「職人《しょくにん》さんたちはみんな怖《こわ》くてねえ。こっちが急いでても、なかなか動いてくれないときもあってさ。そういうときは手土産《てみやげ》にお酒持ってってくんだ。けど、仕事は早いんだよ。校正紙を見ながら赤の入ってる文字を一目で版《はん》からシュッと抜《ぬ》いてね。組《く》み版《はん》って反転してるし、文字もよく見えないから、わたしなんかは指でたどってようやく見つける感じなんだけど、一瞬《いっしゅん》なんだよね。それで新しい字と差し替《か》えてさ」

津川《つがわ》さんがうれしそうに語った。

「いよいよ時間がなくなると、紙に印刷してる時間もないって、差し替《か》えた部分に手の甲《こう》を押《お》し付けて、手に写った文字をこっちに見せて『はい、これで校了《こうりょう》』なんて言ってね」

「直しが早いって言いますよね、結局職人《しょくにん》の手がいちばん早い。活字は手で差し替《か》えられるからぎりぎりまで修正《しゅうせい》できる。だから週刊誌《しゅうかんし》なんかは活版《かっぱん》印刷を使い続けてた、って聞いたことがある」

佐々田《ささだ》さんが言った。

「でも、行をまたいだり、ページをまたいだりする直しは避《さ》けたよね。何字か直すようなときは、できるだけその行、せめてその段落《だんらく》の中で修正《しゅうせい》が収《おさ》まるように工夫した。ずれてほかのページも組み直し、なんてことにならないように」

「そういうのは写植でも同じですよ。いくらでも直せるようになったのはDTPになってからですよね」

印刷の歴史《れきし》は大学でも習った気がする。資料《しりょう》に写真も載《の》っていたように思う。でも、正直よく覚えていない。だが、こうして実際《じっさい》に活字の棚《たな》や機械を目にすると、そうだったのか、と目から鱗《うろこ》が落ちた。

「しかし、弓子さん、あなたはどうして活版《かっぱん》の仕事をすることにしたの？　こんな面倒《めんどう》なものを。この前ニュースで、最近若《わか》い人のあいだで流行《はや》ってる、って言ってたけど……。いや、別に批判《ひはん》してるわけじゃ、ないんだよ。ただ、長年印刷に携《たずさ》わってきた身としては、どうしていま活版《かっぱん》なのか、気になってさ」

津川《つがわ》さんが訊《き》いた。

「むずかしいですね……」

弓子さんが目を閉《と》じて考え込《こ》む。

「だってほら、最近ではDTPみたいな便利なものもあるでしょう？　できることだって増えた。文字の形や大きさを自由に変形できるし、どこにでも配置できる。

活字ではそうはいかない」

「若《わか》い人は最初からパソコンで発想するから、我々《われわれ》には思いつかないようなレイアウトを出してきますよ」

佐々田《ささだ》さんも言った。

「わたしたちは、新しい技術《ぎじゅつ》が出るたびに、すごいすごい、って感動して、どんどん波に乗って進んでいった世代だから、こうやって古いものに回帰するっていうのがなんだか不思議でね。ちょっと知りたい、って思っただけ」

津川《つがわ》さんの問いに、弓子さんは一瞬《いっしゅん》なにか言いかけたが、口を閉《と》じた。

「あ、僕《ぼく》は少しわかる気がします」

深沢《ふかざわ》さんが口をはさんだ。

「さっき見せてもらった『我《われ》らの西部劇《せいぶげき》』、かっこよかったですよ。手触《てざわ》り感がある、っていうか。本に込《こ》められた熱量が違《ちが》う、っていうか……」

「熱量……。若《わか》い人はうまいこと言うなあ」

津川《つがわ》さんがにやっと笑う。

「モノとしての厚《あつ》みがあるっていうんでしょうか。いまの印刷にはない物質感《ぶっしつかん》があるなあ、って。ここに来て理由がわかった気がしました」

「わたしたちからしたら、むかしはなんでも活版《かっぱん》で刷られてたからねえ。特別のものじゃなかったんだが……。いまの人が見ると逆《ぎゃく》に新鮮《しんせん》なのかもしれないね」

「そうなんですよ。写真も、いまは素人《しろうと》がスマホで撮《と》った写真でもきれいですよね。僕《ぼく》も仕事はデジカメですけど、銀塩《ぎんえん》のカメラを持ったら、全然違《ちが》うなあ、って。シャッター押《お》したときの感じとか……思わず買っちゃいました。それに、銀塩写真のすごいのを見ると、なんか全然違《ちが》う、こういうのは撮《と》れないなあ、って」

「撮影《さつえい》も編集《へんしゅう》も変わりましたよね。以前は写真も一枚《まい》一枚《まい》考え抜《ぬ》いて撮影《さつえい》して、編《へん》集《しゅう》も最初にきっちりレイアウトを練って……。なにしろ形のない状態《じょうたい》で考えるんだから、熟練《じゅくれん》した人しかできない。でもいまは、写真はとにかくたくさん撮《と》ってあとから選ぶ、レイアウトもソフトでだいたいのイメージを組めるし、文字が入りきらなかったら少し小さくして、みたいな感じですからね」

佐々田《さ さ だ》さんが言う。俺《おれ》ははじめからそういうものだと思っていた。レイアウトの能力《のうりょく》はソフトを使いこなせるかどうかで決まる、と。

「なるほどねえ。映画館《えいがかん》といっしょだね。シネコンにすっかり慣《な》れてしまったが、シアター川越《かわごえ》に来ると、自分の知ってた映画館《えいがかん》はこれだ、って思う」

津川《つがわ》さんがつぶやく。

「いまの印刷物の方が断然《だんぜん》きれいなんだが、活版《かっぱん》の文字には迫力《はくりょく》がある。ベンヤミンは複製技術《ふくせいぎじゅつ》時代には芸術《げいじゅつ》作品のアウラが消滅《しょうめつ》するって言ってたけど、銀塩写真や活版《かっぱん》印刷物にはアウラがあったってことかもしれないねえ」

津川《つがわ》さんが、ははは、と笑った。「アウラ」というのはたしかドイツの思想家のヴァルター・ベンヤミンが著書《ちょしょ》『写真小史《しょうし》』や『複製技術《ふくせいぎじゅつ》時代の芸術《げいじゅつ》作品』で提唱《ていしょう》した概念《がいねん》だ。機械で複製《ふくせい》を大量生産できるようになると、オリジナルの持つ一回性《いっかいせい》が弱まり、「アウラ」が消えてしまう……というような話だったと思う。

「さて、そろそろ入場チケットの相談をしないと」

片山《かたやま》さんが言った。

「そうですね。それに、すみません、さっきからずっとお茶も出さず……。狭《せま》いですが、二階には椅子《いす》がいくつかありますので……」

弓子さんが申し訳《わけ》なさそうに言った。

「ああ、すみません。会議があるので、わたしは社に戻《もど》らなければならないんです。ちょっと残念ですが……。今日《きょう》はありがとうございました。じゃあ、竹野くん、深《ふか》沢《ざわ》くん、あとは頼《たの》んだよ」

佐々田《さ さ だ》さんはそう言って、店を出ていった。

弓子さんについて急な階段《かいだん》をのぼると、小さな部屋があった。隅《すみ》にキッチンがあり、テーブルと椅子《いす》も置かれている。

「二階にこんな部屋があったんですね」

深沢《ふかざわ》さんが中を見回した。

「ええ。お客さまが大勢《おおぜい》いらしたとき、下だと居場所《いばしょ》がないので……ずっと散らかっていたんですけど、片付《かたづ》けたんです。どうぞ、あちらに」

テーブルの周りの椅子《いす》に座《すわ》ると、弓子さんがお茶を淹《い》れて出してくれた。

「ところで、入場チケット、っていうのはどんなものなんですか？　西部劇《せいぶげき》ウィークに映画館《えいがかん》に来たお客さま向けのものですか？」

俺《おれ》はメモを構《かま》え、片山《かたやま》さんに訊《き》いた。

「いえいえ、『ウェスタン』の懇親会用《こんしんかいよう》なんですよ。西部劇《せいぶげき》ウィーク初日は『ウェスタン』で貸切《かしきり》にして、上映会《じょうえいかい》のあとトークショーと懇親会《こんしんかい》をするんです。その参加者に配るチケットです」

「参加者も百名以上集まってね。シアター川越《かわごえ》の定員は百二十名だから、定員ぎりぎり。劇場《げきじょう》の椅子《いす》にじいさんがずらっと並《なら》ぶわけだ」

津川《つがわ》さんが笑った。

「で、打ち合わせしてるうちに、せっかくだからむかしの映画《えいが》のチケットみたいな形にしよう、ってことになりまして。えーっと……」

片山《かたやま》さんがポケットからスマホを取り出す。

「こんな感じです」

スマホの画面を差し出す。映画《えいが》のチケットらしい写真が並《なら》んでいた。どれもモノクロで、映画《えいが》のタイトルやコピー、配役、写真、上映館《じょうえいかん》の名前や上映日《じょうえいび》が記され、「特別前売り券《けん》」と書かれている。

「いまタイトルロゴを考えてるところなんです」

弓子さんがテーブルにパソコンを置き、ファイルを開く。うちの会社でもよく使っているデザインソフトのファイルだ。へえ、と思った。活版《かっぱん》印刷の人だからパソコンみたいなものは嫌《きら》いなのかと思っていたが、そうではないらしい。

画面に手書きっぽい文字が現《あらわ》れた。「我《われ》らの西部劇《せいぶげき》」と書かれている。

「文字はわたしには作れないので、知り合いのデザイナーさんにお願いしたんです。三つ候補《こうほ》があるんですけど、どれが良いでしょうか?」

筆文字風《ふでもじふう》に、木版画《もくはんが》のような文字。マジックで書いた太いゴシック風。どれもなかなか雰囲気《ふんいき》があり、古いチケットと雰囲気《ふんいき》が似《に》ていた。

「うーん、これは迷《まよ》うねえ」

うしろから津川《つがわ》さんの声がした。画面をまじまじと眺《なが》めている。

「これがいちばん西部劇《せいぶげき》っぽい感じがするなあ」

「いやいや、このゴシック風のも気になりますよ」

深沢《ふかざわ》さんまでいっしょになって、やけに盛《も》り上がっている。

なんでなんだろう？　俺《おれ》はぽかんとその様子を眺《なが》めていた。なぜこんなに楽しそうなんだろう？　定員百二十名の会場で開かれるプライベートイベント。チケットもきっとその人数しか刷らない。つまり百数十枚《まい》だ。それだけのためになんでこんな手間をかけるんだろう。

パソコンの画面に向かっている弓子さんの横顔を見た。この人は、なんでこんな仕事をしてるんだろう。ひとりで、町工場みたいなところで、手を真っ黒にして、せいぜい百人程度《ていど》のためのものを作っている。

活字で埋《う》め尽《つ》くされた壁《かべ》も、黒光りする印刷機もすごい。迫力《はくりょく》がある。印刷の歴《れき》史《し》を物語る貴重《きちょう》な資料《しりょう》だと思う。でも、いまそれを使う必要はあるのだろうか。いや、ちがうな。俺《おれ》の疑問《ぎもん》はそういうことじゃない。たぶん、いまこれを必要とする人がいるのだろうか、ということだ。ここに仕事を頼《たの》む人は、どれだけいるのか。

もやもやした気持ちのまま、冷めたお茶を一息に飲んだ。

4

かなり白熱した結果、ロゴは木版画風《もくはんがふう》の文字に決まったようだった。深沢《ふかざわ》さんは三日月堂《みかづきどう》がかなり気に入ったようで、帰りの電車のなかでも、写真もいいのが撮《と》れたし、佐々田《ささだ》さんに相談して三日月堂《みかづきどう》で一ページ取ろう、チケットの印刷のときにはもう一度取材に行きたい、と言っていた。

深沢《ふかざわ》さんはこれから外でほかの打ち合わせがあるらしく、途中《とちゅう》の駅で降《お》りて行った。ひとりになると、三日月堂《みかづきどう》でのことが頭に浮《う》かんで来た。

来場者数百人程度《ていど》のイベントの入場チケットか。

きっと、三日月堂《みかづきどう》で名刺《めいし》や年賀状《ねんがじょう》を作りたい、という人もいるんだろう。だけど……それだけだ。ちょっといいものを作りたい、という個人《こじん》の欲望《よくぼう》を満たすだけ。結局金持ちの道楽なんじゃないか?

それに、あの弓子さんという人。落ち着いた物腰《ものごし》で、浮《うわ》ついたところがない。きっといい人なんだろう。だけど……。

「気に入らないな」

あの仕事でいくらもらえるんだろう。あれで生活していけるんだろうか。継《つ》いだって言ってたし、家賃《やちん》はかからないのかもしれない。にしても、住む場所は必要だろう。いや、もしかすると、実家暮《ぐ》らしなのかもしれない。

いま暮《く》らしていけたとしても、将来《しょうらい》の展望《てんぼう》というか……。いや、そうじゃない。

俺《おれ》がもやもやするのは、どうしてあの仕事で満足できるのか、っていうことだ。

兄がかまぼこ屋を継《つ》ぐと決めたのは高校生のときだ。俺《おれ》は当時中学生で、兄のことを偉《えら》いな、とは思ったが、自分だったら絶対《ぜったい》に嫌《いや》だ、とも思った。たしかにうちのかまぼこは美味《おい》しくて、地元では人気がある。

食べ物だから廃《すた》れることはない。安定しているかもしれないが、それでいいのか。もっと広い世界があるはずなのに、ここで一生を送るのでいいのか。当時はそのもやもやした気持ちをうまく言葉にできなかったが、要するに、高校生で自分の一生を決めてしまっていいのか、という疑問《ぎもん》だったのだろう。

それを決めてしまえる兄になんとも言えない薄気味悪《うすきみわる》さを感じた。兄はかまぼこ作りを学びながら、地元の大学の経営《けいえい》学部に入った。経営《けいえい》の才覚があったらしく、新しくなった駅ビルに出店したりして、売り上げも上がっているらしい。

正月、実家に帰ったときに久《ひさ》しぶりに顔を合わせた。ひどく落ち着いた感じになっていて、若《わか》いころの父親にそっくりだった。結婚《けっこん》して子どもも生まれ、仕事にも暮《く》らしにも満足している様子だったが、俺《おれ》はいまだに、一生かまぼこ屋でいいのか、なんで満足できるのか、と思う。

いや、そんなことを言ったら、いまの自分の仕事だってちっぽけなものだ。兄は地方のかまぼこ屋とはいえ、将来《しょうらい》は店の主人。それに対して俺《おれ》はただの雇《やと》われ編集《へんしゅう》者《しゃ》。しかも小さな情報誌《じょうほうし》の。結婚式《けっこんしき》に来てた連中くらい年収《ねんしゅう》があれば、自分の仕事に誇《ほこ》りを持てるかもしれないが。

東京まで出て来て、いったいなにをやってるんだろう。

電車が揺《ゆ》れる。ぶらぶら揺《ゆ》れるつり革《かわ》を、ただぼんやりと眺《なが》めていた。


社に戻《もど》って仕事をしていると、会議を終えた佐々田《ささだ》さんに声をかけられた。仕事は残っていたが、いっしょに食事に行くことになった。佐々田《ささた》さんの馴染《なじ》みの蕎麦《そば》屋《や》にはいる。つまみもあり、酒も美味《おい》しい店らしい。俺《おれ》はまだ仕事があるからあまり飲めないが、佐々田《ささだ》さんは日本酒を選んでいた。

「で、あのあと、どうだったんだ、印刷所の方は」

注文が終わると、佐々田《ささだ》さんがきいてきた。

ポケットからスマホを出し、写真を見せながら打ち合わせの様子を説明した。

「じゃあ、活版《かっぱん》印刷の作業風景は見られなかったのか」

「はい、今日《きょう》はチケットの打ち合わせが主でしたから。まだデザインの段階《だんかい》で……。印刷所のなかの様子は、深沢《ふかざわ》さんがかなり写真撮《と》ってましたけど」

「深沢《ふかざわ》くんは、あの印刷所、けっこう気に入ってるみたいだったな」

「そうですね。帰りの電車でちらっと見せてもらいましたが、印刷所の棚《たな》も印刷機も、写真映《しゃしんば》えしますね」

重厚《じゅうこう》な機械は蒸気機関車《じょうききかんしゃ》のようで、ネジや歯車の好きな人にとってはたまらないだろう。

「あの印刷所で一ページ作ろうか」

佐々田《ささだ》さんがつぶやく。

「深沢《ふかざわ》さんもそう言ってました」

「そうか。取材、受けてくれそうかな」

「お願いすれば大丈夫《だいじょうぶ》だと思いますが……」

ちょっと口ごもる。電車のなかで考えていたことが頭をよぎった。

「どうした？　なにか気になることでも？」

言うべきかどうか、少し迷《まよ》ったが、思い切って話すことにした。

「いえ、ちょっと気になって。たしかに興味深《きょうみぶか》いとは思うんです。仕事もていねいですし。でも、あれでほんとに採算《さいさん》が取れているのかな、って」

つまみがやってくる。店員が手際《てぎわ》よく皿を並《なら》べていく。

「なるほどなあ。商売として成り立っているのか、ってことだな」

「いまどうか、ってだけじゃなくて、将来的《しょうらいてき》にどうなんだろう、っていうことです。いまどき安くて早い印刷業者はいくらでもあるし、たしかに出来上がったものに雰《ふん》囲気《いき》があるのは認《みと》めますけど、手がかかりすぎる」

「たしかにね。もう機械を作ってる業者もないだろうし、壊《こわ》れたら次はない」

「それに、小さい仕事じゃないですか？　個人《こじん》の名刺《めいし》とか、年賀状《ねんがじょう》とか……？　シアター川越《かわごえ》の入場券《にゅうじょうけん》だって、たかだか百枚程度《まいていど》の仕事です。こう言ってはなんですが、余裕《よゆう》のある人の道楽じゃないですか？」

「でも、もの作りってそういうものじゃないか？　食器だって、工場で安価《あんか》に作れるようになっても、陶芸家《とうげいか》の作った高価《こうか》な器《うつわ》をほしがる人もいる。食べ物でも家具でも、手作りを好む人はいるだろう？」

「活版《かっぱん》印刷も工芸品、ってことですか」

自分がなにを言いたいのかわからなくなって、言い淀《よど》む。佐々田《ささだ》さんが次の言葉を待つように、じっとこちらを見た。

「なんか違和感《いわかん》があるんです。言葉にしにくいんですが、なんで満足できるんだろうなあ、って」

佐々田《ささだ》さんは箸《はし》を取り、冷奴《ひややっこ》を口に入れた。

「うん、うまい。とにかく、食べようじゃないか」

「あ、はい」

箸《はし》を割《わ》り、さつま揚《あ》げをつまむ。

「ああ、うまいですね。はじめて来ましたけど、いいお店ですね」

最近コンビニ弁当《べんとう》ばかりが続いてたからなあ。この前の清水の結婚式《けっこんしき》のときも、周りが気になって、料理の味はほとんど覚えていない。

「蕎麦《そば》に時間がかかるけど、酒もつまみもうまいんだ」

佐々田《ささだ》さんが満足そうに笑った。

「地酒もいろいろあってね。あの棚《たな》にずらっと並《なら》んでるだろ？」

カウンターの隣《となり》の棚《たな》を見る。並《なら》んだ地酒のなかに、清水の家の酒が入っていた。小さな酒屋だから、東京の店で見かけるのはめずらしい。

「いちばん上の棚《たな》のいちばん左の、あれ、知人の実家が作ってる酒ですよ」

「へえ、そうなのか。なかなかいい酒だよ。この店で初めて飲んだが、すっきりして美味《おい》しい。次はあれにしよう」

佐々田《ささだ》さんは自分の酒をちょっと飲み、息をついた。

「で、あの人に違和感《いわかん》がある、って言ったっけ」

「ええ。お客さんに満足を与《あた》えるのはわかる気がするんです。ほかのどこにもない魅力《みりょく》がある。だけど、それが伝わるのはほんのわずかな人でしょう？　どうしてそれで満足できるのか……」

佐々田《ささだ》さんの口元が少し笑ったように見えた。

「若《わか》いのに、どうしてあの人生を選択《せんたく》できたのか、そこがわからない」

「なるほどね」

「もっと偉《えら》くなりたい、とか、もっと儲《もう》けたい、とか、そういうのは邪《よこしま》な欲望《よくぼう》のような気もしますけど、それがない人ってなんとなく宗教家《しゅうきょうか》みたいで、俺《おれ》みたいな人間からすると、近づきがたくて……」

考え考えようやくそう言うと、佐々田《ささだ》さんが大きな声で、はははっと笑った。

「変ですか、笑わないでくださいよ」

情《なさ》けない声になる。

「ああ、すまん。変じゃないよ、至極《しごく》まっとうだ。まっとうすぎてなかなか口に出して言う人はいないかもしれないけど」

まっとうと言われると、むしろ気恥《きは》ずかしい。

「女性《じょせい》だからなんですかね。男みたいに変な見栄《みえ》がなくて、序列《じょれつ》にこだわらないとか、既存《きぞん》の価値観《かちかん》に縛《しば》られないとか……」

「それはちょっと安直じゃないか？　でも、たしかに気になる。まあ、納得《なっとく》した人生を歩んでる人なんてそうそういないだろうけどね。なにを選んでも、選ばなかったなにかを思って後悔《こうかい》する」

佐々田《ささだ》さんが言ったとき、蕎麦《そば》がやってきた。ざるの上の蕎麦《そば》がつやっと輝《かがや》いている。佐々田《ささだ》さんが蕎麦《そば》に箸《はし》を伸《の》ばした。俺《おれ》も少しつゆにつけ、つるつるっとすすった。うまい。つゆも香り高く、蕎麦《そば》の歯ごたえ、喉越《のどご》しも良かった。

「うまいですねえ」

「そうだろ？」

佐々田《ささだ》さんが得意《とくい》そうに言う。

「さっきの酒を頼《たの》もう。竹野くんもどうだい？　一杯《いっぱい》くらいならいいだろう？」

「そうですね、じゃあ……」

手を上げて、店員を呼《よ》ぶ。清水の家の酒を注文する。

「今日《きょう》は良かったよ。竹野くんの本音を聞けて」

「いや、俺《おれ》、変なことばっか言っちゃって……」

「いいんだよ。もがいてるところが見えて、少し竹野くんがわかった気がした」

穴《あな》があったら入りたいとはこのことだ。

「大人《おとな》にも何段階《なんだんかい》かあってね。もがいているうちは一段階目《だんかいめ》。受け入れたら二段階《だんかい》目《め》。わたしなんて、二段階目《だんかいめ》に入ったのは四十近くなってからだったよ。不惑《ふわく》とはよく言ったもんだね。ようやくここでやってく、って思えた」

自分にもそんなときがくるんだろうか。

「でも、全然もがかない人は嘘《うそ》っぽいよね。そんなんでおもしろいのか、って思う。けど、一生自分の人生を受け入れられなかったら、それはそれで貧《まず》しいと思うんだ。文句《もんく》ばかりの人生じゃあね。役目を受け入れると、まっとうしようと思うようになる。そうやって世界になにかを返していく。後進を育てるとか、なにか残すとか。

自分のためじゃなくてね」

「俺《おれ》にそんな立派《りっぱ》なことができると思えないんですけど」

「いや、立派《りっぱ》じゃなくてもいいんだよ。あたりまえのことでいいんだ」

俺《おれ》はそんなあたりまえの人生が嫌《いや》で、東京に出てきた。あたりまえに生きている兄の、訳知《わけし》り顔が嫌《いや》だった。東京に出て、自分なりのなにかをつかみたかった。だがいまになってみると、そんなの全部まぼろしのような気がしてくる。

「だけど、個人差《こじんさ》はあるんだよね。驚《おどろ》くほど早いうちに、人生の決断《けつだん》ができる人もいる。そういう人を見ると、すごいなあ、って思うんだよね、むかしから。なんでできるんだろう、ってさ」

酒が運ばれて来る。テーブルの上で、グラスの酒の面が揺《ゆ》れて、光った。佐々田《ささだ》さんが一口飲む。俺《おれ》も口に運んだ。この酒を飲むのは久《ひさ》しぶりだ。ずっと飲んでなかった。最後に飲んだのはいつだろう。

大学を卒業してしばらくして、ゼミの同期で集まったとき。あのときの店にこの酒があった。清水と話しながら、ふたりでこの酒を飲んだ。俺《おれ》はわけのわからない劣等感《れっとうかん》で、ひとり早めに店を出たんだ。

たぶんあれが最後。

ふわっといい匂《にお》いが鼻をくすぐる。一口飲む。すっきりした一筋《ひとすじ》のものが身体《からだ》のなかに流れ込《こ》んできた。うまい。ずっと忘《わす》れていたけれど。

「竹野くん、思い切って訊《き》いてみないか？　どうして印刷所を選んだか」

佐々田《ささだ》さんがにやっと笑う。

「あの三日月堂《みかづきどう》の人にですか」

驚《おどろ》いて訊《き》き返した。

「そうだよ。次に取材に行ったとき、突《つ》っ込《こ》んでみる。そういえば、あのとき津川《つがわ》さんも訊《き》いてたじゃないか。なんでいま活版《かっぱん》印刷なのか、って。彼女《かのじょ》、そのときちゃんと答えてなかっただろう？」

そういえばそうだったな。あのときの会話を思い出した。

「でも、旅行雑誌《ざっし》に関係ないんじゃないですか、人生の話なんて」

「情報《じょうほう》を伝えるのが目的だからね。でも、もぐりこませることはできるよ。そういうのを読みたい人もいるかもしれない。それに、竹野くん自身が気になるなら訊《き》いたっていいんじゃないか？　記事に入れるかどうかは別にして」

いつのまにか取材に行くことは決定になっていた。スケジュールはもうけっこう詰《つ》まっているのに、もう一件《いっけん》ねじ込《こ》まなければならないのか。

「とりあえず、川越《かわごえ》には明日《あした》も行きますから、帰りに三日月堂《みかづきどう》に寄《よ》ってみます。日曜だから休みかもしれませんが」

そう言いながら、もう一口、酒を飲んだ。


もう一度社に戻《もど》り、なんとか終電までに仕事を終えることができた。帰りの電車でスマホを見ると、三枝《さえぐさ》からメールが来ていた。結婚式《けっこんしき》の二次会で新婦側《しんぷがわ》の女性《じょせい》たちとの合コンが決まったらしく、それに来ないか、という誘《さそ》いだった。

――二次会のあと樋口《ひぐち》は女の子と帰って、なんかあったらしい。あいつもたいがいにしないとまずいな。いまの彼女《かのじょ》ともけっこうもめているみたいだし。

はあっ、とため息をつく。どれも自分からはえらく遠い出来事に思えた。

合コンの日にちは例の『我《われ》らの西部劇《せいぶげき》』刊行《かんこう》記念イベントの日だった。取材を受けてもらったからには、顔を出さないわけにもいかない。

それに……そんな席に出たところで、俺《おれ》に関心を持つ女性《じょせい》がいるとも思えない。

せっかくだけど、その日は仕事があるから、と短く断《ことわ》りのメールを入れた。

「仕事ってなんだよ」

送信したあと、声に出してぼやきそうになった。

5

翌日《よくじつ》はひとりで川越《かわごえ》を回った。蔵《くら》を改装《かいそう》したカフェからはじまって、雑貨屋《ざっかや》や飲食店数軒《すうけん》。驚《おどろ》いたことに、いくつかの店で活版《かっぱん》印刷のショップカードやノベルティを見かけた。すべて三日月堂《みかづきどう》で刷られたものらしい。けっこう仕事があるんだな、と感心した。

夕方、三日月堂《みかづきどう》に寄《よ》った。ドアは開いている。弓子さんのほかにもうひとり男がいて、いっしょにパソコンに向かっていた。客だろうか。

「すみません」

「あ、昨日《きのう》の……。竹野さんでしたよね。なにか？」

弓子さんが顔を上げて言った。

「ええ。昨日《きのう》会社に帰ってから、佐々田《ささだ》と、川越《かわごえ》特集で一ページ使ってこの印刷所のお仕事を紹介《しょうかい》したいって話になったんですが……。大丈夫《だいじょうぶ》でしょうか？」

「ええ、それはもちろん。とてもうれしいです。でも、いいんでしょうか？　うちは印刷所で……」

「観光情報《じょうほう》だけじゃなくて、生きたその土地を紹介《しょうかい》するのが目的ですから。そこで暮《く》らす人や、働く人を取り上げて、町の雰囲気《ふんいき》を伝えたいんです」

「そうなんですね。そういうことならぜひお願いします」

弓子さんがぺこっとお辞儀《じぎ》した。

「三日月堂《みかづきどう》が雑誌《ざっし》に載《の》るってことですか？　それはいいですね」

いっしょにいた男が言った。

「えーと、失礼ですが……」

「ああ、すみません、僕《ぼく》はデザイナーの金子《かねこ》って言います。ふだんはデザイン事務《じむ》所《しょ》で働いてるんですけど、活版《かっぱん》の魅力《みりょく》にとりつかれちゃって、ときどきここに来て、仕事を見させてもらってるんです。あ、勤《つと》め先の名刺《めいし》ですけど」

男が差し出した名刺《めいし》には、デザイン事務所《じむしょ》の名前が記されていた。グラフィックデザインの事務所《じむしょ》で、この業界ではよく耳にする一流どころだ。ちょっと気後《きおく》れしながら俺《おれ》も名刺《めいし》を差し出した。

「『めぐりん』ですか。ときどき読んでますよ。いい雑誌《ざっし》ですよね」

金子さんが驚《おどろ》いたように言う。

「ってことは、三日月堂《みかづきどう》が『めぐりん』に載《の》るってことですか？　それはいい」

そう言われると、なんだか照れくさかった。

「実は、この前の『我《われ》らの西部劇《せいぶげき》』のチケットのタイトルロゴは、金子さんに描《か》いてもらったものなんです」

弓子さんが言った。

「あの書き文字……。そうだったんですか」

そういえばあのとき、知り合いのデザイナーにお願いした、って言ってたな。

「最初は、むかしの映画《えいが》のポスターとか広告《こうこく》の画像《がぞう》をトレースして組み合わせて、って思ってましたけど、線に微妙《びみょう》な揺《ゆ》れがあって、手書きじゃないと雰囲気《ふんいき》が出ないんですよ。それで結局全部手書きにしたんです」

金子さんが笑った。

「おかげでむかしのポスターとか広告《こうこく》をずいぶんたくさん見ましたよ。片山《かたやま》さんの家に残っていた資料《しりょう》をいただいて。これがまたえらくかっこいいんです。なんとかこれに近づけたいなあ、って苦心しました」

「失礼ですけど、それって謝礼《しゃれい》は……」

「ちゃんといただいてますよ。こっちも趣味《しゅみ》だからいりません、って言ったんですけどね、『ウェスタン』の方が、そういうのは良くないから、って」

謝礼《しゃれい》、出てるのか……。

「むかしの『ウェスタン』っていう雑誌《ざっし》も、かっこいいんですよ。活字だからいろいろ不自由なはずなのに、そのなかで工夫しまくってる。漢字を大きな文字にして、ひらがなを小さくして……とか、いまだったら簡単《かんたん》だけど、一行のなかで大きさの違《ちが》う活字を組み合わせるんですからね、手間がかかるだろうに、かっこよく作りたい、っていう熱意がすごいんですよね」

金子さんが熱っぽく語った。

「今回のこのチケットも、金子さんがレイアウトを考えてくれたんです。絶対謝礼《ぜったいしゃれい》以上に働いてますよ」

弓子さんがくすっと笑う。

「僕《ぼく》が凝《こ》りすぎたせいで、弓子さんの組版《くみはん》も大変になっちゃいましたよね」

「いえ、いいんです。全部勉強になりますから」

ふたりとも楽しそうだ。

「いまチラシを試《ため》し刷りしてたんです。見ますか?」

弓子さんが円盤《えんばん》のついた小さな機械の前に立つ。

「これも印刷機なんですね」

「はい、大きなハンコみたいなものですけどね。なんの動力もない、完全手動式です。チケットの大きさならこれで刷れますから」

機械の下の方に版《はん》が固定されている。

「この向かい側に紙をセットして……」

弓子さんが紙を置いた。

「レバーを下ろす」

言いながらレバーを下げた。けっこう重そうだ。ローラーが丸い円盤《えんばん》の上のインキをつけ、下に降《お》りて版《はん》をなでる。さらにぎゅっとレバーを下げると、版《はん》が紙に押《お》し付けられた。紙に文字が刷られていた。

呆気《あっけ》にとられるほど単純《たんじゅん》な仕組みだった。むかし学校でやった木版画《もくはんが》と同じ。印刷というのはもともとこういうものだったのか。

だが、これがなかったころからしたら、画期的な発明だ。それまでは一文字ずつ書き写すしかなかったのだから。

「むかしはこの仕組みで印刷してたんですね。本でも、新聞でも」

「そうですね。自動機を動かすには電気が必要ですが、これは完全に手動ですからね。変な話、文明が破壊《はかい》されたとしても、これがあれば新聞を出せる」

金子さんが笑った。

「ロゴといくつかの文字は、金子さんの手書きを凸版《とっぱん》にしたんです。あとは全部活字を並《なら》べてます」

弓子さんが紙を取り出し、差し出す。この前相談して決めた大きなロゴ、下にサブタイトルのように「刊行《かんこう》記念イベント」というゴシックの活字。「輝《かがや》く遠い場所に向かって、我《われ》らの西部劇《せいぶげき》は続いている——」という煽《あお》り文句《もんく》。その下にイベントの概要《がいよう》。

「ここはなにかはいるんですか?」

真ん中に大きく空いた場所がある。

「それが悩《なや》みどころで……」

金子さんがぼやいた。

「ここ、ふつうなら写真がはいるところですよね?」

「ええ、そうなんですけど……なにを入れるか、なかなか決まらなくて」

「上映《じょうえい》する映画《えいが》の写真でいいんじゃないですか?」

「映画《えいが》は何本か上映《じょうえい》するんですよ、『ウェスタン』の人気投票で上位だったものをね。でも、なにを入れても、なんかちがう感じがするって言われて……。その映画《えいが》のイベントみたいになってしまう、っていうのかな」

試《ため》し刷りの紙をじっと見つめる。

「『輝《かがや》く遠い場所に向かって、我《われ》らの西部劇《せいぶげき》は続いている――』、この煽《あお》り文句《もんく》はどうしたんですか？」

「これは『我《われ》らの西部劇《せいぶげき》』の最終章からとったんです。僕《ぼく》も読みましたけど、男のロマン、っていうか……。ちょっと胸《むね》が熱くなりましたね。これを書いた片山《かたやま》さんっていうライターのかっこよさもあるんだけど、版《はん》を全部保存《ほぞん》していた弓子さんのお祖父《じい》さんの渋《しぶ》さにもぐっとくるものがあって……」

「祖父《そふ》は片山隆一《かたやまりゅういち》さんの大ファンだったんですよ。だからいつか本にしたい、と願っていたんだと思います」

弓子さんが言った。

「『カラスの親父《おやじ》さん』って呼《よ》ばれてたんですよね、弓子さんのお祖父《じい》さん」

金子さんが訊《き》くと、弓子さんが照れくさそうにうなずく。

「カラス、ってあの店のマークの……？」

「そうなんです。片山《かたやま》さんの話によると、祖父《そふ》はふだんは堅物《かたぶつ》だったけど、片山《かたやま》さんのお父さんと話すときだけはすごく楽しそうだったそうで。ふたりでふざけてカウボーイハットをかぶって写真を撮《と》ったりしてたみたいですよ」

弓子さんがくすくす笑った。

カウボーイハットの写真……？

「あの、その写真、ってまだあるんでしょうか？」

ふと思いついて、俺《おれ》は訊《き》いた。

「はい。家に残っていたそうで、この前、片山《かたやま》さんに見せてもらいました」

弓子さんが答える。

「その写真はどうですか？」

俺《おれ》は言った。弓子さんも金子さんも首をかしげる。

「そのチケットの真ん中に入れる写真ですよ」

そう言うと、ふたりともはっとしたような顔になった。

「刊行《かんこう》記念イベントなんですよね。もちろん映画《えいが》も上映《じょうえい》するんだろうけど、本来主役は片山《かたやま》さんと三日月堂《みかづきどう》の先代ですよね。カウボーイハットをかぶった写真なら、そのチケットの真ん中にふさわしいじゃないですか」

「ほんとだ。そうですね」

弓子さんが胸《むね》の前で両手を合わせた。

「すごくいいアイディアですね。会の主旨《しゅし》にいちばん合ってる。写真を見てみないとわからないけど、うまく加工すれば……」

金子さんが言った。

「じゃあ、ちょっとメールで片山《かたやま》さんに訊《き》いてみます」

弓子さんが立ち上がり、パソコンのある机《つくえ》に向かった。

ほどなく片山《かたやま》さんから返事があり、片山《かたやま》さんと三日月堂《みかづきどう》の先代の写真を使うアイディアに賛成《さんせい》してもらえたようだ。成り行きで口出ししてしまった俺《おれ》も少しうれしかった。

写真の部分だけ先にオフセットで刷り、そのあと三日月堂《みかづきどう》で文字を刷る。「めぐりん」の取材もその日にはいることにした。

「じゃあ、弓子さん、僕《ぼく》は帰ります。これからちょっと打ち合わせがあるんで」

金子さんが立ち上がる。

「竹野さんはどうされますか？　帰るんだったら、駅までいっしょに……」

「いえ、まだもう少し……。ちょっと弓子さんに訊《き》きたいことがあるので」

そう答えると、金子さんは、じゃあ、また、と言って店を出て行った。

「訊《き》きたいことってなんでしょうか？」

扉《とびら》がしまると、弓子さんが言った。どう切り出すか、少し迷《まよ》った。

「弓子さん、お仕事、楽しいんですよね」

結局直球になった。弓子さんはきょとんとした顔になった。

「すごく丁寧《ていねい》でお客さまに対しても誠実《せいじつ》だし……。もちろんいいことだと思うんですけど、気になるんですよ、どうしてここまで一生懸命《いっしょうけんめい》なのか、って」

弓子さんはじっと黙《だま》ったまま、考えるような顔になる。

日が暮《く》れて、店のなかも暗くなって来ていた。弓子さんが電球をつける。

「お茶、淹《い》れますね」

弓子さんはそう言って、階段《かいだん》をのぼった。上から、お湯を沸《わ》かす音が聞こえた。

カタカタと音がして、お盆《ぼん》を持った弓子さんがおりてくる。机《つくえ》にお盆《ぼん》をおき、湯飲みにお茶を注ぐと、弓子さんはちょっと息をついた。

「さっきの質問《しつもん》ですけど……やっぱり、楽しいから……でしょうか。次から次に知らないことが出てくるし、それを解決《かいけつ》するのが楽しいし……お客さまが作りたい形を探《さが》すのが面白《おもしろ》くて……」

弓子さんは言葉を探《さが》すように、ぽつりぽつりと言った。

「わかります。僕《ぼく》もさっき写真の話をしていたとき、充実《じゅうじつ》した気持ちになりました。でも、そういうことじゃなくて……。昨日《きのう》、津川《つがわ》さんが訊《き》いてましたよね。なんでいま活版《かっぱん》印刷を選んだのか、って。僕《ぼく》の疑問《ぎもん》もそれと似《に》てて……」

「ああ、わたし、昨日《きのう》はうまく答えられなくて……ちょっと悔《くや》しかったんですよ」

弓子さんが少し笑った。湯飲みを持ち、口につける。少し甘《あま》い香《かお》りがした。

「あれからしばらく考えてたんです。なんでなんだろう、って。体力的にもそんなに楽じゃないし、収入《しゅうにゅう》も安定しないし。工場が持ち家なので家賃《やちん》はいらないし、従《じゅう》業員《ぎょういん》もいないから身軽ではあるけど……」

そう言ってまわりを見た。

「もう新しい機械が製造《せいぞう》されることはないし、機械の修理《しゅうり》をしてくれるところも少なくなってる。活字屋さんもどんどん減《へ》ってる。活字を作るには母型《ぼけい》が必要なんですが、母型《ぼけい》を作れる人はもう日本にはいないみたいで。いまある母型《ぼけい》がダメになったら、次はないってことです」

それはわかってるんだ、と思った。そうだよな。この仕事に携《たずさ》わっているんだから、だれよりよくわかってるはずだ。

「わたしのあと、だれかにこの工場を継《つ》いでもらう、ってことは無理だと思います。

でもいまは、自動機も校正機も動く。手《て》キンはちゃんと手入れしていれば、まず壊《こわ》れない。これさえあれば、名刺《めいし》やハガキの仕事はできますから」

「それはやっぱり、お祖父《じい》さんが大切にしてた工場だからなんですか？　自分が使わなければ、お祖父《じい》さんに申し訳《わけ》ない、というような……」

「いえ、祖父《そふ》は自分の代で店を閉《し》めるつもりでしたから。わたしが継《つ》ぐなんて思ってもいなかったでしょうし、わたしだって最初はそんなこと、思いもしなかった。活版《かっぱん》印刷を選んだ、とか、そういうたいそうなことじゃないんですよ、たぶん」

　弓子さんが天井《てんじょう》を見上げる。

「全部めぐりあわせなんです。父が病気で亡《な》くなって、母はわたしが幼《おさな》いころに亡《な》くなっているので、ひとりになって……。空き家になってたこの家をどうするか、って話になって、様子を見に戻《もど》ってきた」

「そうだったんですか」

「なんだかなつかしくて、しばらくここに住もうとは思ったけど、印刷所を動かす気なんてなかったんです。でも久《ひさ》しぶりに会った知人から、むかしの三日月堂《みかづきどう》のレターセットを作ってほしい、って言われて……」

なぜだろう。ふわっと実家のかまぼこ屋が頭に浮《う》かんだ。

木造《もくぞう》の厨房《ちゅうぼう》はいつも魚の匂《にお》いがしていた。魚をおろし、刻《きざ》み、水に晒《さら》し、石臼《いしうす》で挽《ひ》いて……毎日毎日同じことのくりかえし。もうかまぼこは食べたくない、と言って、怒《おこ》られたこともあった。

だけど、いまはときどき、あの匂《にお》いが恋《こい》しくなる。

「祖父《そふ》も祖母《そぼ》も父も母もみんないなくなって、空っぽでなにもない感じがしてたんですね。なんのために生きてるのかわからない。なにか成し遂《と》げたとしても報告《ほうこく》する相手はひとりもいない。褒《ほ》めてくれる人もいっしょに喜《よろこ》んでくれる人もいない。なんで生きてるのかなあ、って」

ひとりっきり。俺《おれ》が経験《けいけん》したことのない孤独《こどく》。だから、わかる、とは思えない。だが、弓子さんの声を聞いていると、さびしさがしんしんと伝わってくる。

「家族がだれもいなくなって、自分のほとんどの部分がなくなっちゃったような気がしてたんだと思います。でも、ここに帰ってきて、過去《かこ》にあったものが消えたわけじゃない、と思った。むかしの三日月堂《みかづきどう》を覚えている人と出会ったり、自分の仕事を喜《よろこ》んでくれる人がいたり、ここでこうしているのも悪くないな、って……」

弓子さんがすっと黙《だま》る。

――もしここがなくなったら、自分自身がいなくなるような気がするんだろうな。

いつだったか、かまぼこ屋の厨房《ちゅうぼう》を掃除《そうじ》しながら、兄がぽつんとそう言った。

――俺《おれ》だけじゃなくてさ。うちのかまぼこを食べて来た人たちも、なにかがなくなったように感じるだろう。

兄はそう言った。あのとき俺《おれ》はまだ中学生で、そう言われてもピンと来なかった。人生からかまぼこがなくなるくらい、たいしたことじゃない。そう思っていた。

でも、心のどこかにずっとあのときの兄の言葉が残っていて、いまでもかまぼこを見ると、その言葉を思い出す。

「仕事があったからやってこられたのかも、って思うんです。だれかのためになにか作る、ってことで生きてこられたのかな、って。ここしかないんですよ。ずっとここでやっていけるって思ってるわけじゃ、ないですけどね」

そう言って、くすっと笑った。

「それに、まだ完全に満足のいくものができたことがない。ここにあるものをすべて使いこなしているとも言えない。最初はまだ使えるんだから使わないともったいない、っていう気持ちだったけど、仕事をするうちに、まだまだ可能性《かのうせい》がある、と感じるようになった。やりきった、と感じるまではやめられないですよ」

ぞくぞくっとした。

――やりきった、と感じるまではやめられない。

ああ、俺《おれ》よ。なんでボイスレコーダーを入れておかなかったんだ。

「でも、好きなだけじゃダメなんですよね。いま来てくれるお客さまだけじゃなくて、新しいお客さまを見つけないと。活版《かっぱん》印刷を知らない人に魅力《みりょく》を伝えなくちゃいけない。新しい可能性《かのうせい》を提示《ていじ》できなくちゃいけないんだなあ、って」

古いものを守るのは保守的《ほしゅてき》だって思い込《こ》んでいたけど、違《ちが》うのかもしれない。

「古いものを守る」というのは、前からあるものをそのままにとっておくだけじゃない。それもまた挑戦《ちょうせん》なんだ。

――守るためには、ずっと同じことをしてたらダメなんだ。

いつだったか、兄はそう言った。いまの時代に合わせてアップデートしなくちゃいけない。守るためには頭を使わなくちゃいけない。兄は兄で戦っている。そうか、そうだったのか。胸《むね》の奥《おく》のほどけなかった紐《ひも》が急にほどけた気がした。

「あの……。いまの話、記事に書いてもいいですか？」

間抜《まぬ》けなことしか言えなかった。ほんとはもっと別のことが言いたかったのに。

「ええ、かまいませんが……」

ちょっと戸惑《とまど》ったように微笑《ほほえ》む。俺《おれ》はあわてて手帳を取り出し、さっきの言葉を書き留《と》めた。

「そうだ、竹野さん。どうせなら竹野さんも一枚《まい》印刷してみませんか？　さっきの写真がはいってないチケット」

「いいんですか？　実際《じっさい》にどんな重さなのか、ちょっと知りたかったんです。せっかくですから、紙を置くところから通してやってみてもいいでしょうか」

「ええ、もちろん」

弓子さんはうなずいて、紙を差し出す。さっきの場所にそっと紙を置いた。インキのついた版《はん》を紙に押《お》し当てる。単純《たんじゅん》な原理だ。でも、それがすべての基本《きほん》なんだ。

「それから、レバーを引くんですよね」

「そうです。まずこの円盤部《えんばんぶ》のインキをローラーにつけます」
二、三回かしゃかしゃと円盤部《えんばんぶ》でローラーを行ったり来たりさせた。
「そのくらいでいいですよ。次は下までおろします」

「どのへんまで下げればいいんですか？」

「とまるところまで」

レバーをおろす。けっこう重い。これを片手《かたて》で軽々《かるがる》とおろしてたんだから、弓子さん、やっぱり力があるんだな。ぐいっと下がるところまで下げた。

「それくらいで大丈夫《だいじょうぶ》ですよ」

弓子さんに言われ、力をゆるめる。レバーが戻《もど》るとき意外と強く引っ張《ぱ》られ、あわてて力を入れ直し、ゆっくり戻《もど》した。

下を見ると、紙にインキがついていた。少しぼうっとしながら、紙を手に取った。

俺《おれ》は毎月雑誌《ざっし》を作っている。取材して、記事を書いて、写真と組み合わせてレイアウトして。終わったらネットを使って入稿《にゅうこう》。全部オフィスのパソコンのなかの作業だ。手触《てざわ》りはなにもない。それが本を作ることだと思っていた。

だけど、ちがうんだ。いまだって、印刷所では物質《ぶっしつ》としての本が生み出されている。機械の作業が増《ふ》えているが、もとはすべて人の手でやっていたことだ。印刷も、裁断《さいだん》も、製本《せいほん》も。

むかしかまぼこ作りを手伝わされたことを思い出す。刻《きざ》む、すりつぶす、練る。どの作業にも手触《てざわ》りがあった。単調な作業で退屈《たいくつ》だったけれど、あの時の感触《かんしょく》も匂《にお》いも、身体《からだ》のどこかにいまも残っている。生きているもののように。

否定《ひてい》できないな。

ほんのりした電球のあかりが、刷り上がった紙を照らす。印刷物としての魅力《みりょく》だけじゃない。これを見てると、人が手で作業した記憶《きおく》がよみがえってくるのかもしれない。だれもが持っている記憶《きおく》が。だから惹《ひ》きつけられる。

「きれいですね」

ぼそっとつぶやく。弓子さんが微笑《ほほえ》んだ。

「こちら、もらっていってもいいですか？」

「ええ、もちろん」

弓子さんが笑う。

「ありがとうございます。取材の日にはここに写真も入るんですよね」

チケットを眺《なが》める。相談してるとき、みんな楽しそうだった。弓子さんも金子さんも、深沢《ふかざわ》さんも、片山《かたやま》さんも津川《つがわ》さんも。

ああいうの、苦手だった。偽善的《ぎぜんてき》だと思ってた。だけど、否定《ひてい》はできない。

「今回はいろいろ学ぶところがありました。ただ、ちょっとひとつ気になったことがあって……」

「なんでしょう？」

「この前、大型《おおがた》印刷機も動かしたい、と話されてましたけど、もしそこまでするなら……ひとりでは、無理があるんじゃないですか？」

「どういう意味ですか？」

「組版《くみはん》や印刷の作業のほかに、仕入れや営業《えいぎょう》もあるでしょう？　それを全部ひとりでこなそうとしたら、限《かぎ》られたことしかできない。大型《おおがた》の機械を動かしてなにかしようと思うなら、ほかにも従業員《じゅうぎょういん》が必要なんじゃないか、って思ったんです」

弓子さんがじっと考えこむ。

「たしかに……そうかもしれません。あの機械を動かしていたころは、もっと従業《じゅうぎょう》員《いん》がいたって言ってました。そうですね。機械を動かすだけじゃ……」

つぶやいて、宙《ちゅう》を見上げた。

「ありがとうございます。ちょっと考えてみます」

こちらをじっと見て、そう言った。

三日月堂《みかづきどう》を出て、駅までの長い道を歩きながら、自分で刷ったチケットを眺《なが》めた。ただの紙切れ。だが、なぜかとても大事なものに思えた。曲がらないように手帳にはさみ、そっとカバンにしまった。

6

最寄駅《もよりえき》から自宅《じたく》に向かって歩く途中《とちゅう》、電話がかかって来た。

仕事？　それとも三枝《さえぐさ》？　また合コンの話だったら面倒《めんどう》だな。

見ると、清水だった。

電話を取る。

——ああ、竹野？　休みの日にすまん。

「いや、いいよ。実は仕事で、ちっとも休みじゃなかったし」

笑って答えた。

「なんかあったか？」

——なんでもないよ。ただ、引き出物のお礼が言いたくてさ。すごく好評《こうひょう》だったんだ。特製《とくせい》のを作ってくれたみたいなんだけど、梨沙子《りさこ》の親戚《しんせき》も、上司も、みんな褒《ほ》めてくれてね。どこのものか知りたい、って。

「それはうれしいね。兄貴《あにき》に伝えとくよ」

歩道橋《ほどうきょう》の階段《かいだん》を上っているせいで、少し息が上がっていた。歩道橋の上まで来て、立ち止まり、柵《さく》にもたれた。

——うん。さっき、俺《おれ》も電話で話したんだ。

「そうか。なんか言ってたか？」

——喜《よろこ》んでたよ。それに、お前のこと、いろいろ言ってた。

「え、やだな。なんて?」

——お前はしばらく結婚《けっこん》しないだろうけど、とか。

「なんだよ、それ」

会ったらまた説教されるのだろうか。結婚《けっこん》する気はないのかとかなんとか。

——「めぐりん」を毎号取って読んでるんだってさ。

「え、そうなの? なんだよ、言ってくれれば送るのに」

——いや、買いたいんだろ。応援《おうえん》したいんだよ。それに、「めぐりん」の記事が仕事の参考にもなる、みたいなこと、言ってた。「めぐりん」で取り上げられてる店の話、自分の店の将来《しょうらい》を考える上でもヒントになることが多い、って。

「へえ」

短く答え、歩道橋の下をのぞいた。車がひっきりなしに通っていく。タクシーや自家用車、業者の車。日曜日のこんな時間でもまだ働いてるんだな。

——お兄さんもさ、むかしは東京に出てみたかったみたいだよ。

「ほんとか? そんな話、聞いたことなかった」

——家族には言わないんだよ、きっと。自分も東京に憧《あこが》れてた。でも、夢《ゆめ》を追う方は弟に任《まか》せることにしたんだ、って。自分は臆病《おくびょう》で、内弁慶《うちべんけい》で、知らない土地で力を発揮《はっき》できるタイプじゃない。地に足が着いてないと不安なんだ、ってさ。

「そうか」

兄貴《あにき》の言いそうなことだ。

――「めぐりん」を見てると、弟がちゃんと外の世界を見て、人になにかを伝えようとしているのがわかる、自分ができないことをやっているのがうれしい、って。

「なんだよ、それ。勤《つと》め人の苦労も知らないで、いい気なもんだ」

――だよなあ。

「お前だって、有名企業《ききぎょう》じゃないか。俺《おれ》なんて……」

なぜか本音が出てしまった。

――おんなじだよ。会社がでかくたって、所詮《しょせん》会社員。なかでどれだけ偉《えら》くなっても、交換可能《こうかんかのう》なパーツだ。最近、よくそう思うよ。

清水のため息が聞こえた。

――まあ、そのなかに自分のやりたいことをもぐりこませて、なんとかうまくやっていきたい。いまはそう思ってる。会社がでかければ得《とく》することもある。自分ひとりじゃ届《とど》かないところに声を届《とど》けることができるからね。

「そうだな」

大学時代、よく飲み屋で清水と語り合ったのを思い出した。いつだって清水は熱く語り、俺《おれ》はぼんやりそれを聞いていた。

話の中身なんてひとつも覚えてない。

「みんないつか死ぬんだ。それまでどれだけのことができるか。ただそれだけだもんな。手段《しゅだん》なんて、どうでもいい」

ぼそっとつぶやく。

——そうだな。

清水のつぶやく声がした。

——お前のそういう冷めたところ、面白《おもしろ》いなあ、ってずっと思ってたよ。

空を見上げる。月が皓々《こうこう》と光っていた。道に沿《そ》ってずっとビル街が続き、見ているとなぜか胸《むね》がいっぱいになった。

——今度、うちに遊びにきてくれ。梨沙子《りさこ》も君ともっと話したい、って。

清水が言った。

「俺《おれ》は……連れてく人がいないけどな」

——全然いないのか？

「ああ。当分できそうにないよ。合コンとかああいうのはあんまり興味《きょうみ》ないし。いまは仕事、面白《おもしろ》いしね」

するっと口をついて出た。

仕事、面白《おもしろ》い？

なんでそんなことを言ってしまったんだ？　ちょっと狼狽《ろうばい》する。

――めずらしいね、竹野がそんなこと言うなんて。

ちがうんだ、別に自分を受け入れたとか、そんなんじゃないんだ。言い返しそうになり、口をつぐむ。

「そういえば、俺《おれ》もお前の家の酒、飲んだよ」

――え？　どこで？

「会社の近くの蕎麦屋《そばや》。地酒がたくさん置いてある店で」

――へえ。そんな店があるのか。

少しうれしそうだった。

「うまかったよ、酒。久《ひさ》しぶりに飲んだけど、うまかった」

――そうか。

噛《か》みしめるような声だった。

「家、行くよ。落ち着いたら呼《よ》んでくれ」

トラックが下を通り、歩道橋が少し揺《ゆ》れる。

——じゃあ、近いうちに。

わかった、と言って電話を切った。

家に帰ってから、昆布巻《こぶま》きを食べた。引き出物で受け取ったきり、冷蔵庫《れいぞうこ》に入っていた昆布巻《こぶま》きを。

うまかった。

なんてことだ。こんな特製品《とくせいひん》があったとは。

俺《おれ》も知らなかったよ。

途中《とちゅう》から泣きながら食べていた。

兄も戦っている。結局、そういうことだ。伝統《でんとう》を守るのも、新しいものを作るのもみんな戦いだ。守りに入る、というのは、いまのままでいい、と思うこと。もっと遠くに行ける。そう信じるのをやめること。

「俺《おれ》も守りには入らないからな」

説教するように昆布巻《こぶま》きに言う。

兄貴《あにき》の顔が浮《う》かぶ。負けたくなかった。

「いいか。絶対《ぜったい》に入らないからな」

とろけるような昆布《こんぶ》をむんずと箸《はし》でつまみ、えいっと口に入れた。


二週間後の土曜、チケットの印刷の取材に三日月堂《みかづきどう》を訪《おとず》れた。片山《かたやま》さんと金子さんも来ていた。

「親父《おやじ》さんと父の写真を入れるっていうのは、いいアイディアでしたね。竹野さんのおかげですよ。ありがとうございます」

片山《かたやま》さんが言った。

「しかもね、その写真がまたすごくいい感じで。ハットをかぶったふたりが、なかなか渋《しぶ》くて、決まってるんですよ。構図《こうず》もばっちり。トリミングだけしましたが、加工はほとんど必要なかった」

金子さんがうれしそうに語る。

この人、活版《かっぱん》印刷に興味《きょうみ》があって、って言ってたけど、よっぽど好きなんだな。けっこうここに来てるみたいだし……。

まさか、弓子さんとつきあってる……？

ちらっと弓子さんの方を見る。印刷の準備《じゅんび》で、黙々《もくもく》と機械を調整している。

そうじゃ、ないよな。この前見た感じ、そういう雰囲気《ふんいき》じゃなかった。だけど、わからない。弓子さんはなんとも思ってなくても、金子さんが弓子さんを好きってことは……？

「準備《じゅんび》、できました」

弓子さんが顔を上げる。

深沢《ふかざわ》さんがシャッターを切る。

仕事、面白《おもしろ》い。

嘘《うそ》じゃないよな。こんな人と出会えるのだから。身近な街のふつうの人のなかに、いろんなものが詰《つ》まってる。この仕事をしていると、それがわかる。

弓子さんの横顔を見る。世の中にはこういう人もいるんだな。こういう人に認《みと》められるためには、きっと、年収《ねんしゅう》とか、勤務先《きんむさき》じゃない、なにか別のものが必要なんだろう。それがなにかは、まだわからないけど。

くすっと笑い、ペンを構《かま》えた。

カナコの歌

あの夏は愛するものもまだなくてひこうき雲に憧れていた

1

駅を出ると小雨《こさめ》が降《ふ》っていた。カバンから折りたたみ傘《がさ》を取り出し、開く。

スーパーで手早く買い物をすませた後、母に雑誌《ざっし》を買ってきてくれと頼《たの》まれていたのを思い出し、商店街の書店に寄《よ》る。母は数年前に足を痛《いた》め、いまは父の介護《かいご》もあるから、外出はままならない。見たい時間にテレビを見ることもかなわず、録画する余裕《よゆう》もない。いまはその雑誌《ざっし》を眺《なが》めるのだけが安らぎになっていた。

雑誌《ざっし》の棚《たな》を眺《なが》めていたとき「川越《かわごえ》特集」という文字が目に飛び込《こ》んできた。

川越《かわごえ》……。

カナコのことを思い出した。カナコは、大学時代、軽音楽部でいっしょにバンドを組んだ親友で、三十歳《さい》になる前に病気で亡《な》くなった。

川越《かわごえ》にはカナコの夫、修平《しゅうへい》さんの実家があった。小さな印刷所で、一度カナコに案内されて訪《たず》ねたことがあった。

引き寄《よ》せられるように手に取った。「月刊《げっかん》めぐりん」という旅行雑誌《ざっし》だ。ページを開き、目を見張《みは》った。川越《かわごえ》の街ってこんなだっただろうか。重厚《じゅうこう》な蔵造《くらづく》りの建物がずらりと並《なら》んでいる。

ぱらぱらとページをめくり、手がとまった。

カナコ？

息をのむ。写真にカナコが写っていた。活字の棚《たな》の前に立っている。なぜ亡《な》くなったカナコがここに？　いや、よく見ると少しちがう。写真の下のキャプションに「三日月堂《みかづきどう》の月野《つきの》弓子さん」と記されていた。

月野弓子。はっと写真を見返す。

これ、まさか……弓子ちゃんなの？

弓子ちゃんはカナコの娘《むすめ》だ。なんだか嘘《うそ》のようだ。わたしが知っている弓子ちゃんは、まだ小さい子どもだった。こんなに大人になっているとは。もう二十五年も経《た》っているのだからあたりまえのことなのに、わたしのなかでは弓子ちゃんはいまでも子どもだった。

記事によると、弓子ちゃんはお祖父《じい》さんの印刷所を継《つ》いだらしい。お祖父《じい》さん、お祖母《ばあ》さんはもう亡《な》くなって、修平《しゅうへい》さんも何年か前に亡《な》くなっているようで、ひとりで印刷所の仕事をしているらしかった。

修平《しゅうへい》さんも亡《な》くなった……。弓子ちゃんはお母さんもお父さんも亡《な》くしてしまったのか。まだ若《わか》いのに。

母に頼《たの》まれた雑誌《ざっし》とともに、「めぐりん」を手に持ち、レジに向かった。


バスは空いていた。窓際《まどぎわ》の席に座《すわ》り「めぐりん」を広げる。

記事によると、お父さんを亡《な》くした弓子ちゃんは、財産《ざいさん》の整理のために三日月堂《みかづきどう》にやってきて、そのままそこに住みはじめた。そして、若《わか》いころお祖父《じい》さんから習った経験《けいけん》を生かして印刷屋をはじめたらしい。記事に書かれた弓子ちゃんの言葉を読んでいると、身体《からだ》の奥《おく》の方から、言いようのない気持ちがこみあげてきた。


カナコのことは大学に入学した当時からずっと気になっていた。色白で髪《かみ》は真っ黒。すっとした面立《おもだ》ちで、少しくぐもった声。ものしずかで、いつもひとりでいた。

──カナコさんって、ギター弾《ひ》けるらしいよ。

そう教えてくれたのは、同じ軽音楽部にいた裕美《ひろみ》だった。背《せ》が高く、澄《す》んだ声が魅力的《みりょく》な人だった。裕美《ひろみ》は歌、わたしはピアノ。でも大学祭ではやっぱりギターがほしいよね、と言っていたときのことだった。

授業《じゅぎょう》の帰り、ひとりで歩いているカナコを見かけ、思い切って話しかけた。そうして三人で近くの喫茶店《きっさてん》に行き、バンドを組まないか、と誘《さそ》ったのだ。

カナコは地方出身で、大学の近くに下宿していた。大学の学費《がくひ》は親に出してもらったが、家賃《やちん》は自分でバイトして出しているらしい。

授業《じゅぎょう》のあとすぐに帰ってしまうのは、毎日バイトがあるから。まわりとあまり話さないのは、訛《なま》りが出たら恥《は》ずかしいから。

――なんだ、そんなことだったの？

わたしは笑ってしまった。

――村田《むらた》さん、すごく落ち着いてるから、わたしたちが子どもっぽく見えてるんじゃないか、って、びくびくしてずっと話しかけられずにいたんだよ。

わたしがそう言うと、カナコはきょとんとした。

――訛《なま》りなんてまったく感じなかったよ。

授業《じゅぎょう》のときのカナコの標準語《ひょうじゅんご》は完璧《かんぺき》で、まったく気づかなかったし、東京生まれの人間の常《つね》で、そうした気持ちに無神経《むしんけい》だったのだ。

話してみると、カナコは気さくで、茶目っ気があり、落ち着いてはいるが少し抜《ぬ》けたところもあった。カナコはカナコで、東京生まれのわたしたちを少し怖《こわ》いと思っていたようで、それを聞いて裕美《ひろみ》もわたしも大笑いした。

バンドのことは、練習時間が取れないかも、と躊躇《ちゅうちょ》していたが、結局いっしょに大学祭に出ることになった。想像《そうぞう》以上にカナコはギターがうまかった。歌もうまい。裕美《ひろみ》の高い声とやや低いカナコの声でハモると、これまでにない深みが出た。演奏《えんそう》は好評《こうひょう》で、バンド活動は在学中《ざいがくちゅう》続いたが、卒業するときすっぱりやめた。カナコは高校の教師《きょうし》、裕美《ひろみ》は会社員になり、わたしは大学院に進学。しばらくしてカナコは同僚《どうりょう》と結婚《けっこん》し、二年後に子どもを産んだ。だがその子が三歳《さい》のとき、カナコは血液《けつえき》の病気で亡《な》くなった。夫の修平《しゅうへい》さんはひとりで幼児《ようじ》を育てることができず、弓子ちゃんは修平《しゅうへい》さんの実家に預《あず》けられた。

わたしが知っているのはそこまでだ。

写真を見ながら、幼《おさな》い弓子ちゃんのことを思い出した。カナコが生きていたころ、よく家を訪《たず》ねた。育児が大変なカナコを助けるつもりだったが、子どもに不慣《ふな》れなわたしは、最初のうち弓子ちゃんをうまくあやすことができなかった。二歳《さい》になるころにはいっしょに積み木をしたり、人形で遊んだりできるようになった。いつも元気で、目がくるくる動くかわいらしい子だった。

弓子ちゃん、ひとりぼっちになってしまったんだ。胸《むね》が締《し》めつけられ、そっと雑《ざっ》誌《し》を閉《と》じた。

2

「おかえり」

家に入ると台所から母の声がした。台所に入り、食卓《しょくたく》にスーパーの袋《ふくろ》を置く。

「お父さんは？」

「いまは寝《ね》てる」

「そう……。頼《たの》まれてた雑誌《ざっし》、買ってきたよ」

袋《ふくろ》から雑誌《ざっし》を取り出して、手渡《てわた》す。

「ああ、ありがとう。うれしいわ」

母は雑誌《ざっし》を受け取ると、ほっとしたように微笑《ほほえ》んだ。

「でね、ちょっとびっくりしたことがあって……」

わたしは「めぐりん」を取り出し、広げた。

「カナコ、覚えてるでしょ？」

「大学のときのお友だちよね？　あの、亡《な》くなった……」

母が言葉を濁《にご》す。

「うん。そのカナコのお嬢《じょう》さんの弓子ちゃんが、この雑誌《ざっし》に載《の》ってたのよ」

「ええ、ほんと?」

母は目を丸くして、「めぐりん」を手に取った。

「どこ?」

「えーとね」

ぱらぱらと雑誌《ざっし》をめくり、三日月堂《みかづきどう》のページを開く。

「ここ、ほら」

「ええ……カナコさんにそっくり……」

「でしょう? それが弓子ちゃん。ちょっと待ってて。荷物置いてくる」

雑誌《ざっし》の写真を眺《なが》めている母をその場に残し、階段《かいだん》をのぼった。荷物と上着を部屋に置いてから、手を洗《あら》い、父の様子を見に行く。よく眠《ねむ》っていた。

わたしはずっと独身《どくしん》で、いまは両親と同居《どうきょ》している。ひとりで住んでいた時期もあったのだが、最初は父、続いて母の具合が悪くなり、家に戻《もど》った。

いまは、父はもうほぼ寝《ね》たきり。母の方は復調《ふくちょう》したが、足の具合が悪く、ひとりで出かけるのは無理。だから買い物はいつもわたしが仕事帰りにしてくる。食事も、凝《こ》った料理をするほどの余裕《よゆう》はなく、いつも、魚を焼くだけ、とか、出来合いのお惣菜《そうざい》を買って、という感じになる。

いつも時間に追われている。ひとり暮《ぐ》らしのころは、空いた時間はすべて趣味《しゅみ》や読書に使えたのに、そういうわけにもいかなくなった。結婚《けっこん》したことも子どもを育てたこともなく、人の世話に追われるのははじめてのことだった。

父は小さくなった。痩《や》せただけでなく、身長も縮《ちぢ》んだように思う。もう立つことはできないのでよくわからないが。子どものころ肩車《かたぐるま》してもらったことを思い出し、あのころはずいぶん大きく感じたのに、と思った。

介護《かいご》はしんどい。身体《からだ》というより心が疲《つか》れる。これがいつまで続くのだろう、と思い、次の瞬間《しゅんかん》、終わるというのは父が亡《な》くなるときだ、と気づいてはっとする。三人で前の世界に戻《もど》ることはもうないのだ。

ともに暮《く》らすことがあっても、最後ひとりずつばらばらになる。生きるということはそういうことなのかもしれない。

台所に戻《もど》ると、味噌汁《みそしる》の匂《にお》いがした。母は元来料理好きなので、味噌汁《みそしる》くらいは自分で作りたいらしい。老眼鏡《ろうがんきょう》をかけ、食卓《しょくたく》で「めぐりん」を読んでいた。

「ごはん食べようか」

わたしはスーパーの袋《ふくろ》から買ってきた惣菜《そうざい》のパックを出す。

「ごめんねえ。なにか作ろうって思ったんだけど、なんだか疲《つか》れちゃって……」

「なにも作らなくていいから、疲《つか》れたら休んでよ。いまお母さんまで倒《たお》れたら、ほんとうに困《こま》るもの」

このうえ母も倒《たお》れてしまったら、仕事もできなくなる。わたしは出版社《しゅっぱんしゃ》の校閲部《こうえつぶ》で働いている。仕事は家でもできないことはないが、父母両方の介護《かいご》となったらこなせないだろう。

「わかってる、わかってる」

母は立ち上がり、冷蔵庫《れいぞうこ》から作り置きの惣菜《そうざい》を出した。ナスとじゃこの揚《あ》げ浸《びた》しと小松菜と厚揚《あつあ》げの煮物《にもの》。この前わたしがいた日にいっしょに作って保存《ほぞん》しておいたものだ。買ってきたコロッケと味噌汁《みそしる》、ごはんを並《なら》べる。

「カナコさんが亡《な》くなってから何年？」

ナスをつまみながら母が言った。

「わたしが二十九歳《さい》のときでしょう？　だから、ええと、二十六年？」

指を折って数えながら答える。

「とすると、今年《ことし》は二十七回忌《かいき》になるんじゃないの？」

母が言った。

「二十七回忌《かいき》?」

「年忌《ねんき》法要は三と七のつく年にするでしょ。三回とか七回とか。十三、十七、二十三で、次が二十七回忌《かいき》」

「ああ、そうだっけ」

たいてい七回忌《かいき》くらいまではちゃんとするけど、だんだん身内だけになっていくってきいたことがある。亡《な》くなったときを一回って数えるから、二十七回忌《かいき》は亡《な》くなって二十六年目になる。

「弓子ちゃんっていうこのお嬢《じょう》さん、立派《りっぱ》ねえ。印刷所をひとりで切り盛《も》りしてるなんて。そういえばカナコさんも芯《しん》の強い人だったものね」

母はしみじみと言う。

「カナコさんが亡《な》くなったあと、あなた、ずっと言ってたわよね。カナコのためにもっとできることがあったんじゃないか、って」

覚えてたんだ。また驚《おどろ》いて、母の顔を見た。いつもこうだ。見てないようで、全部見てる。そのときは意見しないけど、なんでも見ていて、忘《わす》れない。

「ずっと思ってたよ。結局なにもできなかったけどね」

「よくお見舞《みま》いに行ってたじゃない。できることはやった。頑張《がんば》ってたと思うよ」

「そうかな。でも……」

いまでも悔《く》いが残っている。もっとなにかできたんじゃないか、と思う。

「この記事を見ると、弓子ちゃん、いまはまったく身寄《みよ》りがないみたいね」

「うん。カナコにはきょうだいはいなかったし、自分の親戚《しんせき》とは付き合いがなかった、って……」

正確《せいかく》には、きょうだいと言うべき人はいた。異母《いぼ》きょうだいだ。

カナコのお母さんはカナコが小学生だったころに亡《な》くなり、数年後、お父さんは再婚《さいこん》した。特別折り合いが悪いということはなかったようだが、まだ若《わか》い継母《ままはは》と打ち解《と》けることができなかったらしい。継母《ままはは》に子どもができると家に居場所《いばしょ》がなくなり、東京の大学に出ることで家を離《はな》れたのだ、と言っていた。

「会いに行ってみたら?」

母の言葉に驚《おどろ》いた。

「覚えてないよ、絶対《ぜったい》。最後に会ったとき、弓子ちゃん、三歳《さい》だったんだよ」

「それでも、お母さんのことを知ってる人が訪《たず》ねてきたらうれしいかもよ」

母がくすっと笑う。

「だって、こんな偶然《ぐうぜん》、滅多《めった》にないでしょ？　縁《えん》があったんだよ、きっと。呼《よ》ばれた、と思って行ってみたら？」

「でも、川越《かわごえ》、遠いよ。一時間半はかかる。半日がかりだよ」

休みの日に半日家をあける。それだけ母の負担《ふたん》が増《ふ》えてしまう。

「いいじゃない、たまには息抜《いきぬ》きに行ってきたら。この雑誌《ざっし》見ると、川越《かわごえ》もずいぶん素敵《すてき》になってるみたいだし。なにかお土産《みやげ》買ってきてよ」

「でも、お母さんが……」

「大丈夫《だいじょうぶ》よ。最近はお父さんの具合も落ち着いてるし、前の日に買い物とか聡子《さとこ》が全部すませておいてくれたら、一日くらいなんとかなるよ」

会いに行ってみようか。三日月堂《みかづきどう》の場所はわかっている。記憶《きおく》はあやふやだけど、記事に住所も載《の》っているから、地図を見れば行き着けるはず。

弓子ちゃんがいまどうなっているのか、この目で見たかった。

とはいえ、突然訪《とつぜんたず》ねるわけにもいかない。記事を見ると、三日月堂《みかづきどう》の連絡《れんらく》先も載《の》っていた。ウェブサイトもあるらしい。まずは連絡《れんらく》してみることにした。

3

三日月堂《みかづきどう》にメールを打ったあと、棚《たな》からファイルを取り出す。

カナコは生前、短歌を書いていた。このファイルは、カナコの死後、修平《しゅうへい》さんが短歌のノートをコピーしてくれたものだ。

大学時代、はじめてカナコの家に泊《と》まったときのことだった。軽音楽部の飲み会のあと、門限《もんげん》の厳《きび》しい裕美《ひろみ》は帰ってしまったが、わたしはもう少しカナコと話をしたかった。

——じゃあ、うちに来ない？　狭《せま》いとこだけど。

家に誘《さそ》われたのは、それがはじめてだった。

カナコの住む下宿は、線路沿《ぞ》いにあった。建物の入り口で靴《くつ》を脱《ぬ》いで上がり、キッチン、トイレ、風呂《ふろ》は共用という、むかしながらの下宿だ。狭《せま》い木の階段《かいだん》をのぼり、引き戸を開けると、壁一面《かべいちめん》本が積まれた小さな部屋があった。

——ごめんね、狭《せま》くて。

こういう部屋にはいるのははじめてで、めずらしくて部屋のなかを見回した。がたがたと窓《まど》が揺《ゆ》れる。電車の音がした。

――線路がね、近いの。でも、夜、終電が行ったあとは静かよ。

カナコはそう言って、木の枠《わく》の窓《まど》を開けた。夜の風がすうっとはいってきた。

――大学の人、ここに呼《よ》んだの、はじめてなんだ。

外で買ってきた飲み物を開けながら、カナコが少し笑った。

――狭《せま》くてひとりくらいしかはいれないもんね。申し訳《わけ》なくて。

――いいよ。すごく素敵《すてき》。

小さかったが、思った通りの部屋だった。棚《たな》に収《おさ》まりきらない本が床《ゆか》に積まれていたが、ちゃんと整頓《せいとん》されている。窓辺《まどべ》にはいつものギターが立てかけられていた。

ああ、この人は、ここで生きているんだなあ、と思った。ここの家賃《やちん》は自分で払《はら》っている、と聞いていた。大人《おとな》だ。実家住まいの自分とは大違《ちが》いだ。

それから、いろんなことを話した。大学のこと、音楽のこと、好きな本のこと、カナコの田舎《いなか》のこと。ときどき電車の音がして、窓《まど》がカタカタ揺《ゆ》れる。そのたびにいっしょに電車に乗って、旅行しているような気分になる。

思えば、カナコの短歌をはじめて見たのもあのときだった。

俵万智《たわらまち》さんの『サラダ記念日』が話題になる少し前だったから、短歌や俳句《はいく》を作る大学生なんてそうそういなかった。わたしも、本を読むのは好きだが、自分で創《そう》作《さく》するなんて考えたこともなかったから、カナコが短歌を作っていると聞いて、すごく驚《おどろ》いた。同時に、カナコという人間が少しわかった気がした。

高校時代、短歌好きの担任《たんにん》の先生から誘《さそ》われてはじめたらしい。だが、東京に出てからはだれにも見せたことがない、と言っていた。

紫陽花《あじさい》のひとつひとつの花びらがもう会えないと言っているよう

それがわたしがはじめて見たカナコの歌だ。読んだとき、軽く衝撃《しょうげき》を受けた。歌の意味はよくわからないけれど、強い悲しみが込《こ》められている気がした。この世には自分には理解《りかい》できない感覚があるのだな、と知った。

カナコはあのときなぜ短歌を見せてくれたのだろう。お酒を飲んでいたからかもしれないし、自分の部屋にいる、という開放感のせいだったのかもしれない。ともかく、わたしは彼女《かのじょ》の歌に強く惹《ひ》きつけられ、読み進むうちに酔《よ》いも覚めた。

——すごいね。

読み終わって、言った。

――わたしにはとても作れない。

――そんなこと、ないよ。

しずかだけど熱のこもった声で、カナコの頬《ほほ》が少し上気しているのがわかった。

――読んでくれて、ありがとう。

――これ、みんなに見せたら？

わたしが訊《き》くと、カナコは首を横に振《ふ》った。

――どうして？　読んだらきっとみんな驚《おどろ》くよ。

――自信ないもの。もっとうまく書けるようになったらね。

カナコは恥《は》ずかしそうに笑った。

まだ暗いうち、始発電車が走り出す前にふたりで外に出た。暗い道を歩き、陸橋《りっきょう》から線路を見下ろす。車庫に何台も電車が止まっていた。

――どっか行きたいね。

ぽつんとカナコが言った。

――そうだねえ。

そう答えながら、ふと、カナコが陸橋から飛び降《お》りてしまうのではないか、と不安になった。

――ここから見る景色が好き。どこにでも行ける気がする。

カナコは遠くを見ながら言った。


大学在学中《ざいがくちゅう》、何度かノートを見せてもらった。ほかの人には見せたことがないようだったが、わたしが見せて、と頼《たの》むと、拒《こば》むことはなかった。卒業後は会う機会も減《へ》ったが、短歌は書き続けていたようだ。

弓子ちゃんが生まれたばかりのころ、カナコは高校を休み、育児に専念《せんねん》していた。平日の昼間は夫の修平《しゅうへい》さんもいないし、わたしはときどきカナコの手伝いに行った。オムツ替《が》え、授乳《じゅにゅう》、着替《きが》え。赤ちゃんはよく吐《は》くから、始終汚《よご》れものが出て、片《かた》づけなければならない。自分では歩けないから、移動《いどう》するときはいつも抱《だ》っこ。することは単純《たんじゅん》だけど、用事はひっきりなし。昼夜の区別がなく、二十四時間態勢《たいせい》。

――でも、かわいいのよねえ。ひとつずつできることが増《ふ》えればうれしいし。だれもが言うありきたりなことだけど、ありきたりなことが大切でありがたいんだって、はじめて知ったわ。

カナコはしあわせそうだったけれど、とても疲《つか》れていた。短歌を作るどころか、眠《ねむ》る時間も、お風呂《ふろ》にはいる時間もないんだよ、と笑っていた。

わたしが代わりに見てあげようとしても、やはりお母さんがいいのだろう。弓子ちゃんはすぐに泣いてしまう。できることと言ったら、代わりに買い物に行ったり、ちょっとした手伝いをしたりするくらい。

それでも、助かるよ、人と話せるだけですごくうれしい、とカナコは言っていた。

——昼間は赤ちゃんとふたりで、ずっと言葉のない世界にいるでしょ？　だんだん言葉ってものがわからなくなってくる。

カナコは笑った。

——短歌を作れなくなったのもそのせいかも。

——どういうこと？

——うーん、うまく説明できないなあ。前は、うまく言葉で説明できない気持ちを短歌にしてた気がするの。言葉にならないもの、ふわふわしたものが大事だと思ってた。だけど、いまは世界の大半がふわふわしてる。

そう言って、弓子ちゃんを見た。

——赤ちゃんの目線になってしまっているのかもしれない。前は言葉でできた世界に住んでたのに、いまはそれが全部崩《くず》れてしまった。だから、ふわふわした気持ちより、しっかりした言葉に惹《ひ》かれる。しっかりつかめる岩みたいな言葉。

カナコは空中の見えないものを組み立てているように手を動かす。言葉が崩《くず》れる。カナコが自分の知らない世界に行ってしまったようで少しさびしく、自分には育児は無理だな、と感じた。

カナコが再《ふたた》び短歌を作り出したのは、入院してからだ。

本人はたいした病気じゃないと言っていたが、修平《しゅうへい》さんからカナコは血液《けつえき》の病気で、もう長くないのだと聞いていた。

わたしは毎週カナコの見舞《みま》いに行った。最初はためらった。何度も行くと、かえって滅入《めい》らせることになるかもしれない、と思ったのだ。だがカナコはとてもうれしそうで、帰り際《ぎわ》に必ず、心細いような顔で、また来てくれる？　と訊《き》く。

夕方になると修平《しゅうへい》さんも来るし、お祖父《じい》さんかお祖母《ばあ》さんに連れられて弓子ちゃんが来るときもある。だが、昼間はひとりっきりで、あまりすることがないのだと言う。見舞《みま》いに行くくらいしかできることはないと思って通い続けたが、話題もそこまで続かないし、気詰《きづ》まりになることも多かった。

そんなある日のことだった。

――ねえ、ちょっとお願いがあるんだけど。

病室を訪《たず》ねると、カナコが言った。

――下の売店で、ノートを買ってきてほしいの。

――ノート？　どんなの？

――ふつうの大学ノートでいいよ。病院ってヒマなの。だから、もう一度短歌を作ろうかな、って。

わたしは売店に行き、ノートを買った。どんなのもなにも、ノートは一種類しかなかった。手渡《てわた》すと、カナコは喜《よろこ》んだ。それから、カナコは短歌を書くようになった。わたしは見舞《みま》いに行くたびにそれを読み、感想を言う。

大学時代の歌とは、雰囲気《ふんいき》が変わったように思った。入院中ということもあるだろうが、それだけじゃない。弓子ちゃんを育てているあいだに言葉との付き合い方が変わったのかもしれない。以前より表現《ひょうげん》がストレートになった気がした。

短歌のおかげで、カナコを訪《たず》ねる目的ができた気がした。歌集を少し読むようになり、近代の女性《じょせい》歌人の作品にも目を通した。

カナコの短歌からほかの人の作品の話に広がり、カナコも燃《も》えるような目で作品を語った。死に向き合った重いものでも、短歌という形があることで、表現《ひょうげん》や形式について語ることができる。短歌がわたしたちの救《すく》いだった。天井《てんじょう》に小さな窓《まど》があいて光が入ってきたような気持ちになった。

あるときカナコはわたしに、自分の家に行って、むかしのノートを全部持ってきてほしい、と言った。しまってある場所を聞き、修平《しゅうへい》さんに頼《たの》んでカナコの部屋に上がらせてもらい、ノートをすべて持って、病院に届《とど》けた。

カナコはノートを抱《だ》きしめ、安心したような顔になった。

あの日が最後だった。そのあと急に具合が悪くなり、数日後、カナコは亡《な》くなったのだった。

4

翌日《よくじつ》、三日月堂《みかづきどう》から返事がきた。小さいころのことは覚えていないようだが、お父さんから話を聞いていたらしい。わたしの名前は知っていて、ぜひ来てください、わたしもお訊《き》きしたいことがあります、と書いてあった。

訊《き》きたいこととはなんだろう。少し気になったが、とりあえず日程《にってい》だけ決めた。

次の土曜日、お昼ごろ川越《かわごえ》に向かった。

駅の建物を出て、歩道橋を渡《わた》る。駅前にはいくつもビルができて、わたしが知っているころとはずいぶん変わっていた。

商店街を歩く。三日月堂《みかづきどう》のある蔵造《くらづく》りの町並《まちな》みまではけっこう距離《きょり》がある。地図を見ながら、駅から続く商店街を抜《ぬ》け、大正浪漫夢《ろうまんゆめ》通りを歩く。仲町《なかまち》交差点に出ると、その先ずっと蔵造《くらづく》りの町並《まちな》みが続いていた。まさに小江戸《こえど》だ。「めぐりん」に掲載《けいさい》された写真を見たときも驚《おどろ》いたが、実物を見てさらに驚《おどろ》いた。

地図を頼《たよ》りに、一番街《いちばんがい》にはいらず、左に進む。小道にはいり、曲がる。数軒並《すうけんなら》んだ店の前を通ってもう一度左に曲がると、見覚えのある風景が広がっていた。

一瞬《いっしゅん》、タイムスリップしたような気持ちになる。

むかし、ここに来た。裕美《ひろみ》もカナコもいっしょだった。まだみんな若《わか》かった。しんとした道に小鳥たちの鳴き声が響《ひび》く。

——あそこよ、あの白い建物。

カナコの声が聞こえた気がした。

無言のまま、三日月堂《みかづきどう》のガラス戸の前に立つ。少し緊張《きんちょう》していた。

もうあの小さな弓子ちゃんじゃないのだ。わたしだって変わったのだからあたりまえなのだけれど、カナコそっくりの弓子ちゃんと会ってなにを話せばいいのか。まだなにも考えていなかった。

ガラス戸に手をかけ、開ける。目の前にあのころと同じ活字の棚《たな》が広がった。

「すみません、メールで連絡《れんらく》した大島《おおしま》です」

声をかけると、奥《おく》から女の人が出て来た。

カナコ。

思わず立ちすくむ。一瞬《いっしゅん》カナコかと思った。だがちがう。写真よりさらにほっそり見えたし、カナコより背《せ》も高かった。

「弓子……ちゃん？」

はっと声が出た。

「はい」

彼女《かのじょ》がうなずく。

「大島です。カナコさんと大学でいっしょだった……」

「はい、聡子《さとこ》さん、ですよね」

くぐもった声。カナコとそっくりだ。

「すっかり大人《おとな》になってしまって……。『めぐりん』の写真を見て、すごく驚《おどろ》いたわ。小さいころよく遊んだんだけど……覚えてないわよね」

言いながら、苦笑いした。まだ三歳《さい》だったのだ。覚えているはずがない。

「すみません、そのころのことは……。でもお名前は覚えています。父が教えてくれたんです。母がアルバムにいろいろ書き込《こ》んでたので、それを見ながら説明してくれました」

「そう……」

「わたしが赤ちゃんのころよく手伝ってくれて、母が入院しているときも支《ささ》えになってくれた人だって。だからメールでお名前を見たとき、すぐわかりました」

弓子さんが恥《は》ずかしそうに答えた。

「突然押《とつぜんお》しかけてきちゃってごめんなさい。『めぐりん』で見かけて……なつかしかったし、どうしているのかすごく気になって。でも、元気そうでよかった」

「ありがとうございます。『めぐりん』に載《の》ったせいで、いろいろなところから連《れん》絡《らく》をいただいて……だけど、母のお友だちというのはびっくりしました」

弓子さんが微笑《ほほえ》む。

「あ、どうぞ。なにもないんですけど、いまお茶をお持ちします」

「そんな……。お気遣《きづか》いなく」

「いえ、ゆっくりお話ししたいんです。そちらにかけて待っててくださいね」

椅子《いす》に腰掛《こしか》ける。弓子さんはとんとんと奥《おく》の階段《かいだん》をのぼっていった。工場のなかを見回す。変わってない……気がした。一度来ただけだし、いままですっかり忘《わす》れていた。だがこうして来てみると、あのころのままだ。

壁《かべ》いっぱいの活字の棚《たな》。大きな印刷機。

工場のなかはしんとしていた。むかし、カナコに連れられて来たときは、もっとうるさかった気がする。大型《おおがた》の印刷機が何台も動いて、大きな音を立てていた。

活版《かっぱん》印刷か。大学院を出てから、ずっと校閲《こうえつ》の仕事をしている。だが仕事で印刷所に足を運ぶことはほとんどない。しだいに活版《かっぱん》の印刷物を見かけることはなくなっていったが、あのとき見た三日月堂《みかづきどう》の活字の棚はいまも心に残っている。

——これを並《なら》べて印刷するのよ、すごいわよね。

ここを案内してくれたときのカナコのめずらしく興奮《こうふん》した口調を思い出す。

修平《しゅうへい》さんのお父さんはちょっといかつい人で、最初は怖《こわ》かったけれど、話してみると意外とやさしかった。お母さんとも会った。細かいことによく気づく人で、おっとり見えるが仕事はてきぱきとこなしていた。

印刷所の仕事をきらきらした目で見ているカナコとは対照的に、修平《しゅうへい》さんは隅《すみ》の椅子《いす》に座《すわ》って、なにが楽しいんだか、という顔をしていた。

——修平《しゅうへい》さんは星ばっか見てる人だから。

カナコはいつもそう言っていた。大学で天文学の研究室にいて、卒業して高校教《きょう》師《し》になってからも、天文台に行ったり、仲間と天体観測《かんそく》をしたりしていたらしい。

——はじめて誘《さそ》われたときも、デートじゃなくて、流星の観測《かんそく》だったのよ。

カナコはあきれたように笑った。明け方に見えるなんとか流星群を見るために、深夜に集合。修平《しゅうへい》さんの友だちの車に乗って、山道を登った。

——でもねえ、流れ星はきれいだった。一度すごく大きなのが見えたの。ばーんとなって、すぐに消えた。宇宙《うちゅう》から落ちて来る火の玉なんだと思ったら、怖《こわ》くなっちゃって。すごかったなあ。わたしたちってほんとに小さな存在《そんざい》だって思った。

星か。わたしにはよくわからない。星座《せいざ》だってオリオン座《ざ》とカシオペア座《ざ》くらいしか知らないし、月がどっちから膨《ふく》らんで、どっちから減《へ》っていくかだってあやふやだ。最近の東京では、数えるほどしか星なんて見えない。

壁《かべ》の棚《たな》に詰《つ》まった活字を見ていると、ひとつひとつが星のように思えて来る。あのころは修平《しゅうへい》さんのお父さんがその星をひとつひとつ拾って、小さな木の箱に入れていた。お母さんもいたし、ほかにも働いている人がたくさんいた。

でも、いまは弓子さんだけ。

――修平《しゅうへい》さんは印刷所を継《つ》ぐ気もないし、だからきっとあの印刷所はお義父《とう》さんの代でたたむのよね、ちょっともったいないわよね。生まれ変わったら、わたし、印刷屋さんになろうかなあ。

カナコはそう言って笑っていた。

「どうぞ」

弓子さんが戻《もど》って来て、小さな机《つくえ》の上にお茶を出してくれた。

さっき渡《わた》しそびれた手土産《てみやげ》の和菓子《わがし》を差し出す。

「ありがとうございます。早速いただいても良いですか?」

にこっと笑うと、少し子どもっぽい顔になる。こういうところは修平《しゅうへい》さんの方に似《に》ているかもしれない。

「ええ、もちろん」

弓子さんはもう一度上に行き、小さなお皿を持って来た。お茶とお菓子《かし》をいただきながら、弓子さんの近況《きんきょう》を聞いた。

「名刺《めいし》やショップカード、年賀状《ねんがじょう》の仕事はけっこう依頼《いらい》が来るんですよ」

弓子さんは、これまで三日月堂《みかづきどう》で作ったものをいくつか見せてくれた。手触《てざわ》りのある仕上がりで、たしかにほかにはない。依頼主《いらいぬし》としっかり向き合って仕事をしているのがよく伝わって来た。

「素敵《すてき》。これは作ってもらった人はみんな喜《よろこ》ぶわね」

そう言うと、弓子さんは恥《は》ずかしそうに、ありがとうございます、と言った。


「わたしもうすぐ、亡《な》くなったときの母の年になるんですよ」

しばらく話していると、突然《とつぜん》弓子さんが言った。

「え、もう……?」

驚《おどろ》いて訊《き》く。

「そうなんです。もうわたしを産んだときの年は越《こ》えました。わたしのなかではいつまでも母がわたしより年上のように思えるんですけど……」

弓子さんが少しさびしそうに笑った。

「母のこと……ちゃんと覚えているのか自信ないんです。小さかったので、すべてがあやふやで……。ほんとのことなのか、あとから父や祖父母《そふぼ》に聞いたことか、写真を見て想像《そうぞう》したことか、全部ごっちゃになってしまって……」

言葉を選びながらくぐもった声で言う。その話し方もカナコと似《に》ていた。

「母のこと、大好きだった記憶《きおく》はあります。でも、突然《とつぜん》いなくなったので『好き』という感情《かんじょう》もよくわからなくなってしまったようで……」

「お父さんも亡《な》くなったんですってね。もっと前に連絡《れんらく》すればよかった」

「父も、聡子《さとこ》さんに一度ちゃんとお礼を言いたかった、と言ってました。でも、思いついたときはもうあまり外に出られなくなっていて……聡子《さとこ》さんの連絡先《れんらくさき》もよくわからなくて……いえ、調べることはできたのかもしれないんですが……」

「わかるわ。わたしもいま父の具合が悪くて……忙《いそが》しいですよね」

「父が亡《な》くなったあと、いろいろ気にかかっていることはあったんですが、そのままになってしまって」

弓子さんが言った。

「そういえば、わたしに訊《き》きたいことがあるって言ってたわよね?」

「ええ、それなんですけど……実は……」

弓子さんが棚《たな》の下の方から古いアルバムを取り出した。

「これ、父が持ってたんです。母の大学時代のアルバムです」

大学祭、卒業式。特別な日のものばかりだ。わたしたちが大学生のころは、もちろんスマホなんてなかったから、写真を撮《と》るためにはわざわざカメラを持っていかなければならなかった。だから数もそれほどなかった。

　軽音楽部の写真もある。みんなまだ若《わか》い。服装《ふくそう》が八〇年代風で、少し恥《は》ずかしくなる。カナコも若《わか》い。

「大学時代の母の写真を見ると、不思議な気持ちになるんです。母にもこんな若《わか》いころがあったんだなあ、って」

　弓子さんが写真を見つめ、目を細めた。

「父が言ってました。母は実家ではあまりうまくいかなかったみたいで。まわりの人を信用できない……まわりがみんな悪人と思ってたわけじゃないんですよ、でも、だれかが自分のためになにかをしてくれる、っていうことを信じられなかったんじゃないか、って」

「たしかにそういうところ、あったかもしれない」

「でも、大学に入って変わった。母はそう言ってたそうです。人から好かれることもあるんだと思った、って。サークルのお友だちのことも大きかった、って」

「友だち……」

「ええ。とくに聡子《さとこ》さん……ご家族に愛されて育ったお嬢《じょう》さんなんだろう、って言ってたそうです。聡子《さとこ》はまぶしい。人を疑《うたが》うことがない。だれにでも心を開く。聡《さと》子《こ》のそばにいると、自分も生きてていいのかも、って思えるって」

「そんなこと……とんでもない。わたし、若《わか》いころはなにも知らなくて……人の気持ちを考えず、不用意にいろいろ言ってしまってたところがあって……ああ、いまでもあまり変わってないですけど……それでよく失敗するんです」

失敗。思い出すと胸《むね》が痛《いた》くなるような失敗を何度もして来た。

そう、裕美《ひろみ》のことだって……。

「聡子《さとこ》さんは、母が入院したあともよくお見舞《みま》いに来てくれたんですよね。父が言ってました。聡子《さとこ》さんがお見舞《みま》いに来てくれた日は、母が晴れ晴れとした顔をしてた、って。ずっと感謝《かんしゃ》してました。短歌のことも……」

「カナコの短歌のこと、知ってるんですか？」

「はい。父が見せてくれたんです。わたしが大人《おとな》になってから。もうそろそろいいだろう、って」

弓子さんが目を閉《と》じる。

「父も、母が短歌を書いていたのは知ってたんです。病室で、母が眠《ねむ》ってしまったあと、ときどきこっそり出して読んでいたようで。でも、母とその話をしたことはなかったそうです。できなかったんだ、って」

「カナコも言ってました。修平《しゅうへい》さんには見せられないって」

「読むのが辛《つら》い歌もありました。でも、わたしが生まれるより前にも母はいた、ひとりの人間として生きてた。そのことをありありと感じたんです。写真を見たときよりずっと……」

「そう……」

「短歌を読むことで母を支《ささ》えてくれたのですよね。そういう人がいることに、父も感謝《かんしゃ》していました。聡子《さとこ》さんにちゃんとお礼を言いたかったけど、言えなかった、って。だから今日聡子《きょうさとこ》さんが来てくれて、ほんとうによかった。ありがとうございました」

「いえ、わたしは……なにもできなくて……わたしこそ、カナコの短歌にずっと支《ささ》えられて来たんですよ。いまも、ときどき読み返します」

「そうなんですか」

弓子さんがうれしそうな顔をした。

「母のこと、覚えていてくれる人がいる。すごくうれしいです。そうそう、それで、気になってたことというのは……」

弓子さんがアルバムのページをめくる。

「この写真なんです」

写真を見て、はっとした。ここ……三日月堂《みかづきどう》の写真だ。カナコと裕美《ひろみ》とわたし。カナコに案内されてここに来たとき、修平《しゅうへい》さんが撮《と》ってくれたものだ。

「この方は、どなたなんでしょうか。これは母、こちらは聡子《さとこ》さんですよね。もうひとり写っている、この方は……？」

弓子さんが、裕美《ひろみ》を指して言った。

「父が言ってたんです。聡子《さとこ》さんともうひとり、大学時代にバンドを組んでた仲間がいて、それがこの方だって。そう言われてよく見ると、ほかの写真にもときどき写ってる。でも、父と母が結婚《けっこん》したあと、家にいらしたことはなくて、お葬式《そうしき》にもいらっしゃらなかった。それで、お名前が思い出せないんだ、って」

「この人は……裕美《ひろみ》です。旧姓《きゅうせい》は岩田《いわた》で、結婚《けっこん》して斉木裕美《さいきひろみ》になった……」

「裕美《ひろみ》さん……。いま、どこにいらっしゃるか、ご存《ぞん》じですか？」

弓子さんに訊《き》かれ、胸《むね》がぎゅっとなった。

「いいえ。ずっと連絡《れんらく》してなくて……」

短くそう答えた。

「そうですか。父はこの方のこともずっと気にしてたんです。この方、毎年、母の命日にお墓《はか》まいりに来てくれてたみたいで……」

「そうなんですか？」

初耳だった。裕美《ひろみ》が……カナコのお墓《はか》まいりに……？

「ずっと以前から、お寺に行くたびにご住職《じゅうしょく》から聞いていたそうで……母と同じくらいの年ごろの女性《じょせい》が、毎年お墓《はか》まいりにいらしている、と。ただ、お名前はわからなくて、父も会ったことはなかったんです。でも、ある年、お墓《はか》まいりに行ったとき、偶然《ぐうぜん》その人を見かけて……」

弓子さんがもう一度アルバムの写真に目を落とした。

「それがこの人だった、って。そのときは軽く会釈《えしゃく》しただけで、その人は去って行ってしまった。はじめはだれかわからなかったそうです。お通夜《つや》でも告別式《こくべつしき》でも見かけた覚えがない。でも、なんとなく見覚えがあって……あとになって思い出したんだそうです。結婚《けっこん》する前に聡子《さとこ》さんといっしょにここに来た人だ、って」

そんなことが……。裕美《ひろみ》とはあれから一度も会っていない。サークルの同窓会《どうそうかい》にも裕美《ひろみ》は一度も顔を出さなかった。

きっとわたしを避《さ》けてるんだ。胸《むね》のなかに黒くもやもやしたものが広がる。

「父の話では、母はこの写真をすごく大切にしていて、ずっと机《つくえ》に飾《かざ》っていたそうです」

カナコは言ってた。

また裕美《ひろみ》と聡子《さとこ》と三人で会えたらなあ、と。

それがかなわなかったのはわたしのせいだ。写真を見下ろし、目を閉《と》じた。

5

大学時代の知人に裕美《ひろみ》の連絡先《れんらくさき》を聞いてみる、と約束し、三日月堂《みかづきどう》をあとにした。

弓子さんは喜《よろこ》んでいたが、正直自信はなかった。同窓会《どうそうかい》のときも、裕美《ひろみ》の近況《きんきょう》を知っている人はいなかった。年賀状《ねんがじょう》も宛先不明《あてさきふめい》で戻《もど》って来るようになり、だれも連絡《れんらく》がつかないようだった。

きっと、わたしのせいなのだ。

駅までの道を歩きながら、重いため息をつく。

弓子さんが生まれてしばらくして、裕美《ひろみ》も結婚《けっこん》した。仕事は続けていたが、妊娠《にんしん》をきっかけに会社を辞《や》めた。カナコの病気がわかったのはその直後だった。

何度かいっしょに病院に見舞《みま》いに行った。カナコの状態《じょうたい》が悪くなっていくのと反対に、裕美《ひろみ》のお腹《なか》は大きくなっていった。

予定日の一ヶ月前、裕美《ひろみ》は鎌倉《かまくら》にある実家に戻《もど》った。里帰り出産するらしい。それからしばらく連絡《れんらく》が途絶《とだ》えた。予定日を過《す》ぎても連絡《れんらく》がない。

——新生児のころは忙《いそが》しいからね。わたしもそうだった。生まれて一ヶ月くらいはほとんど外出もできなかったし。

カナコは少しさびしそうに笑った。

しばらくして、裕美《ひろみ》から電話がかかってきた。実家から戻《もど》って来たのだと言う。育児は想像《そうぞう》以上に大変で、ようやく少し楽になってきた、と言い、カナコの様子を訊《き》いてきた。カナコは前よりずっと痩《や》せて、体力も落ちていた。わたしはそのことを裕美《ひろみ》に伝え、いつかいっしょに見舞《みま》いに行こう、と誘《さそ》った。裕美《ひろみ》は考えておく、と言ったが、なかなか実現《じつげん》しなかった。

——病棟《びょうとう》には子どもははいれない決まりだから、見舞《みま》いに来るためには子どもを預《あず》けなければならない。小さいうちはそれもなかなかむずかしいものだから。

カナコはそう言っていた。

わたしはたびたび裕美《ひろみ》に電話した。裕美《ひろみ》もカナコの様子を気にしているだろうと思ったし、わたし自身、カナコのことをだれかと話したかった。カナコの短歌を読めるのはうれしいが、苦しかった。だれかとそれを分かち合いたかった。

だが裕美《ひろみ》にとっては、わたしの電話が重荷だったのだろう。受話器の向こうから、こつんとした小石のような感触《かんしょく》が伝わってくる。いま忙《いそが》しいからまた今度、と言われることも多くなり、電話をかけにくくなった。

カナコの状態《じょうたい》がいよいよ危《あぶ》なくなったとき、わたしは裕美《ひろみ》に電話をかけた。

——カナコ、ちょっと容態《ようだい》が危《あや》うくて。お見舞《みま》いに行ってあげて。

裕美《ひろみ》は押《お》しつぶされるような声で、うん、と答えた。

——わかってる。行きたいって、わたしも思ってるの。でも……いまは……。

——「いま」って……でも、「いま」しかないんだよ。赤ちゃんがいて大変なのはわかるけど……。

連れて来てくれたら、わたしが病院の下で見ていてもいい、と言おうとした。

——なにがわかるの？

裕美《ひろみ》が突然《とつぜん》高い声で言った。

——子どものいない聡子《さとこ》に、なにがわかるのよ。この前も気軽に言ってたわよね、子どもを預《あず》けるところはないのか、って。そんなの、あるわけないでしょ？　夫はいつも帰りが遅《おそ》いし、そもそもなにもわかってないのよ。預《あず》けられるわけがない。

里帰りしてたころはまだひとりで外に出られたけど、いまは……。

いきなり早口で言われ、一瞬《いっしゅん》なにが起こったのかわからずにいた。裕美《ひろみ》のこんな声を聞くのははじめてだった。

――寝《ね》る時間もごはん食べる時間もなにもないのよ。わたしのこと、冷たいって思ってるのよね。友だちが危《あぶ》ないのに、全然見舞《みま》いに来ないって。わたしだって行きたいのよ。でも、無理なの。その苦しさがわかる？

――ごめん、そういうつもりじゃなかった。でも、カナコ、ほんとに危《あぶ》ないの。だから、赤ちゃんは連れて来てくれたら、わたしが病院の下で見ててもいいし……。

――ああ、だから、なんでそう気軽に言うのよ。子ども育てたこともないくせに。あなたのそういうとこが……。

裕美《ひろみ》は急にそこで黙《だま》った。

――それに、無理して会いに行くってどういうことかわかる？　あなたはもうすぐ死ぬ、って言ってるようなものじゃない。なにを話せって言うの？　そんなの、見舞《まみ》いに行く側の自己満足《じこまんぞく》でしょ？　わたしにはそんな残酷《ざんこく》なことできない。あなた、わかるの？　幼《おさな》い子を残して死ぬ辛《つら》さが。

裕美《ひろみ》の言葉が耳に突《つ》き刺《さ》さるようだった。

自己満足《じこまんぞく》。そうかもしれない。わたしには負い目があった。カナコは死に、自分は残る。理不尽《りふじん》だと思っていた。カナコのためになにかしたい。でも、それはその理不尽《りふじん》さを埋《う》めるための……。

短歌もそうだ。カナコの役に立っているって思いたかった。だけど、短歌を読んだからなんだと言うんだ。

——わかった、ごめん。わたしには連絡《れんらく》しなくていい。だけど、もし可能《かのう》なら、カナコには会ってあげて。

言い終わらないうちに、がちゃん、と電話が切れた。頭の中が真っ白になる。受話器の向こうから、どん、と突《つ》き放された気がした。

それきり裕美《ひろみ》から連絡《れんらく》は来なかった。電話しても、いつも留守電《るすでん》だった。

カナコには、裕美《ひろみ》との諍《いさか》いのことは黙《だま》っていた。カナコは裕美《ひろみ》に会いたがっていたけれど、裕美《ひろみ》が来られないのはわかる、と言っていた。

——それにね、会ったから、どうってことじゃない。どっちにしたって、お別れしなくちゃならないんだから。自分の赤ちゃんを大事にしてほしいんだ。

苦しそうな顔で、カナコは言った。

その数日後、見舞《みま》いに行くと、カナコがうれしそうな顔で、昨日《きのう》、裕美《ひろみ》が来てくれた、と言った。実家から一日だけ様子見にお母さんがやって来たらしく、昼間少しだけ見舞《みま》いに来たらしい。

――裕美《ひろみ》となにかあった？

カナコに訊《き》かれ、答えに困《こま》った。

――なんで？

――なんとなく。聡子《さとこ》の話をしたとき、ちょっと裕美《ひろみ》の表情《ひょうじょう》がおかしかったから。

でも、気のせいよね。

カナコに心配はかけられない。わたしはあいまいにうなずいた。

――ああ、裕美《ひろみ》の歌、また聴《き》きたいわ。

カナコがつぶやく。裕美《ひろみ》の澄《す》んだ声。同じバンドのわたしたちも、演奏《えんそう》しながら聞き惚《ほ》れた。大学祭で演奏《えんそう》した『なごり雪』や『ひこうき雲』は忘《わす》れられない。

ひこうき雲。死んでゆく女の子の歌。裕美《ひろみ》の歌声がよみがえる。目の前のカナコの痩《や》せた顔を見たとたん、頭が真っ白になった。

ダメだ、ダメだ。カナコは死なない。死んじゃダメだ。弓子ちゃんだっているんだから。そう叫《さけ》びそうになり、じっとこらえる。

――もうすぐ死ぬ、って言ってるようなものじゃない。

——そんなの、見舞《みま》いに行く側の自己満足《じこまんぞく》でしょ？

——あなた、わかるの？　幼《おさな》い子を残して死ぬ辛《つら》さが。

裕美《ひろみ》に言われたことが頭の中をめぐり、泣き出しそうになる。自己満足《じこまんぞく》なのかもしれない。だけどわたしは、できるかぎりカナコといっしょにいたかった。

わかってもらいたかった。わたしがどれだけカナコを大事に思っているか。カナコに生きてほしいと思っているか。だけどそれを語るのは、別れを告《つ》げるようなものだ。それこそ自己満足《じこまんぞく》。絶対《ぜったい》に言えない。

——聴《き》けるよ、きっと。

わたしは笑って言った。

——いまはちょっと具合が悪いけど、また少し良くなったら。ここじゃ無理かもしれないけど、病院の庭だったら、ギターだって……。

——そうかな。

カナコは少し笑った。

——いいんだ。全部、ここにあるから。

すっかり痩《や》せた手で、自分の胸《むね》を押《お》さえた。

——でも、裕美《ひろみ》と聡子《さとこ》は、ずっと仲良くしててほしいな。で、ときどきあのころみたいに歌ってほしい。

カナコが亡《な》くなったのは、その二週間後だった。

通夜《つや》と葬式《そうしき》のことは、裕美《ひろみ》にも連絡《れんらく》した。わたしから電話するわけにもいかず、サークルのほかの人に頼《たの》んだのだ。だが、裕美《ひろみ》は来なかった。

スマホが震《ふる》え、見ると母からメッセージが入っていた。帰りはいつ、と書かれている。今日《きょう》必要なものはすべてそろえてあったし、母も、大丈夫《だいじょうぶ》だからゆっくりしておいで、と言ってくれたが、夕方になって不安になってきたのかもしれない。

もう駅は目の前だ。電車に乗れば、一時間ちょっとで帰宅《きたく》できるだろう。小走りに駅へ急ぎ、ちょうどやってきた急行に飛び乗った。

最寄《もよ》り駅からはタクシーに乗った。家の前で降《お》り、急いで玄関《げんかん》を開ける。

「早かったね」

母が出てきて言った。

「うん、タクシー使った。さっきメッセージが来たけど、なにかあった？」

「ごめんね。あのときはお父さんの点滴《てんてき》の交換《こうかん》がうまくできなくて、あわてちゃったの。でも、さっき訪問看護師《ほうもんかんごし》さんが来て直してくれて、もう落ち着いたから」

父の様子は日々《ひび》変わる。数日前から点滴《てんてき》の種類が変わり、ときどきわたしたちで交換《こうかん》しなければならなくなった。針《はり》はそのままだから、チューブを付け替《か》えるだけなのだが、母が不安だと言うので、交換《こうかん》はいつもわたしが行っていた。

「そうか、ごめんね。大変だったでしょ？」

「大丈夫《だいじょうぶ》。今日《きょう》しっかりやり方を見たから、もうひとりでできる」

「お父さんは？」

父のいる奥《おく》の部屋を見る。父がなにかあったらすぐに人を呼《よ》べるように、眠《ねむ》っているとき以外は扉《とびら》を開け放してある。

「おかえり」

父の声がした。いつもと変わらない様子で、ほっと安心した。

「ただいま。大変だったんだって？」

「そうなんだよ、お母さんが頑固《がんこ》でさ。看護師《かんごし》さん呼《よ》んで、って頼《たの》んでも、自分でできる、って言ってなかなかきかないから」

笑ってふうっとため息をついた。一悶着《ひともんちゃく》あったらしいな、と気づいた。

「毎日毎日新しいことに対応《たいおう》しなくちゃならないからなあ。大変だ」

父はのんびりと笑った。ああ、すごいなあ、と思う。寝《ね》たきりになってしまってからも、父はほとんど怒《おこ》らない。ふさいだ顔をするときもあまりない。体調がよいときはちゃんと上体を起こし、新聞に目を通す。

夜もわたしか母が近くで眠《ねむ》るようにしているが、いつだったかわたしがうなされて目を覚ましたとき、父に、大丈夫《だいじょうぶ》か、と訊《き》かれて驚《おどろ》いた。自分の方が辛《つら》いだろうに、いつもわたしを心配している。

――医師《いし》にはもう治らないって言われてるけど、心のどっかで奇跡《きせき》が起こるかも、って思っているんだよ。

いつだったか父は笑って言った。

――ちょっとだけ信じていたいんだ。可能性《かのうせい》がゼロじゃない、って。

子どもじみたことを言うなあ、と思いつつ、それだけ生きる気力があるのはすごいことだと感じた。だから、わたしも母も、父とは以前と同じような話しかしない。これから先のことは口にせず、病気になる前と同じように振《ふ》る舞《ま》うのがいちばんいいと思っている。

ほんとうは、ほかにいろいろ言いたいこともある。だけど、それを言ったらさよならと同じだと思って、言えずにいる。こうやって、結局最後まで大事なことは言えないのかもしれない、と思う。

「ゆっくりできたのか？」

父が訊《き》いてくる。

「うん。ありがとう。いろいろ話せたよ」

「そうか。なら、良かった」

父は目を閉《と》じた。

「聡子《さとこ》、ごはんまだでしょう？」

台所から母の声がした。

「うん。お母さんは？　食べた？」

「まだ。聡子《さとこ》が帰って来るまで待ってようと思って。昨日《きのう》揃《そろ》えておいたおかずもあるし、ごはんも炊《た》けてるよ」

口にしないが、母は疲《つか》れている様子だった。足を痛《いた》める前よりずいぶん痩《や》せた。足のためにも体重が軽くなった方がいい、と笑っていたが、最近はごはんをゆっくり食べる暇《ひま》もない。もともと料理好きだったから、かわいそうだった。

荷物を置き、夕食の支度《したく》を手伝った。味噌汁《みそしる》とごはんをよそい、冷蔵庫《れいぞうこ》のおかずを出す。父は眠《ねむ》ってしまったみたいだ。

「で、どうだったの？　カナコさんの娘《むすめ》さんには会えたの？」

食卓《しょくたく》につくと、母が訊《き》いてきた。

「うん、会えた。すっかり大人《おとな》になっててね、カナコそっくりだった。すごく元気で、しっかりしてて」

「よかったわねえ」

母が微笑《ほほえ》む。

「早いわねえ。ちょっと前のことのような気がするのに」

「そうそう、弓子さん……そう、会ったらもう『弓子ちゃん』とは呼《よ》べなくて……これ、お土産《みやげ》。弓子さん、いま、こういうの作ってるんだって」

三日月堂《みかづきどう》で買ったグリーティングカードを手渡《てわた》す。風合いのある紙に「ありがとう」という文字が並《なら》び、銀色の月と星が浮《う》かんでいる。

「ありがとう。こういうの、最近流行《はや》ってるんでしょう？　前にテレビで見たわ。素敵《すてき》ね、ちょっとお手紙書くときによさそう」

母はカードを手に取り、じっくり眺《なが》めた。

「活版印刷《かっぱん》かあ。わたしもね、ちょっとちがうけど、むかし和文タイプをしてたことがあるのよ」

母は結婚前《けっこんまえ》、銀座《ぎんざ》の広告代理店《こうこくだいりてん》で働いていた。

「和文タイプ?」

「そう。会社にあったの。活字箱のなかに活字がたくさん並《なら》んでて、字をつまんで紙に打つの。ワープロができる前はそんなの使ってたのよ」

「漢字は?　たくさんあるでしょ?」

「そう、だから英文のタイプライターとは全然ちがうのよね。文字は二千くらいあったかなあ。そこから目的の字を探《さが》す。探《さが》すのが早いと褒《ほ》められるでしょ。それがうれしくて、けっこう頑張《がんば》ってたのよねえ」

母は笑った。

食卓《しょくたく》を片《かた》づけ、母と交代で風呂《ふろ》に入る。

裕美《ひろみ》。

湯船に浸《つ》かったとたん、弓子さんと約束したことを思い出した。

裕美《ひろみ》、カナコのお墓《はか》まいりに行ってたんだ。あのときの苦い思いがよみがえり、お湯で顔をぬぐう。

バカだったんだなあ、わたし。

若《わか》いころは思ったことをあまり考えもなしに口にしてしまうタイプだった。裕美《ひろみ》は我慢強《がまんづよ》い性格《せいかく》だ。そういうわたしにいらだつことも多かったんだろう。

――でも、裕美《ひろみ》と聡子《さとこ》は、ずっと仲良くしててほしいな。で、ときどきあのころみたいに歌ってほしい。

カナコの声がよみがえってきて、鼻の奥《おく》がつーんとなる。

やっぱり、捜《さが》そう。カナコのために、一度ぐらいはいっしょにお墓《はか》の前に立って、手を合わせたい。

カナコの願いなんだから。

風呂《ふろ》から上がると、軽音楽部の同窓会《どうそうかい》のメーリングリストに裕美《ひろみ》の消息を尋《たず》ねるメールを流した。数年前の同窓会《どうそうかい》のときに作ったもので、裕美《ひろみ》は入っていない。

これで見つかるだろうか。見つかったとして、裕美《ひろみ》はわたしに会ってくれるのだろうか。送信ボタンを押《お》し、ため息をついた。

6

翌日《よくじつ》の夜、パソコンを見ると、メーリングリストから何通か返信が来ていた。大部分が、わからない、消息不明、というものだったが、最後の一通だけ、手がかりになる情報《じょうほう》が入っていた。

裕美先輩《ひろみせんぱい》、近所にいらっしゃいます。

うちの近くの商店街で小さな雑貨店《ざっかてん》をされてるんです。

何年か前、偶然《ぐうぜん》その店に立ち寄《よ》ったら、お店の人の顔に見覚えがある気がして、しばらく考えて、あ、裕美先輩《ひろみせんぱい》だ、って気づきました。

それで話しかけたら、わたしのことを覚えていてくれたみたいで。

十年くらい前、育児が一段落《だんらく》ついてからお店を始めた、って言ってました。

器《うつわ》やちょっと変わった小物を扱《あつか》っているお店で、わたしもときどき立ち寄《よ》ります。

サイトもあります。


ひとつ下の後輩《こうはい》からのメールだった。メールに書かれたＵＲＬを開くと、雑貨店《ざっかてん》「ひこうき雲」というサイトが開いた。

ひこうき雲。

胸《むね》がずん、となる。裕美《ひろみ》、やっぱりずっとカナコのことを思っていたんだ。

なにをどう話せばいいか、わからない。行ったらまた迷惑《めいわく》がられるかもしれない。

でも、会いに行こう、と思った。

翌日《よくじつ》、母に少し遅《おそ》くなると言って、仕事帰りに裕美《ひろみ》の店がある町を訪《おとず》れた。

わたしたちの大学の近くの駅だった。いちばん近い繁華街《はんかがい》だから、買い物をするときはみんなよくこの町に行った。こんなに近くにいたのか。大学時代に何度も来た駅だが、様子はずいぶん変わっていた。

町はかなり遠くまで広がっていた。わたしたちが学生だったころには店なんかほとんどなかった場所にも、新しくおしゃれな店が並《なら》んでいる。

そのはずれに、裕美《ひろみ》の店はあった。

「ひこうき雲」

北欧風《ほくおうふう》というのだろうか。シンプルな外観で、扉《とびら》を開けると七〇年代のフォークソングが流れて来た。むかしわたしたちの歌った曲だ。

駅から離《はな》れているにもかかわらず、店には何人かお客さんもいて、みな思い思いに品物を選んでいる。器《うつわ》に小物、外国製《がいこくせい》の日用品。カード類や本もある。なんの店、とは言い難《がた》いが、不思議と統一感《とういつかん》がある。

カウンターの奥《おく》に背《せ》の高い女性《じょせい》がいた。

裕美《ひろみ》。

思わず立ち尽《つ》くす。長かった髪《かみ》はショートになっていたが、それ以外はあまり変わらない。相変わらずほっそりと華奢《きゃしゃ》で、背筋《せすじ》もぴんとのびている。どうしたらいいかわからず、しばらく棚《たな》の上の品物を眺《なが》めるふりをしていた。

棚《たな》の上のガラス窓《まど》から、夕方の陽が差し込《こ》んでくる。

お客さんがひとり買い物を終えて店を出る。次の客がレジに並《なら》び、裕美《ひろみ》と談笑する。常連《じょうれん》のようだ。客はふたりづれで、ふたりともいくつか雑貨《ざっか》を買っていた。

「ありがとうございました」

袋《ふくろ》を持ったお客さんが出ていき、店にいる客はわたしだけになった。どうしたらいいのだろう。近くにあったカードを一枚《まい》取り出し、レジに向かう。

「あの……」

「いらっしゃいませ」

笑顔で言ってこちらを見た裕美《ひろみ》の表情《ひょうじょう》がすっと変わった。

じっと黙《だま》ってわたしを見る。

「……聡子《さとこ》……」

それだけ言って、黙《だま》った。

「サークルの後輩《こうはい》の加納《かのう》さんに聞いたの。裕美《ひろみ》がここでお店やってる、って……」

口ごもり、下を向いた。

「ごめんなさい、わたし、あのころ、なにもわかってなかった……」

途切《とぎ》れ途切《とぎ》れに言い、そこで止まった。

「なんでいまさら……」

裕美《ひろみ》の声がする。

「ほんとお嬢様《じょうさま》よね。ケンカして、謝《あやま》って、仲直り、なんて、学生時代までよ」

あのころと同じ澄《す》んだ声。やっぱり許《ゆる》してくれないのか。悲しくて、悔《くや》しくて、涙《なみだ》が出そうになる。

「嫌《いや》なことがあっても、大人《おとな》になったら顔に出さない。怒《おこ》る必要もない。嫌《いや》な相手とはもう会わなければいいんだから」

「裕美《ひろみ》……」

「わたしはそうやって生きてきた」

裕美《ひろみ》の声が少しふるえた。

「あなたとも、もう会うつもりなんて、なかった……」

「裕美《ひろみ》、ごめん。ほんとに……」

「なんで謝《あやま》るのよ。あなたのそういうとこが……嫌《いや》だった。あなた、悪くないでしょ？　育児で疲《つか》れたわたしが、いらいらして当たっただけ」

裕美《ひろみ》の身体《からだ》がふるえているのがわかる。

「必死だったの。ただそれだけ。自分が手を離《はな》したら、子どもが死んじゃう。だれも助けてくれない。それで思いつめてて……。友だちの見舞《みま》いにも行けない、ダメな人間だったのはわたしだよ」

顔をそっとあげた。裕美《ひろみ》はうつむいていた。

「でも、行ってよかった。あなたが電話してくれたから、母に無理を言って来てもらったの。カナコに会えてよかった。間に合わないところだった」

裕美《ひろみ》はそこで黙《だま》った。

「だけど、母が帰ったあと、子どもが高熱を出して……ずっとついていなくちゃいけなくなった。それで行けなかった。お通夜《つや》にもお葬式《そうしき》にも……」

「そうだったの。でも、カナコ、言ってたよ、自分もそうだったからわかる、って。みんなもわかるよ。だから……」

「そういう問題じゃないんだよ。わたしが行きたかったの。ちゃんとお別れしたかったんだよ」

裕美《ひろみ》がじっとわたしを見た。

「お葬式《そうしき》にも行けなくて、あなたにもあんなふうに当たってしまって、もう合わせる顔もない。別に、会わなくてもやっていけるもんね。わたしには子どもがいて、やることもたくさんあって、日々《ひび》忙《いそが》しくしてれば、自然と日は経《た》っていく。あなただってなにも言ってこないし、怒《おこ》ってるんだろう、って」

裕美《ひろみ》はため息をついた。

「そうじゃない。わたしも裕美《ひろみ》が怒《おこ》ってるんだと思って……わたしも少しわかったの。わたしは結局結婚《けっこん》もしなかったたし、子どもも生まなかった。でも、いま親の介《かい》護《ご》があって、不自由さは少しだけ……わかる。育児とは全然ちがうだろうけど」

「介護《かいご》？　お父さん？　お母さん？」

「父。もうあまり長くないって言われてる」

「そう……」

裕美《ひろみ》はゆっくり言ってうつむいた。

「もう、長い時間が経《た》ったのよね」

しずかな声がした。

「悪かった、って思ってる。なにも想像《そうぞう》できてなかった。身勝手で……」

「だから、いいよ。もう謝《あやま》らないで。さっきも言ったでしょ？　あなたは悪くない。それに、ここまで足を運んでくれたんだから、もうちゃらにしよう。ね？」

裕美《ひろみ》が顔をあげる。あのころと変わらない澄《す》んだ声だった。

「それで、どうしていまになって来たの？　ううん、別に責《せ》めてるんじゃないよ。ただ、なぜいまなのかな、って単純《たんじゅん》に不思議に思っただけ」

裕美《ひろみ》に訊《き》かれ、「めぐりん」からはじまった経緯《けいい》を話した。川越《かわごえ》の三日月堂《みかづきどう》に行き、大人《おとな》になった弓子さんに会ったこと。弓子さんが三日月堂《みかづきどう》を継《つ》いで、印刷の仕事をしていること。弓子さんのお父さんが裕美《ひろみ》のことを話していたということ。裕《ひろ》美《み》はうなずきながらじっと聞いている。

「でね、ちょっと裕美《ひろみ》に見せたいものがあるの」

カバンからカナコのノートのコピーを出す。

「これは……？」

「カナコの作った短歌。大学時代からずっと作ってて、入院中も……。わたしは知ってるけど、裕美《ひろみ》は読んだこと……ないでしょ？」

「ええ。短歌を作ってる、って話は聞いたことがあったけど……」

戸惑《とまど》ったような顔で、ノートを見下ろす。

「こんなに作ってたんだ。入院中も……？」

カナコのノートは五冊《さつ》あった。学生時代のものが二冊《さつ》、勤《つと》め始めてからのものが一冊《さつ》、入院してからのものが二冊《さつ》。どれも大学ノートに細かい字でびっしりと書かれていた。コピーはノートごとにまとめ、ファイルにはさんでいた。

「ねえ、聡子《さとこ》。そろそろ店を閉《し》める時間なんだけど、もう少し、いいかな？　そのファイル、ここを出て、ゆっくり見たいの」

時計を見ながら裕美《ひろみ》が言った。

家に電話すると、今日《きょう》は落ち着いているし、夕食もなんとかなるからゆっくりしてきていい、と言われた。


裕美《ひろみ》が店じまいをし、いっしょに外に出た。近くの小さな喫茶店《きっさてん》に入る。しずかなジャズが流れている。漆喰《しっくい》の壁《かべ》に木の家具で統一《とういつ》された雰囲気《ふんいき》のいい店だ。裕美《ひろみ》もわたしも水出しアイスコーヒーを頼《たの》んだ。暮《く》れていたがまだ暑く、冷たいものが欲《ほ》しかった。

「かしこまりました。どうぞごゆっくり」

店主は手元のメモに注文を書きつけると、しずかに去って行った。

机《つくえ》の上にファイルを出すと、裕美《ひろみ》はなかの一冊《さつ》を手に取り、目を落とした。入院中の二冊目《さつめ》、最後のノートだった。

「お待たせしました」

さっきの店主がアイスコーヒーを運んでくる。テーブルに布《ぬの》のコースターを敷《し》き、グラスを置く。氷がからんと音を立てた。

裕美《ひろみ》はじっと黙《だま》って、ファイルに目を走らせている。

ここ、あの店となんとなく似《に》てるな。

そう思った。大学時代、裕美《ひろみ》のお気に入りだった店。地下にあるので昼間でも薄《うす》暗《ぐら》く、素朴《そぼく》な作りの木の椅子《いす》が並《なら》んでいる。奥《おく》に小さな中庭があって、そこだけ地上からの光が差し込《こ》んでいた。

そういえば、カナコと三人ではじめて喫茶店《きっさてん》に行ったときもあの店だった。カナコは、こんな店に来るのははじめて、と言って、不思議そうにあたりを見回した。

――やっぱり東京ってすごいね。

アイスティーを飲みながら、カナコは言った。

――村田さんってどこから来たの？

――盛岡《もりおか》。

――宮沢賢治《みやざわけんじ》の町でしょ？　素敵《すてき》だね。

――そんなこと、ないよ。東京に比《くら》べたら、なにもないよ。

カナコはくぐもった声で言い、うつむいた。色が白いなあ、と思った。化粧《けしょう》っ気もないし、決して目立つ顔立ちではない。でも、肌《はだ》がきれいで透《す》けるようだった。

わたしもファイルを手に取った。入院中の一冊《さつ》め。わたしが病院の売店で買ってきたノートに書いていたものだった。


夏が来るまぼろしみたいなにもかも生きてることも生きてたことも

はじめのページの、最初の歌。見るといつも、このファイルをはじめて開いたときのことを思い出す。

あれはお葬式《そうしき》から三ヶ月ほど経《た》ったときだ。カナコの家を訪《たず》ねると、修平《しゅうへい》さんがファイルの束を差し出した。カナコの短歌のノートのコピーをとってくれたのだ。

――カナコはきっとあなたに持っていてもらいたかったただろうから。

修平《しゅうへい》さんはそう言った。

――死ぬことについていろいろ考える。怖《こわ》いし、どうしたらいいかわからなくなる。

でも、修平《しゅうへい》さんには言えない。

いつだったか、窓《まど》の外の暮《く》れていく景色を眺《なが》めながらカナコは言った。

——きっとすごく悲しむもの。修平《しゅうへい》さんはまっすぐで誠実《せいじつ》な人だけど、そんなに強くないから。いつも遠くばっか見ていて、近くのことはぜんぜん見えてないの。

修平《しゅうへい》さんは天文学科の出身で、高校教師《きょうし》になってからもよく天体観測《かんそく》に出かけていた。星のことばっかり考えてるから、と前にカナコが言っていた。

——ときどきね、ここにひとりで来て、なにか言いたそうにすることがあるの。でも、なにも言わない。言えないんだと思う。わたしも言わない。その話をしたら、修平《しゅうへい》さんが泣いてしまうと思うから。

カナコは少し笑った。

——形式があるっていいことよね。ここにひとりでいると、火山の火口の縁《ふち》に立ってるみたいになる。でも、ひとたびノートに向かうと、気持ちがしゃんとする。歌という形があると、少しでもうまく作ろうって構《かま》える。うまく作ったってどこかに届《とど》くわけでもないのに……。

そう言いかけて、首を振《ふ》る。

——病院の夜は暗いの。でもノートを開くと、高い窓《まど》から明かりが一筋《ひとすじ》さして来るみたいに感じる。いまはその光の源《みなもと》に向かって生きてるような気持ち。

窓《まど》の明かり。わたしも似《に》たように感じていたのを思い出し、心が通じたような気がした。少しうれしい。だが、そのすぐあとにまた暗い波がやって来る。通じたから、なんなんだ。いまこの一瞬《いっしゅん》がずっと続くわけではないのだ。

——わたしだけじゃないのよね。むかしの人だって、みんな怖《こわ》かったんだと思う。ひとりぼっちで、さびしくて、怖《こわ》い。人間はずっとそれを繰《く》り返して来た。歌は人の心の記録なの。形式がそれを覚えてる。だからそれを前にすると、わたしだけじゃないって思える。

死のことを言ってるんだろう、とわかる。でも、その言葉は口に出せない。

——聡子《さとこ》が読んでくれてうれしい。自分の魂《たましい》がちゃんとどこかに着いた気がする。

カナコの声を頭のなかで反復《はんぷく》する。ずっととっておきたい。病室を出たあと、そう思いながら泣いた。

ファイルを受け取ったが、しばらくは開くことができなかった。カナコがいないことも受け入れられなかったし、いないカナコの声を聞くことは耐《た》えられないと思った。もう一度開くことができたのは、半年以上経《た》ってからだ。

開ける前は少し怖《こわ》かった。だがノートを開けると、いきなり「夏が来る」の歌が目に飛び込《こ》んできた。

カナコの声が雨のように降《ふ》って来て、きらきら光った。

ああ、こういうことなのか。死んだ人が胸《むね》のなかに生きている、というのは。

カナコという人間がわたしのなかで生きているのを感じた。これまでよりずっと強く。カナコが生きていたときには決して感じたことがない、不思議な感覚だった。

カナコはいない。この世から消えてしまった。だが、決してなくなりはしない。

泣きながらファイルをすべてめくった。

それから、ことあるごとにカナコのノートを開いた。カナコの言葉はいつもわたしに寄《よ》り添《そ》って、生きる力を与《あた》えてくれた。

「ああ、この歌……」

裕美《ひろみ》がつぶやく声が聞こえた。

「最後にお見舞《みま》いに行ったとき、カナコ、言ってた。自分が死ぬより、弓子が母親を失ってしまうことの方が怖《こわ》い、って」

裕美《ひろみ》が開いていたページをのぞく。


やわらかな弓子を抱《だ》いていたいよずっと星になっても闇《やみ》になっても

ねえ弓子泣いちゃダメだよいまここにあるものみんななくならないよ

細かい字が乱《みだ》れている。亡《な》くなる一ヶ月くらい前の作品だ。

あのころカナコは驚《おどろ》くほどたくさん短歌を作った。見舞《みま》いに行くと何ページも増《ふ》えていて、こんなに根を詰《つ》めていいのか、心配になった。感情的《かんじょうてき》な表現《ひょうげん》が増《ふ》え、弓子、修平《しゅうへい》と名前が出てくることも多くなった。

読むたびに、わたしも崖《がけ》の前に立っているような気持ちになった。カナコは明日《あした》を迎《むか》えられるのか。弓子ちゃんにまた会えるのか。カナコはよく家に帰りたいと言って泣いた。弓子ともう一度いっしょに遊びたい、と。

「ごめんね」

裕美《ひろみ》がぼそっと言った。

「なにが?」

なにを謝《あやま》られているのかわからず、訊《き》いた。

「カナコのこと。全部聡子《さとこ》に……任《まか》せちゃってた。これを受け止めるって大変なことだよね。それを……全部聡子《さとこ》が……」

裕美《ひろみ》が途《と》切れ途《と》切れに言う。

「でも、それは……」

「仕方なかった。わたしにはそれ以上できなかった。疲《つか》れて寝《ね》ちゃってるときもあったし、子どもが途中《とちゅう》で泣き出すこともあった。きっと上の空のように聞こえてたんだと思う。聡子《さとこ》の話に耳をかたむける余裕《よゆう》もなかった」

裕美《ひろみ》がうつむいた。

「でも、それじゃ、すまないよね。カナコには恩《おん》もあった。だからもっと大切にしなくちゃいけなかったのに」

裕美《ひろみ》が顔を手で覆《おお》った。

「恩《おん》？」

「わたしね、カナコに助けられたことがあるの」

裕美《ひろみ》が顔をあげて言った。

「わたし、ほんとはプロの歌手になりたかったんだ。もちろん親は反対して、サークル活動もやめろって言われた。それでも歌を続けたかった。オリジナルで良い曲を作れれば、シンガーソングライターとしてデビューすることができるかも、と思って作詞《さくし》作曲してみたけど、結局いいものは作れなかった」

そうだったのか。わたしにとって、バンドはサークル活動だった。子どものころからピアノを習っていて弾《ひ》くのは好きだったし、裕美《ひろみ》やカナコといっしょに演奏《えんそう》できるのは楽しかった。だけど、それで生きていこうとまでは思っていなかった。

「センスなかったんだよね。詞《し》も曲も、ありきたりなものしか作れなかった。大学祭で歌いたいと思ってたけど、発表するのはやめた。親にも頭を下げて、音楽は卒業まで、って約束した。だけど、歌がなくなったら生きてる意味がない気がして……若《わか》かったのよね、屋上から飛び降《お》りようと思ったの」

「そんなことが……」

知らなかった。

「練習のあとだったかな。聡子《さとこ》はその日、休んでていなかったんだと思う。練習の最中、急に嫌《いや》になって、ひとりで屋上に行って……そのとき、カナコがやってきて、止めてくれた。ケンカになったけどね。カナコに叩《たた》かれて……」

あのカナコが……おとなしいカナコが……裕美《ひろみ》を、叩《たた》いた？

「頭が冷えた。そのあと、ふたりでしばらく話をした。カナコもさ、実家でいろいろあったんだよね、高校時代、死にたいと思ったこともあったんだって。『生きてれば、きっといいことあるよ』って言って、『ひこうき雲』を歌ってくれたの」

ふう、と息をつく。

「カナコがひとりで歌うのをちゃんと聞いたの、はじめてだった。うまかったよ。少し癖《くせ》のある声で。わたしはいつも自分の声に夢中《むちゅう》で、そんなことにも気づいてなかった。それでさ、カナコ、『やっぱり裕美《ひろみ》の声の方がいいなあ、わたしが裕美《ひろみ》の歌を聴《き》きたいから生きていてほしい』、だって」

裕美《ひろみ》が声をつまらせる。

「なにも知らなかった」

わたしはうつむいた。なにもわかってなかった。音楽に生きるつもりはなかったから、わたしにとってバンド解散《かいさん》はさびしくはあったけど、自然のことだったのだ。卒業する、大学を卒業するのと同時に、バンドもおしまい。

だから、三人で解散《かいさん》パーティーを開いた。裕美《ひろみ》もカナコも最初は少し渋《しぶ》い顔をした。はしゃいでいたのはわたしだけ。みんなの気持ちを盛《も》り立てようとして、無理に明るく振《ふ》る舞《ま》った。でも、裕美《ひろみ》はあのとき、解散《かいさん》パーティーなんて気持ちじゃなかったんだ。

わかる。わたしも研究職《けんきゅうしょく》につきたくて、大学院まで進んだ。でも、いつまでたっても職《しょく》はなかった。いろいろあって、校閲《こうえつ》の仕事を選んだ。わたしの父は編集者《へんしゅうしゃ》で、だからこそほんとは同じ業界の仕事につきたくなかった。でも結局こうなった。いまはこの仕事に満足している。適職《てきしょく》だったと思う。だが大学に残るのをあきらめたときは、苦い思いがあったのだ。

「歌はやめたけど、ずっと未練があった。結婚《けっこん》してからも空虚《くうきょ》な感じが抜《ぬ》けなくて。子どもはかわいかったけど、夫にはあまり心を開けなくて、結局離婚《りこん》したの」

それも知らなかった。なにもわかってなかった。わたしは裕美《ひろみ》のこと、なにもわかってなかった。友だちのつもりでいたのに、情《なさ》けない。

「結婚《けっこん》すれば変われる、歌手なんて変な夢《ゆめ》は見ないで、堅実《けんじつ》に生きていける、って思ってたけど、大まちがい」

裕美《ひろみ》は笑った。

「じゃあ、サークルの同窓会《どうそうかい》に出てこなかったのも？」

「歌のこと、思い出したくなかった。みんなが気楽に思い出話をするの、聞きたくなかったんだ」

そうだ。裕美《ひろみ》はだれよりも気位の高い人だった。

「結局、ふっきれたのはあの店を持ってから。ようやく自分の居場所《いばしょ》を見つけられた気がした。もちろん、ここまで来るのにいろいろ嫌《いや》なこともあったけどね。『生きてればいいことある』。ほんとよね。最近、ようやくそう思う」

裕美《ひろみ》が苦笑いした。

「カナコにはお礼を言わなくちゃいけない。あなたからの電話を切って何日か経《た》って、そう思ったの。それで実家の母に無理言ってうちに来てもらって……。わたしがお見舞《みま》いに行ったとき、カナコ、言ってたよ。裕美《ひろみ》が来たってことは、わたしもとうとう終わりかな、って。笑ってた」

「なんて言ったの？」

「そんなわけないでしょ、って答えたわよ。聡子《さとこ》にしつこく言われたから来たんだ、って。カナコ、聡子《さとこ》には感謝《かんしゃ》してる、って言ってた。聡子《さとこ》が読んでくれるから、カナコは短歌を作り続けることもできたんじゃないかな」

あの当時、病院を出たあと、よく思った。カナコはわたしと話したことを喜《よろこ》んでくれる。わたしも、良かった、と思う。だけど、だからなんなのだろう。カナコがあの病室から出ることはもうないんだろう。出るというのは終わるということ。

「だから、これがここにある」

裕美《ひろみ》はコピーを見つめた。

「聡子《さとこ》のおかげだよ。こうして、カナコの心が形になって残ったのは」

「そう……かな」

「驚《おどろ》いたよ、こんなこと考えてたのか、って。でも、同時にどこかで知ってる。やっぱりカナコだ、って思う」

三人で過《す》ごしたあのころの記憶《きおく》が、風にめくれるようにぱらぱらと揺《ゆ》れる。いっしょにいたけど、なにも知らない。でもどこかで知っている。

「あのね、裕美《ひろみ》。わたし、思いついたことがあるの。カナコが亡《な》くなって、もう二十六年。つまり、今年《ことし》は二十七回忌《かいき》ってことでしょう？」

「そう……そうね、たしかに」

「みんなにメッセージを出さない？　カナコのこと知ってる人たちに」

「メッセージ？」

「カードを作るの。さっき話したでしょ？　弓子さんが三日月堂《みかづきどう》を継《つ》いで、活版印《かっぱんいん》刷の仕事をしてる、って。カナコの短歌を刷ってもらって、カードにするの」

裕美《ひろみ》が目を丸くした。

「いい考えだと思うわ。でも、どの歌にする？　カードだとしたらそんなにたくさんは刷れないでしょ？」

「そうね。弓子さんの考えも聞きたいし。裕美《ひろみ》も全部読んでからじゃないと、決められないよね。今日《きょう》はこのファイル、裕美《ひろみ》に貸《か》すわ。それからいっしょに三日月堂《みかづきどう》に行こう」

わたしは答えた。

7

二週間後、裕美《ひろみ》といっしょに三日月堂《みかづきどう》に行った。裕美《ひろみ》を見た弓子さんは、写真と全然変わっていないですね、と驚《おどろ》いた。

わたしたちは、三人で組んでいたバンドの話をした。弓子さんははじめて聞く話ばかりだ、と喜《よろこ》んでいた。

「母はどんな人でした？　学生時代、どんなことが好きだったんですか？」

「ひっそりして、芯《しん》の強い人だった。わたしたちのなかでいちばん大人《おとな》で、しっかりしてたと思う」

裕美《ひろみ》がつぶやく。

「最初は近寄《ちかよ》りがたい、って思ってたの。まわりより大人《おとな》びてるし、話しかけたいけど、なかなか話しかけられずにいた。でも一度話しかけてみたら、全然ちがったの。気さくで、少し抜《ぬ》けたところもあったりして、かわいらしい人だった」

服は質素《しっそ》で、いつもシャツとジーンズ。化粧《けしょう》っ気はないのに、すごくきれいだった。ギターがうまくて、カナコに憧《あこが》れている人もたくさんいた。バイト先が駅前の本屋だったこと。学食のカレーが好きだったこと。美容院《びよういん》が嫌《きら》いで、自分で前髪《まえがみ》を切っては失敗したと落ち込《こ》んでいたこと。

カナコはいた。いっしょに過《す》ごした大学時代はたしかにあったし、カナコはあそこにちゃんと存在《そんざい》していた。

「わたしがまだこの世に存在《そんざい》しないころにも、母は生きてた」

弓子さんがしずかにつぶやく。その横顔が、あの夜の下宿のカナコにだぶった。

「変ですね、あたりまえのことなのに、なぜか……すごく不思議です」

弓子さんが工場を見回し、机《つくえ》の上に目を留《と》めた。壁《かべ》にかけられた星の飾《かざ》りのついた古いキーホルダーが、窓《まど》からの光できらっと光る。

ああ、あれは。記憶《きおく》がよみがえってくる。むかし弓子ちゃんが見せてくれた。家族でプラネタリウムに行ったとき、お母さんに買ってもらったんだ、って。

「実は、ひとつお願いしたいことがあるんです」

裕美《ひろみ》が二十七回忌《かいき》のカードの件《けん》を切り出した。

「わたしたちがみんなに送るものですから、お仕事としてお願いしたいんです。ただ、カナコさんの短歌ですから、弓子さんの許可《きょか》もいただかないと……」

裕美《ひろみ》が言った。

「もちろん、それは大丈夫《だいじょうぶ》です。とてもうれしいです。でも、いいんでしょうか。そういうことは本来親族がするべきことで……」

弓子さんが戸惑《とまど》ったように言う。

「そうとは限《かぎ》らないですよ。友人が『偲《しの》ぶ会』を行うことだってありますし」

わたしは答えた。

「わたしたちの気持ちなんです」

裕美《ひろみ》が言った。

「ありがとうございます。では、お受けいたします」

弓子さんが頭をさげる。

「どんな形にしましょう？　カードといってもいろいろありますよね。二つ折りにするか、それともハガキみたいにするか……」

弓子さんの表情《ひょうじょう》が変わった。棚《たな》から紙を取り出し、鉛筆《えんぴつ》をにぎる。

「二つ折りよりハガキ型《がた》がいいような気がする。そのまま飾《かざ》れるでしょ？」

裕美《ひろみ》が言った。

「そうね、ハガキサイズで、紙は縦《たて》に使って、本の一ページみたいにする。カードはそれだけでもいい気がするわ。ほかの文面は別紙に刷る。どうかな」

「文面は、経緯《けいい》を含《ふく》めて書くとけっこう長くなってしまいそうだし、わたしも別紙がいいと思う。ハガキサイズは文庫本とだいたい同じだし、ちょうどいいんじゃないかな」

「わかりました。その形で考えましょう。枚数《まいすう》はどうしますか？」

弓子さんに訊《き》かれ、メモを見た。

「サークルの同窓会《どうそうかい》に登録している人、授業《じゅぎょう》やゼミでいっしょだった人……いま住所がわかる人だけで五十人以上いたの。ほかに訊《き》いたらもう少し増《ふ》えるかも……」

「じゃあ、せっかくだから百枚頼《まいたの》もうよ」

裕美《ひろみ》が言う。

「そうだね」

「ほかにも、紙の種類や文字の大きさ、配置……決めなくちゃならないことはいろいろありますが、その前に……。どの歌を載《の》せるかは決まってますか？」

弓子さんがわたしたちをじっと見た。

「実は歌の選択《せんたく》についても、弓子さんの考えを聞きたいな、と思っていて……」

「わたしの……？」

「お母さんの歌だもの。弓子さんにも意見があるかも、って」

わたしが言うと、弓子さんはじっと目を閉《と》じた。

「好きな歌はいろいろありますが……。でも、これはおふたりの作るカードですから、まずはおふたりの希望を聞かせていただけますか？　そのなかでどれがいいか、わたしもいっしょに考えますので」

弓子さんにそう言われ、カバンからファイルと手帳を取り出す。

「いろいろ考えたけど……わたしが選んだのは、三首」

手帳を広げ、机《つくえ》に置く。「夏が来る」と「やわらかな弓子」ともうひとつ。


あの夏は愛するものもまだなくてひこうき雲に憧《あこが》れていた

亡《な》くなる少し前に作った歌だった。

裕美《ひろみ》が、あっ、と声を出す。

「わたしも……この歌を選んだ」

「ひこうき雲」の歌を指して言った。

「わたしも、これ、いいと思います」

弓子さんが言った。

「『弓子』っていう名前の出てくる歌は……わたしにとっても大切な歌ですけど、皆《みな》さんに配ることを考えると、個人的《こじんてき》すぎる気がします。あとのふたつも両方すごく好きです。でも、『ひこうき雲』という歌、バンドでよく歌っていたんですよね。思い出の曲でもあるし、ほかの方の記憶《きおく》にも残っているかも……」

「そうよね。きっとみんなあのころを思い出してくれる」

裕美《ひろみ》もうなずく。裕美《ひろみ》にとっては、カナコとの屋上の思い出を想起させる歌でもあるのだろう。

「じゃあ、これにしましょう」

わたしは言った。短歌はカードの真ん中に一首だけ。ひこうき雲が伸《の》びてくみたいに。裏《うら》に小さく「月野カナコ　二十七回忌《かいき》」と日付を入れ、あとは別紙に刷る。

「そうしたら、短歌だけこれからいっしょに刷りませんか?」

弓子さんが言った。

「これから?」

「短歌一首ですから。活字はすぐに拾えます。おふたりが拾って、わたしが組む。

紙もハガキサイズのものはけっこう在庫《ざいこ》がありますから、ここにあるものでよければすぐに刷れますよ」

弓子さんが微笑《ほほえ》む。裕美《ひろみ》とふたり、うなずいた。

「紙は白がいいわ、やっぱり」

「そうね、文字は黒。オーソドックスだけど、きっといちばん歌が引き立つ」

わたしたちがそう言うと、弓子さんは見本をいくつか持ってきてくれた。

「真っ白がいいわ。混《ま》じり気のない、真っ白」

裕美《ひろみ》が言った。

「じゃあ、このあたりでしょうか」

弓子さんが、真っ白い紙を差し出した。少しざらっとした感じで、いい雰囲気《ふんいき》の紙だ。厚《あつ》さもちょうどいい。裕美《ひろみ》もわたしもうなずいた。

文字の大きさや配置を決めると、弓子さんから文選箱《ぶんせんばこ》という薄《うす》い木の箱を渡《わた》された。裕美《ひろみ》と並《なら》んで棚《たな》の前に立ち、棚《たな》から活字を拾う。「あ」「の」「夏」……。わたしはひらがなを探《さが》し、裕美《ひろみ》は漢字を探《さが》す。

箱に活字を入れるたび、ことん、ことん、と音が響《ひび》いた。

集めおわり、弓子さんに差し出す。弓子さんは金属《きんぞく》の枠《わく》のなかに活字を並《なら》べはじめた。裕美《ひろみ》もわたしもなにもしゃべらず、じっと弓子さんの指先を見ていた。

弓子さんはすっかり職人《しょくにん》の目だ。並《なら》べた活字を手際《てぎわ》よく金属《きんぞく》のケースにはめ込《こ》み、ネジで締《し》める。それを小型《こがた》の印刷機に取りつけた。

黒いインキを円盤《えんばん》に伸《の》ばす。ローラーで何度か練ったあと、試《ため》し刷りの紙をセットし、レバーを下ろした。紙と版《はん》がくっつき、離《はな》れる。文字が印刷されていた。何度か試《ため》し刷りを繰《く》り返してから、本番の紙をセットした。

「おふたりも、どうぞ」

弓子さんがこっちを見た。

裕美《ひろみ》が機械の前に立つ。緊張《きんちょう》した顔でレバーを握《にぎ》り、下ろした。

「刷れてる」

裕美《ひろみ》の声がした。文字がくっきりと浮《う》き上がっている。

カナコの手書きの文字ではない、しんと整った文字が並《なら》んでいた。歌がカナコの身体《からだ》から離《はな》れて、飛び立っていくような気がした。

何枚《なんまい》か刷ったあと、交代した。レバーの冷たい金属《きんぞく》が手に吸《す》いつく。

弓子さんが目の前で微笑《ほほえ》む。

「ぎゅっと下ろしてくださいね」

目を閉《と》じ、言われるままにレバーを下げた。

窓《まど》から日が差してくる。来るときは小雨《こさめ》が降《ふ》って空も暗かったが、少し晴れて来たのだろうか。弓子さんがお茶を出してくれた。カナコそっくりな弓子さんと二人で話していると、自分がいつの時間にいるのかわからなくなる。

「こういうことだったんですね」

カードスタンドに並《なら》んだカードを見ながら、弓子さんがぽつんとつぶやいた。

「いままで、いろいろな人の依頼《いらい》でいろいろなものを印刷してきました。なかには、その人の個人的《こじんてき》な思いが込《こ》められたものもたくさんあったんです。その思いをなんとか形にしよう、って、そのたびに考えてきました」

弓子さんはカードを一枚《まい》取り上げる。

「そういうお客さんたちは、印刷されたものを見ると、いつも少しほっとした顔をするんです。重い荷物を降《お》ろしたみたいな。それがうれしかった。だけど、どうしてそうなるのか、これまでわかってなかった気がします」

カードを電気に照らす。文字が紙に刻《きざ》み込《こ》まれた魂《たましい》みたいに見える。

「少しわかった気がします。みんな、こんな気持ちだったんだ、って」

弓子さんがカードを見つめた。

「祖父《そふ》も祖母《そぼ》も亡《な》くなって、父も亡《な》くなって、なんにもなくなって……。ここでだれかのためにものを作ると、少し心が明るくなった。それでなんとか生きてきた。でも……」

目を閉《と》じ、大きく息を吸《す》った。

「わたし、頑張《がんば》らないといけませんね。お客さまがこんなふうに感じているなら」

弓子さんがにこっと微笑《ほほえ》んだ。

「生きててよかった、って、思ったんです、いま。生きてればいいことある、ってよく言うけど、ほんとだったんだなあ、って」

——生きてればいいことある。

裕美《ひろみ》、言ってたっけ。屋上でカナコにそう言われた、って。

カナコのためになにかしたいと思ってた。だけど、ほんとはわたしたちの方がカナコにいろんなことしてもらってた。

——生まれ変わったら、わたし、印刷屋さんになろうかなあ。

そう言って笑ったカナコの顔をぼんやり思い出していた。

家に帰ると、今日《きょう》は父の具合が少し良いようで、上体を起こしていた。三日月堂《みかづきどう》で刷ったカナコの短歌のカードを見せると、うつむいてカードに目を落とした。もう片目《かため》はほとんど見えないが、残ったもう片方《かたほう》の目でじっと見ている。

「活版《かっぱん》印刷か。なつかしいな」

ふっと笑った。ゆっくりとカードを目の前にかざす。

「いい仕事をしたね」

「え？」

「雲か……」

父が大きく息をついた。

「いや、ちょっと思い出したことがあって……。実はさ、わたしも若《わか》いころは作家になりたかったんだ。でも、大学時代、自分には才能《さいのう》がないって思い知らされた。それで編集者《へんしゅうしゃ》になったんだよ」

「そうだったの」

はじめて聞く話だった。

「こんなみっともない話、人にしてもしょうがないからなあ」

ははは、と笑った。

「そのこと、ずっと引け目に感じてたんだよ。あるときまでね」

「あるとき?」

「新人のときからずっと担当《たんとう》していた作家が、デビュー二十年で賞《しょう》を取った。そのとき言われたんだ。いままでの作品はみんな、大島さんとの共同制作《せいさく》ですよ、って。わたしは言い返した。とんでもない、わたしはなにもしてない、作品は作家のものだ、って」

「そしたら?」

「いや、ちがう。全部あなたが出版社《しゅっぱんしゃ》に企画《きかく》を通し、あなたが読んで意見し、本になるまでの一切を取り仕切ってくれた。だから世に出せたんだ、って」

父は少し目を閉《と》じる。

「でも、作品を生み出したのはあなたです、って言ったら、それもそうじゃない、小説っていうのは、空中に飛んでいる雲みたいなものを集めて、縒《よ》りあわせるようなものなんだ、そもそも自分のものじゃない。作家は言葉を紡《つむ》ぐ役を授《さず》かっただけ。でも書いただけじゃダメ。世に出すことで、その雲を世の中に返す。そこまでして、はじめて役割《やくわり》を果たした、って言える。自分ひとりでは世に出すことはできなかった。これまでの本のどの一冊《さつ》も、ってさ」

少し咳《せき》こむ。しゃべるのがきついのではないかと心配になったが、大事な話だ。さえぎってはいけない、と思った。

「とくに売れなかったころの作品は、あなたががんばって企画《きかく》を通してくれなかったら、形を持つことはなかった。そういうことの積み重ねで、いまの自分の作品がある。だから共同制作《せいさく》なんですよ、って。うれしかったね、あのときは。作家にはなれなかったけど、自分も世に残したものがある、って思えた」

そう言って、本棚《ほんだな》の方を見た。父の担当《たんとう》した本がずらりと並《なら》んでいる。

「どの作家ともうまくやれたとは思ってないよ。それでも、自分が担当《たんとう》した本は全部宝物《たからもの》だ。お前の仕事もそうだ。校閲《こうえつ》の仕事がなければ、本は作れない」

父の言葉に、胸《むね》がいっぱいになった。

「雲という言葉を見て思い出したんだ。いい仕事だよ。たった一ページしかないけど、これだって立派《りっぱ》な本だ。友だちの言葉を羽ばたかせる、世界に返す手助けをしたんだ」

はじめて、同じ出版人《しゅっぱんじん》として認《みと》められた、と感じた。

お父さんの娘《むすめ》でよかった、と言いそうになる。言わなくていい、言わないでくれ、と言われているようで、黙《だま》る。

父がもうよくなることがないのは知ってる。終わりに向かっていることもわかる。それでも、ときどきこんな細い日差しのような時間が訪《おとず》れる。天から与《あた》えられた時間だ。手を胸《むね》にあて、目を閉《と》じた。

別紙の文章を考えるのに少し時間がかかった。カナコが短歌を作っていたことを知らない人も多いだろうし、弓子さんや三日月堂《みかづきどう》のことも説明しなければならない。できるだけ簡潔《かんけつ》にまとめ、裕美《ひろみ》の了解《りょうかい》も得《え》て、弓子さんに印刷してもらった。

サークルの同窓会《どうそうかい》のメーリングリストに流すと、新しい情報《じょうほう》が集まって、送付先はさらに増《ふ》えた。カードと別紙を封筒《ふうとう》に詰《つ》め、八十人近い人に送った。そして、せっかくだから久《ひさ》しぶりに集まろう、ということになった。

大きな同窓会《どうそうかい》になった。裕美《ひろみ》も来た。集まってみると、みんな変わったようでもあり、ちっとも変わっていないようでもあり、なんだかおかしかった。

サークル合宿のときのことを思い出した。みんな浴衣《ゆかた》で広間に集まって、こんなふうにごはんを食べて、みんなで話して、笑った。それが遠いことのようにも、つい昨日のことのようにも思える。

あのころのわたしたちの人生のノートはまだ二十年かそこら分しかなくて、あとのページは白紙だった。カナコが亡《な》くなることも、だれがどんな職業《しょくぎょう》につくか、だれが結婚《けっこん》し、だれが子どもを産むか、そんなことすべて、だれも知らなかった。

――いつかまたみんなで集まりたいよねえ。おじいちゃん、おばあちゃんになっても、こうやっていっしょに食事できたら、楽しいかなあ。

カナコはあのときそう言った。大騒《おおさわ》ぎしているみんなをうれしそうに見ながら、部屋の隅《すみ》っこで膝《ひざ》を抱《かか》えて。

この先、ときどきみんなでこうして会えたら楽しいのかもしれない。といっても、ここを出ればそれぞれ忙《いそが》しい日々《ひび》が待っていて、なかなかかなわないだろうけど。

ここにいるどの人にもその人の暮《く》らしがあり、たくさんの過去《かこ》といまを抱《かか》えて生きている。少しずついろんなものを失っていくけれど、世界は続いていく。だから、できることをしなくてはならない。ひとつひとつ、自分の仕事を。

裕美《ひろみ》の歌声が聞こえた。みんな、しん、と聞いている。

ねえ、カナコ。

聞こえるかな、と思いながら、歌声に身をまかせていた。

庭のアルバム

1

あの夏は愛するものもまだなくてひこうき雲に憧《あこが》れていた

「ねえ、お母さん。あれ、なに？」

暑いなか、アイロンがけをしている母に聞いた。

「あれって？」

母がアイロンをおき、額《ひたい》の汗《あせ》を拭《ぬぐ》う。

「あれだよ。リビングの棚《たな》の上に立てかけてある、ハガキみたいな紙」

「ああ……」

母がぼんやり答える。

「ほら、この前大学時代の友だちの二十七回忌《かいき》の集まりがあったでしょ？」

「うん」

「その亡《な》くなった人、大学時代からずっと短歌を作ってたらしいの。あのカードに印刷されてるのが、その人の作った短歌なんだって」

短歌。あまり読んだことはないが、この歌はなぜか気にかかった。

ひこうき雲はわたしも好きだ。空にすうっとのびているのを見ると、すごく遠くに行きたくなる。

「その人、三十歳前《さいまえ》に亡《な》くなったって言ってたよね？　どんな人だったの？　なんで亡《な》くなったの？」

母はシャツの襟《えり》にアイロンを当て、ぎゅっと体重をかけている。

「ゼミでいっしょだったんだよね。物静かだけど存在感《そんざいかん》があるっていうのかな。ギターがうまくて、大学祭のライブを見たけど、素敵《すてき》だったよ。大学出て、結婚《けっこん》して、子どもも産んで……。けど、子どもが三歳《さい》のときに病気で亡《な》くなったの」

こういうとき、なんて言えばいいんだろう？　かわいそう、がちがうのはわかる。上から目線な感じがする。いい言葉が見つからず、黙《だま》った。

「この短歌、いいよね。わたし、好き」

「わたしも好きよ。彼女《かのじょ》の声が聞こえるみたいで」

「このカードもきれいだよね。文字だけだけど、くっきりしてて……」

「それ、活版《かっぱん》印刷なんだって。前にテレビでやってたでしょ？　むかしの印刷方法。活字を並《なら》べてインキをつけて刷る、ってやつ」

「え、ほんと？」

わたしはカードを手にとって、目を近づけた。
二、三日前にニュースで見たのだ。古い印刷技術《ぎじゅつ》である活版《かっぱん》印刷が、最近若《わか》いクリエイターのあいだでブームになっているらしい。カードやポチ袋《ぶくろ》がたくさん映《うつ》って、どれもふつうのお店では見たことがない雰囲気《ふんいき》で、かわいかった。
「しかもその印刷所、彼女《かのじょ》の娘《むすめ》さんがやってるの」

「娘《むすめ》さん、って、つまり、その人が亡《な》くなったとき、三歳《さい》だったたっていう……？」

「そう。その子が大人《おとな》になって、お祖父《じい》さんのやってた印刷所を継《つ》いだんだって。継《つ》いだ、っていうか、残っていた活字や機械を使って、レターセットとかコースターとか作ってるみたい。川越《かわごえ》にあるらしいわ」

川越《かわごえ》。うちの最寄《もよ》り駅から電車で十五分くらいだ。

「三日月堂《みかづきどう》っていう名前で、ときどきワークショップもやってるみたいよ。この前の集まりのとき、チラシをもらってきた。えーと、どこに入れたっけ」

母は引き出しを開け、紙を出した。ざらっとした紙に「活版《かっぱん》体験のご案内」と印刷されている。

――体験随時《ずいじ》。一名様から。

「ちょっと、やってみたいな」

ぼそっとつぶやいた。

「楓《かえで》、興味《きょうみ》あるの？」

母が不思議そうにこっちを見た。

「うん。ちょっとだけ……」

あのとき、印刷所のなかが少し映《うつ》った。棚《たな》に活字がずらっと並《なら》んで、一字ずつ選んで、抜《ぬ》いて、並《なら》べて……。面白《おもしろ》そうだなあ、と思った。

「じゃあ、行ってみたら？」

「いいの？」

「夏休みなんだし、新しい体験をするの、いいと思うわ。いまはお父さんもいないし、お兄ちゃんもまだ帰ってこないしね。行ってみたら、勉強になるかもよ」

父は海外出張中《しゅっちょうちゅう》、この春大学を卒業して就職《しゅうしょく》した兄は関西支社《ししゃ》にいる。お盆《ぼん》までは母とわたしのふたりきり。とくにすることもない。

「まずは電話して聞いてみよう」

母はそう言って、スマホを手に取った。

三日後、活版《かっぱん》体験のために家を出た。必要な持ち物はとくになし。汚《よご》れても良い服装《ふくそう》と聞いていたので、ふだん着ているTシャツとジーンズにした。

家を出ると、晴れ晴れした。なにか新しいことが起こるような気がする。こういう気持ちは久《ひさ》しぶりだった。

セミの声が響《ひび》いていて、ああ、夏だなあ、と思う。

夏休みが終わったら、また学校、行かなくちゃいけないんだな。そう思ったとたん、少し憂鬱《ゆううつ》になった。

クラスに特別いやな子がいる、とか、仲間はずれにされている、というわけじゃない。表立ったトラブルはないし、どの子ともあたりさわりなく付き合えている。

だが、いつもなんとなく浮《う》いていて、親しいと呼《よ》べる子がいない。

ファッション、ヘアスタイル、メイク、ダイエット、アイドル、恋愛《れんあい》。インスタグラムとかラインのスタンプがどうしたとか、みんなが楽しそうに話していることが、どれもざらざらした砂《すな》みたいにしか感じられない。

部活もうまくいかなかった。絵を描《か》くのが好きで美術部《びじゅつぶ》にはいったのに、部にいたのはマンガやイラストっぽい絵を描《か》く子ばかり。わたしのように写生が好き、なんていう子はひとりもいなかった。

親しい友だちもいない。したいこともない。朝登校して、授業《じゅぎょう》を受けて、あたりさわりのない会話をして、帰宅《きたく》する。そのくりかえし。二学期になれば文化祭がある。でも、このままじゃ、それもただあたりさわりなく過《す》ぎていくだけだろう。

そういう日々《ひび》に耐《た》えられなくなって、少しずつ学校に行くのに時間がかかるようになった。ある朝、ついに遅刻《ちこく》してしまって、教室の前まで行ったものの、面倒《めんどう》になって屋上に逃《に》げた。

休み時間はひとりで学校内をうろうろ歩いたり、図書室や屋上で時間を潰《つぶ》したりした。小さなスケッチブックを持っていたので、裏庭《うらにわ》の植物を写生した。裏庭《うらにわ》にいるときだけ、時間を忘《わす》れた。

それからときどき授業《じゅぎょう》をさぼって裏庭《うらにわ》に行くようになり、担任《たんにん》の教師《きょうし》に呼《よ》び出された。なにかトラブルがあるのか、不満があるのか、と訊《き》かれたが、答えられなかった。

だんまりを続けていたら、今度は親も呼《よ》ばれた。教師《きょうし》にも母にも理由を訊《き》かれたが、うまく説明できない。そもそも、どうしてなのか自分でもわからないのだ。トラブルも不満もない。ここにはわたしのしたいことがない。ただ、それだけ。

結局、あと一週間で夏休みだから、とにかく休みのあいだ様子を見て、また二学期になってから考えましょう、ということになったのだった。

2

川越《かわごえ》の駅を出て、地図をにらみながら進んだ。

蔵造《くらづく》りの町並《まちな》みが見えて来る。ここで左に曲がって……。広い道路を少し歩いて、地図に示《しめ》された角を曲がる。古い大きな木造《もくぞう》の建物が見えた。地図と照らし合わせると、醤油《しょうゆ》の工場らしい。

次の角を左に曲がる。白い工場みたいな建物が見えた。入り口の前に「三日月《みかづき》堂《どう》」という看板《かんばん》がかかっている。

ここだ。

ガラスの扉《とびら》を開けようとして、はっとした。活字。これが活字なんだ。ガラス越《ご》しに棚《たな》をじいっと見つめた。壁一面《かべいちめん》の棚《たな》がすべて活字で埋《う》め尽《つ》くされている。

どきどきしながら扉《とびら》を開けた。

「失礼します」

なかをのぞきこみ、そうっと声をかける。

「あの、電話で活版《かっぱん》体験をお願いした、天野《あまの》です」

活字の棚《たな》は扉《とびら》の正面だけでなく、四方に広がっている。印刷機らしいごつい機械がいくつも置かれていた。

「すごい……」

思わずつぶやいた。活字、いったい何本あるんだろう？　それに、大きな歯車のついた真っ黒い機械。テレビで映像《えいぞう》は見たけど、実際《じっさい》に見ると迫力《はくりょく》が全然ちがう。立体感や重量感がずしっと伝わってくる。

「ああ、ごめんなさい」

声がした。見ると、女の人が立っていた。

「あの、今日《きょう》活版《かっぱん》体験を申し込《こ》んだ……」

「天野楓《かえで》さんですよね。三日月堂《みかづきどう》の店主の月野弓子です。よろしくお願いします」

「あ、はい。よろしくお願いします」

簡単《かんたん》な自己紹介《じこしょうかい》のあと、弓子さんが印刷所のなかを説明してくれた。

活字の棚《たな》は字の大きさごとに分類されていること、よく使う字の棚《たな》があること、ほかの文字は部首ごとに並《なら》んでいること。

機械もいくつもあって、手動式の小型機《こがたき》、小さなものを刷るための自動機、校正という確認《かくにん》作業に使うための校正機。いちばん大きな黒い機械だけ、いまは動かせずにいるらしい。どれも昭和の時代に作られた古い機械ばかりだ。

手《て》キンという丸い円盤《えんばん》のついた機械は、動力もなく完全に手動式。ほかも電気で動くが、大きなレバーやボタン、ネジで操作《そうさ》するもので、コンピュータ制御《せいぎょ》みたいなハイテクとは無縁《むえん》のものばかり。

むかしはこんな作業をしていたのか、と思うと気が遠くなる。新聞も週刊誌《しゅうかんし》も全部こうやって作っていたのか。新聞なんて毎日出るものなのに。あれだけの紙面を手でひとつずつ活字を並《なら》べて作ってたなんて、信じられなかった。

「それで、楓《かえで》さんはどんなものを作りたいですか?」

説明がひととおり終わると、弓子さんが言った。

「人がたくさん来るワークショップの場合は、こちらでだいたい材料を用意しておいて、そのなかから選んでもらうんだけど……。今日《きょう》は楓《かえで》さんひとりだし、楓《かえで》さんが作りたいものを作るのがいいかな、って思ってるの」

「ええと、どんなものが作れるんですか?」

「ハガキ、カード、名刺《めいし》、栞《しおり》、コースター、ポチ袋《ぶくろ》……」

弓子さんが引き出しからサンプルをいろいろ取り出して、机《つくえ》に並《なら》べた。どれも雰《ふん》囲気《いき》があって、素敵《すてき》だった。

「いまなら残暑見舞《みま》いのハガキを作るのもいいかもね」

弓子さんが何枚《なんまい》かカードを出した。夏らしい色の紙に「残暑お見舞《みま》い申し上げます」という言葉と、カモメや朝顔のワンポイントがはいっている。それに、猫《ねこ》のイラストのはいったカード。ピンクとブルーの二色で、とてもきれいだった。

「こういうのも作れるんですか？」

猫《ねこ》のカードを指さして訊《き》いた。

「ごめんなさい、この猫《ねこ》の絵は、お客さまの持ち込《こ》みだから、使えないの」

「お客さまの持ち込《こ》み？」

「ええ。お客さまが自分で描《か》いた絵を使うこともあって……」

「そんなこともできるんですか？　どうやって……？」

「絵を凸版《とっぱん》にするの。凸版《とっぱん》、ってハンコみたいなものね。たとえば……」

弓子さんが立ち上がり、棚《たな》からいくつか箱を持ってきた。

「こういうの」

箱のなかに絵の彫《ほ》られた透明《とうめい》な板がたくさん入っていた。

「これ、全部お客さまの絵なんですか」

「そう。わたしは絵は描《か》けないから。ワンポイントは、三日月堂《みかづきどう》で自由に使えるようにデザイナーさんに頼《たの》んで作ってもらったものなんだけど……」

「じゃあ、もしかして、絵を持って来ればそれを使えるんですか？」

思いついて、訊《き》いた。

「え、ええ……。線画ならそのまま版《はん》にできるけど……」

弓子さんが戸惑《とまど》った顔になる。

「こういうのでも大丈夫《だいじょうぶ》でしょうか？」

わたしはカバンからいつも持ち歩いている小さなスケッチブックを取り出し、広げた。学校の裏庭《うらにわ》で描《か》いている植物のスケッチだ。

「楓《かえで》さん、絵、うまいのね」

弓子さんがページをめくりながら言った。

「これ、学校の裏庭《うらにわ》で描《か》いたものなんです」

「へえ……。ずいぶんたくさん描《か》いてるのね。こうして見ると、植物の形って面白《おもしろ》いわね。絵も素敵《すてき》。生きている感じがよく伝わってくる」

弓子さんに言われて、どきんとした。この絵を人に見てもらったのははじめてだった。うれしかったが、どう答えたらいいかわからない。

「これ、凸版《とっぱん》にできますか？」

「うん。できると思う」

弓子さんは絵をじっと見ながら言った。

「凸版《とっぱん》に適《てき》さないのもあるけど……。凸版《とっぱん》っていうのは、要するにゴム印みたいなものだから、線がはっきりしていて、ある程度《ていど》の太さがないとダメなの。濃淡《のうたん》は表《ひょう》現《げん》できないから、こういうのは向かない」

弓子さんは鉛筆《えんぴつ》で濃淡《のうたん》をつけた絵を指して言った。

「でも、こっちは大丈夫《だいじょうぶ》よ」

線画の萩《はぎ》を指して言った。細い線で描《か》き込《こ》むのではなく、くっきりした線で描《か》いたものだ。

「凸版《とっぱん》はここでは作れないから、ほかの工場に頼《たの》まなくちゃいけないの。できてくるまでに二、三日かかる。だから、今日《きょう》は印刷できなくなっちゃうし、印刷のためにもう一度来てもらうことになるけど……」

「大丈夫《だいじょうぶ》です。夏休みのあいだ、時間はいくらでもありますから」

「あと、追加料金がかかるけど、大丈夫《だいじょうぶ》？　代金は大きさによってちょっと変わるんだけど……」

弓子さんが目安で教えてくれたのは、じゅうぶん払《はら》える額《がく》だった。

「絵はいまの萩《はぎ》でいいかな」

「はい」

弓子さんはもう一度じっと絵を見る。

「ここ、花よね？」

「はい。そうです。花は赤紫《あかむらさき》で……」

「じゃあ、葉は緑、花は赤紫《あかむらさき》で印刷する？」

弓子さんが言う。

「そんなこと、できるんですか？」

「できるわよ。さっきの猫《ねこ》のカードも二色だったでしょ？　版《はん》を三種類作らなくちゃいけないけど」

「版《はん》を三種類？」

「輪郭《りんかく》の黒、葉の緑、花の赤紫《あかむらさき》。活版《かっぱん》印刷はハンコと同じだから、ひとつの版《はん》で一色ずつしか刷れない。たとえばこのハガキだったら、ピンクにするところとブルーにするところに分けて、二枚《にまい》の版《はん》を作ってるの」

「多色刷りの木版画《もくはんが》と同じですね」

「そうそう」

カードを手にとって、じっと見た。

「色がすごくきれいですよね。なんでだろう？　ふつうのカラーの印刷より、なんだか色がくっきり見える」

「楓《かえで》さん、目がいいのね。ふつうのカラーの印刷っていうのは、虫眼鏡《むしめがね》でよく見ると、四色の点々《てんてん》の集まりなの」

「そうなんですか？」

弓子さんがルーペを出し、近くにあった雑誌《ざっし》のカラー写真の上に置いた。

「ほんとだ。小さい点々《てんてん》……」

ルーペで見て、驚《おどろ》いた。弓子さんの言う通り、写真は小さな点々《てんてん》の集合だった。

「シアン、マゼンタ、イエロー、ブラック。おおざっぱに言うと、青、赤、黄、黒の点でできてるのね。つまり、オレンジに見えても、ほんとはここにはオレンジのインキは塗《ぬ》られてない。ある比率《ひりつ》で四色の点を置くことで、そう見せてるだけ」

ルーペで写真のあちこちを見た。どこもみな点々《てんてん》でできていた。

「だけど、こっちの二色刷りは、インキを調合して色を作って塗《ぬ》っているから、点々《てんてん》はないの。べったり塗《ぬ》られてる」

「絵の具を塗《ぬ》ったのと同じってことですね」

「そう。だから四色分解《ぶんかい》よりくっきりした色になるの」

多色刷りにすると、版《はん》も複数《ふくすう》作らなければならないし、印刷の回数も増《ふ》える。その分料金も加算されるようだったが、どうせなら色をつけてみたいと思った。

輪郭《りんかく》、葉、花の三色刷りにすることが決まり、弓子さんが絵をスキャンしてパソコンに取り込《こ》んだ。画像処理《がぞうしょり》ソフトを使って、三枚《まい》の版《はん》を作った。葉の版《はん》では花の部分を消し、花の方は葉の部分を消す。

けっこう細かい作業で時間がかかり、気がつくと五時を過《す》ぎていた。

「時間かかっちゃったね。じゃあ、凸版《とっぱん》を発注して、二回目は版《はん》ができてから」

弓子さんに言われて、三日月堂《みかづきどう》を出た。


「え、もう一度行きたい？」

夕食のとき三日月堂《みかづきどう》で言われたことを話すと、母は目を丸くした。

「まあ、いいけど……。そんなに面白《おもしろ》かったの？」

不思議そうな顔をした。

「というか、今日《きょう》一日じゃ、完成しなかったの」

「どうして？」

母は不思議そうな顔をした。チラシには数時間と書かれていたからあたりまえだ。多色刷りをすることになったのだと簡単《かんたん》に説明した。

「わかった。せっかくだし、時間はあるんだから、納得《なっとく》するまでがんばってみたらいいよ。で、次はいつ行くの？」

「まだわからない。準備《じゅんび》するものがあって、それができてからだって。二、三日かかるらしい」

「そう。明日《あした》はね、お母さん、朝からおばあちゃんのところに行くんだけど。いっしょに行く？」

おばあちゃん、というのは、父方の祖母《そぼ》のことだ。母方の祖父母《そふぼ》の家は遠く、日帰りはできない。父方の祖母《そぼ》の家はうちから車で十五分くらいで、祖父《そふ》が亡《な》くなってから、母はちょくちょく様子を見に行っている。

「おばあちゃんのところ？　なにしに？」

「うーん、庭の水やりとか……いろいろ」

母はそこで少し止まった。

父によると祖母《そぼ》はもともといい家のお嬢《じょう》さまだったらしく、いまもその面影《おもかげ》が残っている。気が強いし、あまり考えなしに相手にはっきりものを言ってしまう。

だから、兄もわたしも父方の祖母《そぼ》は苦手だった。母もむかしは怖《こわ》がっていた。口に出しては言わないが、厳《きび》しいことを言われることが多かったのだろう、ときどき部屋で泣いていることもあった。

それが少し変わったのは、一昨年《おととし》祖父《そふ》が亡《な》くなってからだ。祖母《そぼ》は弱くなり、身体《からだ》の不調を訴《うった》えることも増《ふ》えた。それで心配なのだろう、母は前より頻繁《ひんぱん》に祖母《そぼ》の様子を見に行くようになった。

「実はね、おばあちゃん、今度、千葉《ちば》の伯父《おじ》さんのところに越《こ》すことになったの」

「そうなの？」

千葉の伯父《おじ》さんというのは、父のいちばん上の兄だ。

「お義兄《にい》さん、前々《まえまえ》からおばあちゃんがひとりで住んでるのを気にしてたのよね。遠いからなかなか来られないし、なにかあったときに困《こま》るから、千葉の家に引き取りたいって言ってたの」

祖父母《そふぼ》の家からいちばん近いのはうちだった。だからこれまで祖母《そぼ》はいつもうちに用事を言いつけていた。父はいつも会社で、実際《じっさい》に頼《たの》まれごとをこなしていたのは母だった。

「でも、おばあちゃんがあの家を離《はな》れたがらなくて。そりゃ、そうよね、結婚《けっこん》してからずっとあの家で暮《く》らしてきたんだもの」

母はため息をつく。

「あの家を離《はな》れたら、がっくりきちゃうかもしれない。だから、うちで面倒《めんどう》見られるうちはいいんじゃないの、って思ってたんだけど……」

どうしてこう人がいいのだろう、と思うが、小さく縮《ちぢ》んでしまった祖母《そぼ》はもう力もない。母も、きついことを言われてもなんだかかわいそうで、もうあんまり腹《はら》も立たない、と言っていた。

「けど、こないだお風呂場《ふろば》で倒《たお》れたでしょう？　たまたまわたしが寄《よ》ったからよかったけど、あのままだったら大変なことになってた。それでおばあちゃんも少し不安になったみたいなのよね。伯父《おじ》さんのところに行く、って決めたみたい」

「そうなんだ……いつ？」

「いまは暑いからね。引っ越《こ》しは涼《すず》しくなってからだって」

母は息をついた。

「これから荷物の整理もしなくちゃいけないしね。あの家の家具の処分《しょぶん》も……」

「処分《しょぶん》？　あの家、なくなるの？」

「おばあちゃんがいなくなったら、売りに出すんだって。空き家にしておくと良くないらしいから。家はもう売れないだろうから、壊《こわ》して更地《さらち》にするらしいわ」

そうなんだ……。少しショックだった。

祖父母《そふぼ》のことは苦手だったが、あの家は好きだった。家というより、庭だ。子どものころはよくあの庭で遊んだ。うちの庭は狭《せま》い。小さいころのわたしは、あの家の鬱蒼《うっそう》とした庭を森と名づけ、祖父母《そふぼ》の家に行ったときは、いつも長い時間ひとり、庭で遊んだ。

中学に上がってからは、祖父母《そふぼ》の家に行くのは年数回になっていたし、行っても庭に出ることなどほとんどなかった。きっといま見れば森という広さではないだろうけど、子どものころはほんとに広く感じたのだ。

「じゃあ、庭も……？」

「更地《さらち》にするってことは、庭の木も全部抜《ぬ》くのよね、きっと」

あの森が……なくなる？

「あの家がなくなると思うとさびしいけどね。長いあいだ何度も通ったから……。でも、お父さんたちきょうだいのなかで決めたことだから。それに、おばあちゃんがひとりで住むのはもう限界《げんかい》かもしれない」

「わたしも行くよ」

知らず知らず、言葉がこぼれていた。

「久《ひさ》しぶりだし、庭も見たいから」

来るならちゃんと手伝ってよ、と言って、母は笑った。

3

翌日《よくじつ》、お昼前に車で祖母《そぼ》の家に向かった。

「あれ、楓《かえで》も来たの。めずらしいね。学校はうまくいってるの？」

出てきた祖母《そぼ》にいきなり痛《いた》いところを突《つ》かれ、ぐっと黙《だま》る。

「別に……ふつう……かな」

面倒《めんどう》な話になるのはいやだったし、母がはらはらしたような顔でこちらを見ているので、あたりさわりなく答えた。

「ふつう？　変な言い方だねえ。『ふつう』なんて、ないでしょう？　まあ、いいか。楓《かえで》も複雑《ふくざつ》な年ごろだし、いろいろあるよね」

祖母《そぼ》に見透《みす》かされたように言われ、いっしょに来たことを少し後悔《こうかい》した。

居間《いま》に入り、祖母《そぼ》がお茶を淹《い》れる。

「お義母《かあ》さん、わたしが……」

「なに言ってんの。お茶くらい淹《い》れられるわよ。それにね、お茶の淹《い》れ方にはコツがあるんだから」

祖母《そぼ》がまた憎《にく》まれ口を叩《たた》く。せっかく来たんだから、もう少し言いようがあるのになあ、と思った。

――母さんは頭の回転は早いんだけど、ちょっと考えが浅いとこがあるんだよな。言わなくてもいいことまで言っちゃう。

前に父がそう言っていたのを思い出した。

祖母《そぼ》に言われ、母は台所でそうめんを茹《ゆ》でた。冷たいそうめんを出すと、祖母《そぼ》はうれしそうにつるつると食べながら、こういうのが食べたかった、と笑う。

祖母《そぼ》が冷房嫌《れいぼうぎら》いなので、暑いのに窓《まど》を開け放っていた。蝉《せみ》の声がすごい。きっとこの家の木に集まっているのだ。ここで羽化して、この木で鳴いて、この木の下に卵《たまご》をうむ。卵《たまご》がかえって幼虫《ようちゅう》になり、この木の下で暮《く》らす。

木が抜《ぬ》かれ、土が掘《ほ》り返されたら、幼虫《ようちゅう》たちも全滅《ぜんめつ》してしまうのだろう。蝉《せみ》の幼《よう》虫《ちゅう》は土の下で七年暮《く》らすらしいから、七年分の幼虫《ようちゅう》たちが根絶《ねだ》やしにされる。蝉《せみ》の声を聞きながら、ぼうっとそんなことを考えていた。

祖母《そぼ》はソファに横たわると、すぐに目を閉《と》じて眠《ねむ》ってしまった。母はたまっていた洗濯物《せんたくもの》を洗濯機《せんたくき》に入れている。わたしは食器を洗《あら》う。ここでは食器の洗《あら》い方もずいぶん注意された気がする。

居間《いま》に戻《もど》ると母の姿《すがた》がない。窓《まど》から外を見る。母は庭で水やりをしていた。前はいつも祖父《そふ》がきれいに刈《か》り込《こ》んでいたのに、いまは草を刈《か》る人もいない。草ぼうぼうになっていて、いっそう森のようだった。

玄関《げんかん》に行き、外に出た。

「楓《かえで》、水やり手伝ってよ」

「別にそんなつもりで来たわけじゃ……」

「来るからには手伝って、って言ったでしょ？　文句《もんく》言わずにやって」

母に大きなジョウロを渡《わた》され、渋々《しぶしぶ》受け取った。

「ホースでまくんじゃないの？」

母が手にしているシャワーのノズルのついたホースを見ながら言った。

「うん。門の近くのあのあたりだけ、これじゃ届《とど》かないの。だからそこだけはジョウロであげなくちゃいけないのよ」

面倒《めんどう》だが仕方がない。ジョウロを持って門の方に向かう。笹《ささ》、ヒカゲノカズラ、蔦《つた》に桑《くわ》。水をかける。さらさらという音がして、葉っぱに水滴《すいてき》がついた。大きなジョウロだったが、水はすぐになくなってしまい、水道まで汲《く》みに帰った。全部にかけ終わるまで、四、五回往復《おうふく》しなければならなかった。

母がホースで水をまく音がする。しぶきが光る。木々《きぎ》の葉っぱについた雫《しずく》が落ちてきて、雨が降《ふ》ったときのような匂《にお》いがした。

やっぱり森みたいだなあ。ぼうっと木々《きぎ》を見た。

「ここで水撒《みずま》きしてると、いつもおじいちゃんのことを思い出すのよねえ」

母が言った。

「おばあちゃんはお嬢《じょう》さま育ちで、庭の世話なんてできない。だから全部おじいちゃんがしてたでしょう?」

「うん」

「おじいちゃん、無口だったしね。わたしにとっては実の親じゃないし、なにを考えてるのかよくわからなかった。でも、庭の世話をしてる姿《すがた》を見て、少し親近感がわいた。葉っぱに虫がついて困《こま》ってたときも、お酢《す》を薄《うす》めて吹《ふ》きかけるといいよ、って教えてくれたりして、ああ、いい人なんだなあって」

母が思い出すように言う。

「水やり終わったけど、あと、なにすればいい？」

「そうしたらねえ、ここ、玄関《げんかん》から入って来るとき、ちょっと邪魔《じゃま》でしょう？　だから小枝《こえだ》を少し刈《か》ろうかな、と思って」

母が鬱蒼《うっそう》とした小枝《こえだ》を指す。わたしたちぐらいしか通らないのだから、別にかまわない気もする。だが、父が前に、手入れがされていないと老人しか住んでいないと思われて危険《きけん》、と言っていたのを思い出した。

母とふたり、園芸用の大きなハサミで小枝《こえだ》を刈《か》り始める。じょきじょき音を立てて小枝《こえだ》を切るのは意外と楽しかった。こういう単純《たんじゅん》作業は気が楽だ。自分の生きている意味とか理由とか、そういうややこしいことを考えずにすむ。

「そろそろ洗濯機《せんたくき》、止まったかな。干《ほ》して来るから、ここは頼《たの》んだよ」

母はハサミを置き、家に入っていった。

母が二階のベランダで洗濯物《せんたくもの》を干《ほ》している。小枝《こえだ》はだいたい刈《か》り終わって、わたしはついでだから下草も刈《か》ろう、と庭の奥《おく》に入っていった。

あ、これ、萩《はぎ》……。

学校の裏庭《うらにわ》で見たのと同じ木を見つけ、立ち止まる。馬酔木《あせび》、梓《あずさ》、柘植《つげ》、棗《なつめ》……。

気がつくと、庭の木々《きぎ》は学校の裏庭《うらにわ》で見たものばかりだ。

ああ、もしかして。だからなのか。学校であの裏庭《うらにわ》を見つけたとき、なつかしいような気がしたのは。こっちが先だったんだ。

立ち尽《つ》くし、木の葉の隙間《すきま》から空を仰《あお》ぎ見る。

しばらくぼうっと植物を眺《なが》めているうちに、絵を描《か》きたくなって来た。

「楓《かえで》」

玄関《げんかん》が開いて、母が出て来た。

「ちょっと買い物に行って来る」

「じゃあ、ここにいていい？　絵を描《か》きたいから」

「絵？」

「庭の植物の絵」

「ふうん。いいわよ。じゃあ、留守番《るすばん》頼《たの》んだわ」

母はそう言うと、車に乗って出て行った。

カバンからスケッチブックと鉛筆《えんぴつ》を出し、庭に戻《もど》る。

なにを描《か》こう。

あちこち見て回り、丸い実のついた棗《なつめ》にすることにした。棗《なつめ》の実は食べられる。いまはまだ若《わか》いが、秋になれば赤くなり、食べられるようになる。子どものころ何度か、なまの実をかじって食べた。それほど甘《あま》くないが、おいしかった。

祖父《そふ》は取った実を干《ほ》したあと、うちにも分けてくれた。干《ほ》すと甘《あま》くなり、お菓子《かし》のように食べられる。栄養もあるのだと言っていた。

どうしてなんだろうなあ。ここにいると落ち着く。学校の裏庭《うらにわ》と同じ。

これが母方の祖父母《そふぼ》の家ならわかる。母方の祖父母《そふぼ》は、おっとりしていてやさしい。いつも空気がふんわりしていて、のんびり時間が過《す》ぎていく。

この家はちがう。父は男ばかりの三人兄弟。三男の父がいちばんふつうで、上のふたりはとても自己主張《じこしゅちょう》が強い。お盆《ぼん》や正月に集まると、会社のこととか、自分の自慢話《じまんばなし》ばかりえんえんとしている。いとこたちもみんな優秀《ゆうしゅう》。あの家に行くのがいやなのは、いとこたちと比《くら》べられるからだ。兄は高校生くらいから、なにかと理由をつけて親戚《しんせき》の集まりに顔を出さなくなった。

わたしにはなんの取り柄《え》もない。得意《とくい》なことも自慢《じまん》できることもない。世の中の大事な部分からはずり落ちて、ただ生きているだけの人間。

ぎゅっと鉛筆《えんぴつ》を握《にぎ》りしめ、スケッチブックに線を引く。萩《はぎ》のように、かっちりした線画で描《か》くことにした。葉っぱ、実、枝《えだ》。大きく、しっかりと。ものがそこにあるまま、映《うつ》し出すように。

――楓《かえで》さん、絵、うまいのね。

弓子さんの声を思い出した。あのときは、なんだかうれしかった。絵がうまい、と言われたことはあるが、そういうのとはなにかちがう。ちゃんと見てもらった、という気がした。

二枚《にまい》描《か》き終わったとき、母が帰ってきた。買ってきたものを家に運び、冷蔵庫《れいぞうこ》や棚《たな》におさめるのを手伝う。いつになく集中して描《か》くことができたので、あと何枚《なんまい》か描《か》きたかったが、日が暮《く》れて、蚊《か》も出始めた。あきらめて家に入った。

スマホを見ると、弓子さんからメッセージが入っていた。凸版《とっぱん》は明日《あした》の夕方出来上がってくるらしい。だから、次回は明後日《あさって》でどうですか、という内容《ないよう》だった。時間がかかるので、朝からはじめましょう、お弁当《べんとう》を持ってきてください、と書かれていた。大丈夫《だいじょうぶ》です、と返信した。

母と祖母《そぼ》と三人で早い晩《ばん》ごはんを食べた。祖母《そぼ》は食が細くなった。むかしから肉や魚はあまり食べなかったが、いまはもうほんとうに野菜しか食べない。それでも、なすの焼きびたしやきゅうりと茗荷《みょうが》の和《あ》え物を食べて、満足そうにしていた。

4

翌々日《よくよくじつ》、簡単《かんたん》なお弁当《べんとう》を作り、スケッチブックを入れたカバンを持って、川越《かわごえ》に向かった。

三日月堂《みかづきどう》には約束より少し早く着いてしまった。がちゃんがちゃんと音がする。なかをのぞくと、弓子さんが自動機を使ってなにか印刷している。

「こんにちは」

ガラス戸を開けて、声をかける。

「早かったのね」

弓子さんの声がした。

「いま終わるから、ちょっと待ってて」

弓子さんに言われ、しばらく作業を手伝った。

「じゃあ、楓《かえで》さんの方をはじめましょうか。もう凸版《とっぱん》はできてるわよ。さっき試《ため》し刷りしてみたけど、とっても素敵《すてき》なの。見てみて」

弓子さんが、丸い円盤《えんばん》のついた手《て》キンという手動式の機械の前に立った。

「ほら、これ」

弓子さんが紙を差し出す。ちょっとびくびくしながら受け取った。

「うわあ、きれい」

驚《おどろ》いて声をあげた。すごい。わたしの描《か》いた萩《はぎ》が、ありえないくらい美しく印刷されていた。

「むかしの子どもの本の挿絵《さしえ》みたいよね」

「こんなふうになるなんて……自分でも驚《おどろ》きました」

紙を手に取り、じっと見る。色の美しさに目が吸《す》い寄《よ》せられた。ふつうの印刷とどこがちがうのだろう。さわっても凹《くぼ》んでいる感じはしないのに、線がしっかり紙に根を張《は》っている気がした。

「色はこれでいいかしら?」

「はい、きれいだと思います」

「じゃあ、ちゃんと刷ってみましょう。用紙はどうする? ハガキ? それともカード?」

「二つ折りじゃなくて、ハガキの形がいいです。母が持ってた、カナコさんの短歌のカードみたいな」

「ああ、あのカードね」

「わたし、あのカードを見て、活版《かっぱん》印刷に興味《きょうみ》を持ったんです」

「ありがとう」

弓子さんが少し微笑《ほほえ》む。あの短歌は弓子さんのお母さんの作品と聞いた。あの歌が好きだということも伝えたかったが、言っていいのかどうかわからない。

「多色刷りはね、位置合わせがむずかしいの。少しでもずれると、色が輪郭《りんかく》の線からはみ出してしまう。だから目印になるように、版《はん》に十字の線を入れておくのよ」

半透明《はんとうめい》の樹脂《じゅし》の版《はん》のうえに鉛筆《えんぴつ》で十字が書かれていた。それをメタルベースという金属《きんぞく》の塊《かたまり》の目盛《めも》りに合わせて貼《は》る。

「楓《かえで》さん、刷ってみる?」

「はい」

印刷機の前に立つ。レバーをにぎると、ひやりとした。鉄の感触《かんしょく》。同じ金属《きんぞく》でも、ステンレスとは少しちがう。なんとなくぬめっと皮膚《ひふ》に貼《は》りつく感じだ。

「まず輪郭線《りんかくせん》からね」

弓子さんが紙を置く。

弓子さんの指示通《しじどお》り、レバーを下げた。重い。何度かインキを練り、押《お》し下げた。

「うーん」

ぐうっと力を込《こ》める。

「もう大丈夫《だいじょうぶ》よ」

弓子さんが笑った。力を抜《ぬ》くと、戻《もど》る力で腕《うで》をぐんと持って行かれた。

「刷れた」

思わず声をあげる。しっかり萩《はぎ》の輪郭《りんかく》が浮《う》き上がっていた。


輪郭《りんかく》が刷り終わったときには、もうお昼を過《す》ぎていた。

「もうこんな時間。お弁当《べんとう》、持ってきた？」

「はい」

「いったん休憩《きゅうけい》して、先にお昼食べようか」

弓子さんに言われ、うなずく。一度手を洗《あら》い、靴《くつ》を脱《ぬ》いで奥《おく》の階段《かいだん》をのぼった。

小さなキッチンとテーブルと椅子《いす》だけの部屋があった。

弓子さんがお湯を沸《わ》かし、わたしの前にお茶の入った湯飲みを置く。テーブルの上にお弁当《べんとう》を広げる。弓子さんもお弁当箱《べんとうばこ》を広げた。

「今日《きょう》はね、楓《かえで》さんが来るから、わたしもお弁当《べんとう》にしたの」

微笑《ほほえ》んで言った。

「では、いただきます」

胸《むね》の前で手を合わせ、箸《はし》を取る。

「簡単《かんたん》な体験のつもりだったのに、大ごとになっちゃって……大丈夫《だいじょうぶ》？」

「いえ、楽しいです。活版《かっぱん》印刷ってすごいですね。わたしの絵があんなにきれいに刷りあがるなんて……」

わたしが言うと、弓子さんはふふっ、と笑った。

「これまで、スケッチしててもなんとなく描《か》いて終わりだったんですけど、それを作品として仕上げる、ってなると、することがたくさんあるんだなあ、って……」

「でも、そこが面白《おもしろ》いところでもあるのよね」

しずかで、窓《まど》から日が差してきて、ピクニックみたいだった。

「あの、母が持ってた短歌のカード、わたし、好きです」

さっき言えなかったことを思い切って口にした。

「ありがとう」

弓子さんが微笑《ほほえ》む。

「あの短歌、弓子さんのお母さんの作品なんですよね」

「そう。わたしが三歳《さい》のころに亡《な》くなったから、あまり覚えてないんだけど……。でも、あの歌を組んだとき、母はいたんだな、って思えた。わたしを産む前にも生きていて、いろんなこと考えてたんだろうなあ、って」

弓子さんのお母さんもお父さんもおじいさんもおばあさんももうこの世にいない、と聞いた。むかしはみんないたのに、いまはこの建物しかない。そう思うと、ここの風景も少しちがうものに見えた。

「あのカードは、飛行機雲みたいに、文字が空にのびてく感じにしたくて……」

カードの真ん中にたった一行、すうっとのびている短歌を思い出す。たしかに飛行機雲みたいだった。

「むかし、『ひこうき雲』っていう歌があったんだって。母は友だちとバンドを組んでて、その歌をよく演奏《えんそう》してたらしいの。一度聞いてみたかったなあ」

そう言って、くすっと笑った。

弁当《べんとう》を片《かた》づけ、工場に降《お》りる。

「じゃあ次は葉っぱの色を刷ろうか」

弓子さんは手《て》キンから版《はん》を外し、机《つくえ》の上においた。

印刷されるのは萩《はぎ》の絵だけなのに、まわりにもたくさん金属《きんぞく》の塊《かたまり》が詰《つ》まっていた。こうやって塊《かたまり》を詰《つ》めることで、絵を固定しているのだ。弓子さんは輪郭《りんかく》の版《はん》をはがし、同じ位置になるように十字の印をそろえながら、葉っぱの色の版《はん》を貼《は》りつけた。

「むかしは本もこうやって刷ってたんですか」

「そうね。本を刷るのはもっと大きな印刷機だけど……」

弓子さんは作業しながら答える。

「大きい、って、ああいうのですか？」

わたしは真ん中にある真っ黒くて大きな機械を指す。

「あれなら本も刷れる。でも、本屋さんで売ってるような本は、もっと大きな……従業員《じゅうぎょういん》が何千人もいるような印刷会社で刷られてた。いまでもそう。ここは町の印刷所だから『端物《はもの》』っていって、伝票とか名刺《めいし》とか、葉書とか、そういう細かいものを刷るのがおもな仕事だったの。でもね、祖父《そふ》は組版《くみはん》がうまくて、少部数の本は頼《たの》まれて刷ったことがあったみたい。あの機械でね」

「いまは、刷れないんですか？」

「あの機械、いまはうまく動かないの。修理《しゅうり》が必要みたい。祖父《そふ》にはできたけど、わたしにはできない。むかしお世話になってた業者さんに連絡《れんらく》したんだけど、もう廃業《はいぎょう》してしまってた。仕方ないわよね、業者さんも祖父《そふ》と同じくらいの歳《とし》の人だったから」

弓子さんがため息をつく。

「ほかに業者さんはいないんですか？」

「わからない。でも、もう部品もないだろうし……」

「そうなんですか」

「この前一度だけ本を刷ったの。この機械が使えないから向こうの校正機でね。大変だったけど、楽しかった。やっぱり本の仕事は違《ちが》う。もっと作りたいな、って思った。でも、それは、祖父《そふ》が残した版《はん》があったからできたことで……。一から組むとなれば、相当な手間暇《てまひま》がかかるしね」

活字を一本ずつ並《なら》べて、版《はん》を作る。気の遠くなるような作業だ。

「活字を組んで本を作ってくれるところはもうほとんどない。あったとしても制作《せいさく》費《ひ》が相当高くつく。活版《かっぱん》で作れば本の価格《かかく》も上がってしまうってこと」

高くなれば読者も買わなくなる。だから仕方ないのだろう。

「名刺《めいし》やハガキみたいな小さなものなら、小さな機械でも刷れる。でも、ときどき悔《くや》しくなる。ここにはこれだけの道具や機械があって、むかしはいろいろなものを刷れたのに、わたしひとりではここにあるものを活《い》かせない」

工場のなかを見回す。並《なら》んだ活字の棚《たな》。大きな機械。むかしはここでなんでも印刷していた。家にテレビも電話もない時代から。

「できたわ。さあ、印刷しましょう」

弓子さんが版《はん》を印刷機にセットした。

試《ため》し刷りの紙を置き、レバーを握《にぎ》り、ぐっと下ろす。

刷り上がったカードをふたりでのぞき込《こ》む。少しだけ輪郭線《りんかくせん》からずれている。弓子さんが版《はん》の位置を微調整《びちょうせい》し、もう一度刷る。

「いいわね。じゃあ、このまま刷りましょう」

さっき刷った輪郭《りんかく》だけのカードをセットし、レバーを下ろす。葉の色がつく。刷り上がった紙をカードスタンドに移動《いどう》させ、新しい紙を置く。レバーを下ろす。何度も何度も繰《く》り返す。

葉っぱの版《はん》の次は花の版《はん》。版《はん》が三種類あるので、三十枚《まい》刷るには九十回繰《く》り返さなければならない。レバーは重くて、だんだん腕《うで》がだるくなってきた。

「はい、これでおしまい。活版《かっぱん》体験終了《しゅうりょう》です」

そう言われたときは、思わず、はああっと大きく息をついた。

スタンドに並《なら》んだカードを見ると、じんわりうれしさがこみ上げてくる。

「これ、今日《きょう》持って帰っていいんですか?」

「ええ。大丈夫《だいじょうぶ》よ。もうしばらく乾《かわ》かしてからね。インキが完全に乾《かわ》くには一日はかかると思うから、それまではあんまりこすらない方がいいけど」

刷り上がったのがうれしくて、何度もカードを見る。スケッチブックのときより何倍もきれいに見えた。

「あのね、楓《かえで》さん」

弓子さんの声がした。

「いまこのカードを見ていて、ちょっと思ったことがあるの」

そう言って、壁《かべ》に貼《は》ってある紙を外して持ってきた。

「実はね、夏の終わりに活版《かっぱん》印刷のイベントが開かれることになって、うちにも出店の誘《さそ》いがあったの」

弓子さんが紙を差し出す。チラシだった。近々《ちかぢか》活版《かっぱん》印刷の工房《こうぼう》がたくさん集まるイベントがあるらしい。各工房《かくこうぼう》がブースを出すマーケットのほか、展示《てんじ》やトークショーなどもあるようだ。三日月堂《みかづきどう》の名前も載《の》っている。

「三日月堂《みかづきどう》も出るんですね」

「ええ。参加することにしたんだけど、なにを出そうか、迷《まよ》っちゃって……。わたしは絵を描《か》けないし、最初は文字が主体のものを出そうと思ったの。でも、華《はな》やかさに欠けるかなあ、って」

チラシから目をあげ、わたしをじっと見た。

「で、もし楓《かえで》さんが良かったら、なんだけど……。この萩《はぎ》のカードとか、あと何種類かスケッチを選んで、カードにして販売《はんばい》してもいいかな？」

「えっ？」

このカードを……販売《はんばい》する？

「これを……？」

「もちろんイベントに出すとなると、もうひと練りしないといけないけどね」

「使ってもらえたら、わたしはうれしいです。でも、いいんでしょうか、こんな素人《しろうと》の、ただの高校生の描《か》いた絵で。イラストレーターさんとか、デザイナーさんとか、そういうちゃんとした人の描《か》いたものの方が……」

「そりゃプロに頼《たの》めばちゃんと目的に合ったものを作ってくれるけど……。でも、楓《かえで》さんの絵を見たときにピンと来たの。ああ、こういうのがいいなあ、って」

弓子さんがカードをじっと見た。

「な、なぜですか？」

「楓《かえで》さんの絵には、むかしの本や図鑑《ずかん》の挿絵《さしえ》を思わせるようなところがある。漠然《ばくぜん》とした木じゃなくて、ちゃんと実物を見て描《か》いた木。そこがいいと思った」

信じられなかった。この絵が三日月堂《みかづきどう》の商品に……？

「それで、もしよかったら、ほかの絵も見せてもらえないかな、って。一種類だけじゃさびしいでしょ？」

「あの、実はわたし、今日《きょう》ほかのスケッチブックも持ってきたんです。この前見てもらったのがうれしくて……」

わたしは思い切って言った。

「ほんと？　見せてくれる？」

カバンからスケッチブックを出す。

「たくさんあるのね」

ページをめくりながら、弓子さんが言う。

「じっくり見ないとわからないから……ちょっと借りてもいいかな？」

「はい。印刷するのによくないところがあったら書き直します」

「もちろん商品として作る場合は制作費《せいさくひ》は全部こちらで出すし、作品には楓《かえで》さんのお名前も入れて、絵の使用料もお支払《しはら》いします」

「いえ、使用料は……素人《しろうと》の絵ですから」

あわてて手を振《ふ》る。

「値段《ねだん》をつけて売るんだから、きちんとしなくちゃ」

「でも……売れるのかな」

自信もなかった。

「売るようにがんばるのよ」

弓子さんが笑った。

「わかりました。お願いします」

ちょっと緊張《きんちょう》しながら頭を下げた。

「あ、あの……もしよかったら、なんですけど……」

ちょっと迷《まよ》いながら、もごもごと切り出す。

「そのカード作り、わたしも手伝いたいです。ボランティアでいいんです。夏休みのあいだ、印刷を手伝わせてもらえませんか?」

思い切って言ってみた。

「それは……手伝ってくれたらうれしいけど……大丈夫《だいじょうぶ》なの？　勉強とか習いごととか、旅行とか……」

「お盆《ぼん》に母方の実家に行きますが、それ以外はとくになにもありませんから」

「でも、そういうことはおうちの人と相談してからじゃないとね」

「家でＯＫが出たら、手伝いに来てもいいですか？」

「ええ、それは……。でも、ほかのいろいろな仕事の合間に進めることになるんだけど……」

「そしたら、お店の仕事、全部手伝います」

「そうねえ。イベントの商品制作《せいさく》を入れたから、仕事も詰《つ》まってるし……」

弓子さんが、うーん、とうなった。

「じゃあ、アルバイトってことにしましょう。週に三日。印刷だけじゃなくて、梱《こん》包《ぼう》とか、発送とか、片《かた》づけとか、そういうのも含《ふく》めて業務《ぎょうむ》を手伝ってもらう」

「はい。あと、イベントって九月の最初の土日でしたよね？」

チラシを見ながら言った。

「売り子とかも必要ですよね。土日なら学校も休みだし、手伝いに行きます」

「じゃあ、ちゃんとお母さんに相談して、それからね」

「ありがとうございます。よろしくお願いします」

頭を下げた。

5

「これ……もしかして、楓《かえで》が描《か》いた絵？」

家に帰ってカードを見せると、母は目を丸くした。

「そう。わたしのスケッチを版《はん》にして、それを印刷したの」

「こんなの作ってたんだ。どうりで時間がかかるわけだ。すごいわね、体験でここまでできるなんて……」

母は老眼鏡《ろうがんきょう》をかけ、じっくりカードを見始めた。

「もちろん、むずかしいところは弓子さんにやってもらったんだけど……」

「これ、萩《はぎ》よね？」

「うん。学校の裏庭《うらにわ》で描《か》いた」

「きれいね。楓《かえで》、こういうの、ほんとうにうまいわ」

「そうかな」

母に褒《ほ》められて、少しうれしくなった。

「実は、弓子さんから、これを商品にして売っていいか、って訊《き》かれたんだ」

「商品？」

母が目を丸くする。

「今度、活版《かっぱん》印刷の工房《こうぼう》が集まってイベントをするんだって。それに三日月堂《みかづきどう》も参加することになって……商品として、このカードを出してもいいか、って」

「ほんとに？」

「うん。商品にするときはもう一工夫する、って言ってたけど。ほかにも、わたしのスケッチから選んで、何枚《なんまい》かカードを作るってことになって……。いまスケッチブックを見てもらってるんだ」

「へえ。よかったじゃない。絵って、全部植物なの？」

「うん」

「そういえばこの前もおばあちゃんのところでも描《か》いてたね」

母は少しうれしそうだ。

「絵の使用料も出してくれる、って言われたんだけど……」

「そうなの？」

「もちろん、断《ことわ》ったよ。でも、商品として販売《はんばい》するものだから、って……」

わたしはあわてて言った。

「なるほどねえ」

母は、うーん、と考えるような顔になった。

「売れるかわからないし……自信ないんだけど……」

ぜんぜん売れなかったら……。制作費《せいさくひ》なんてもらって、一枚《まい》も売れなかったら……。だんだん不安になって来る。

「大丈夫《だいじょうぶ》だよ、この絵はとても素敵《すてき》よ。わたしも欲《ほ》しいくらい」

「ほんと?」

こんなふうに褒《ほ》められたのは小学校のとき以来かもしれない。

「じゃあ、夏休みのあいだ、三日月堂《みかづきどう》にお手伝いに行ってもいい?」

「勉強と家のことをちゃんとして、時間を守るなら。でも迷惑《めいわく》にならない程度《ていど》に」

「大丈夫《だいじょうぶ》。ちゃんとやるよ」

「制作費《せいさくひ》やバイト料のことは楓《かえで》の判断《はんだん》にまかせる」

「わかった」

うれしかった。ちゃんと信じてもらえている、と思った。

「ちょっと三日月堂《みかづきどう》に電話して、弓子さんとお話ししていいかな?」

母はこの前のチラシを見ながら電話をかけた。弓子さんはすぐに出たようで、母はしばらく弓子さんと話していた。

そして、電話を代わった。弓子さんに、来週からバイトに来てください、と言われた。月曜から水曜までの週三日。時間は十時から五時。原画料は、イベントの売り上げを見てから。そう決めて、電話を切った。


月曜日、九時すぎに家を出た。のぼり電車は混《こ》んでいるが、くだりだから空いていた。駅から三日月堂《みかづきどう》までの道もがらんとしている。

お店の前に十分前に着いた。緊張《きんちょう》しながらガラス戸をのぞくと、弓子さんはもう作業をはじめている。

「おはようございます」

挨拶《あいさつ》しながらなかに入る。

「おはようございます。今日《きょう》からよろしくお願いします」

弓子さんがぺこっと頭を下げる。

「よろしくお願いします」

わたしもあわてて深々《ふかぶか》と頭を下げた。

「じゃあ、さっそく……」

弓子さんは机《つくえ》の前に移動《いどう》する。

「カードの絵のことなんだけど……。わたしがいいな、と思ったのは、これ」

机《つくえ》の上にスケッチのコピーを出す。棗《なつめ》の絵。祖母《そぼ》のところで描《か》いたものだ。

「最後に描《か》かれてたこれがとくにいいと思った。線が隅々《すみずみ》までしっかり描《か》かれているし、勢《いきお》いがある」

「ついこないだ描《か》いたんです。学校の裏庭《うらにわ》じゃなくて、祖母《そぼ》の家の庭で……」

あのときはなぜかとても集中できた。それほど長い時間ではなかったが、不思議なくらい気持ちが充実《じゅうじつ》していた。

「この前弓子さんに言われたあとだったので、凸版《とっぱん》にしやすいようにくっきりした線画にしようと心がけたんです」

「じゃあ、この前の萩《はぎ》とこの棗《なつめ》は決定ね。原画から版《はん》を起こすのも、紙選びや調色もきちんとしたいし、今回は四種類くらいでいいと思うの」

「あと二種類ですね」

「そうね。ふたつとも木だから、草もいいかな、と思う」

「草……」

たしか庭の隅《すみ》にツユクサが咲《さ》いていた。ほかにも探《さが》せばなにかあるはずだ。

「じゃあ、今度探《さが》して描《か》いて来ます。あと、思ったんですけど……」

言おうか少し迷《まよ》ったが、思い切って切り出した。

「なに？」

「この前は絵だけで刷ったんですけど、文字を入れてみるのはどうでしょうか。短歌のカードもそうだし、前にいろいろ見せてもらったときも思ったんです。三日月《みかづき》堂《どう》の文字ってきれいだな、って。シンプルだけど、だからこそ言葉が際《きわ》だつっていうか……それが三日月堂《みかづきどう》の特色なんじゃないか、って」

「文字か……。たしかにそうね。ずっと活字にこだわってきたし、活字を入れるのはいいかもしれない。でも、なにを入れたらいいかしら」

弓子さんが天井《てんじょう》を見上げた。

「植物の名前はどうですか？　絵だけだと、知ってる人にはわかるけど、ふつうの人にはわからないかもしれないし」

「そうね。図鑑《ずかん》みたいになるし……」

弓子さんがつぶやく。

「名前ってカタカナがいいのかな、それとも漢字？」

「カタカナの方が図鑑《ずかん》っぽいけど、見た目は漢字の方がきれいですよね。でも『萩《はぎ》』みたいに一字だけだと、なんだか物足りないような気も……」

「そうね。もう少しなにかほしいわね」

「じゃあ、学名はどうですか？　植物の図鑑《ずかん》には、学名が書いてありますよね」

図書館で見たむかしの植物の本を思い出して言った。

「うん、いいわね」

「それか、花言葉とか……」

「それもよさそう。まあ、文字はあとで考えればいいから。まずは絵の凸版《とっぱん》から作りましょう」

弓子さんは、絵をスキャナで読み取りはじめた。

お弁当《べんとう》を食べたあと、弓子さんは画像処理《がぞうしょり》の仕事を続け、わたしは弓子さんに教わって部屋の掃除《そうじ》とお客さまに発送する品物の梱包《こんぽう》作業をした。

そのあとも、道具の仕分けに紙の整理。あっというまに五時になった。

「はああ、疲《つか》れた」

三日月堂《みかづきどう》を出て駅までの道を歩きながら、思わず伸《の》びをする。工場のなかの高いところ低いところ、いろんなところの掃除《そうじ》をしたのと、重いものをたくさん持ち歩いたのとで、腕《うで》と背中《せなか》が痛《いた》い。

けっこう力仕事なんだなあ。明日《あした》は筋肉痛《きんにくつう》になっているかも。

でも、楽しかった。身体《からだ》を動かすのは悪いことじゃない、と感じた。

線画のデータは水曜の午後に出来上がり、業者に凸版《とっぱん》を発注した。紙も選んだ。どちらも週末には届《とど》くらしく、来週はいよいよ印刷、ということになった。

木曜日、朝から母といっしょに祖母《そぼ》の家に行った。祖母《そぼ》の淹《い》れたお茶を飲んでいると、母が三日月堂《みかづきどう》で刷った萩《はぎ》のカードを出した。

「これね、楓《かえで》が作ったんですって」

「わたしが作った、ってわけじゃ……。印刷所の活版《かっぱん》体験で……」

「でも、元の絵は楓《かえで》が描《か》いたのよね？」

「うん、まあ……」

「へえ、きれいだね。立派《りっぱ》じゃないか」

めずらしく、祖母《そぼ》がうれしそうな顔になる。

「楓《かえで》はむかしから絵がうまかったけど、ずいぶん上達したんだねえ」

母が三日月堂《みかづきどう》や活版《かっぱん》印刷のことを説明する。

「そうか、活版《かっぱん》印刷ね。だからなつかしい気がしたんだ。子どものころ、こんなきれいな挿絵《さしえ》のついた本をもらったことがあってねえ」

祖母《そぼ》はうれしそうに微笑《ほほえ》んだ。

「来週、ほかのも印刷するんだよ。いま決まってるのは棗《なつめ》。この庭で描《か》いた絵」

「そう。じゃあ、できたらまた見せて」

祖母《そぼ》はまんざらでもない、という顔をした。

洗濯《せんたく》を終わらせ、母は買い物に行く。楓《かえで》は絵を描《か》いていていいよ、と言われ、スケッチブックを持って庭に出た。目当てのツユクサを見つけて描《か》いていると、祖母《そぼ》がめずらしく庭に出てきた。

「なに描《か》いてるの？」

うしろからスケッチブックをのぞき込《こ》んでくる。

「ああ、ツユクサか。これはね、いつのまにか自然に生えて来たんだよ。でもかわいいからね、そのままにしてもらった。冬になると全部なくなるのに、春になるとまたはえてくるんだよねえ」

祖母《そぼ》が少し微笑《ほほえ》む。

「ツユクサはねえ、むかしは『月草《つきくさ》』って呼《よ》ばれてたらしいよ」

絵を見ながら、祖母《そぼ》が言った。

「『月草《つきくさ》』？　そうなんだ。むかしって、いつぐらい？」

「『万葉集《まんようしゅう》』の時代。『万葉集』では『月草《つきくさ》』『鴨頭草《つきくさ》』『百代草《ももよぐさ》』って、いろいろに書かれてたそうだよ」

祖母《そぼ》がしゃがんで、地面に字を書く。

「そうなの？　おばあちゃん、くわしいんだね」

「わたしはね、木や草の手入れはよくわからない。全部おじいちゃんがやってくれてた。でも、大学の卒論《そつろん》は『万葉集』だった。『万葉集』で詠《よ》まれた植物についていろいろ調べて、植物と人の心の関係についてまとめたんだよ」

祖母《そぼ》は、その年ではめずらしく、大学まで行っている。それだけお嬢《じょう》さまだったってことだよ、と父が言っていた。

「植物と人の心……？」

「むかしの人が植物を見てどんなことを感じたか。たとえば『磐代《いはしろ》の浜松《はままつ》が枝《え》を引き結び真幸《まさき》くあらばまた還《かえ》り見む』っていう歌がある。知ってるかな？　有間皇《ありまのみ》子《こ》が詠《よ》んだって言われてる歌」

「ええと、大化《たいか》の改新《かいしん》のときの……？」

「そう。『磐代《いはしろ》の浜《はま》にある松の枝《えだ》を結んだ。無事に帰れたらまたこの枝《えだ》を見よう』っていう意味。有間皇子《ありまのみこ》は中大兄皇子《なかのおおえのおうじ》に謀反《むほん》を起こそうとするんだけど、蘇我赤兄《そがのあかえ》に裏切《うらぎ》られて捕《と》らえられてしまう。で、連れて行かれるとき、罰《ばつ》が軽くすむように松の枝《えだ》を結ぶんだけど、これ、当時は松の枝《えだ》を結んで幸運を祈《いの》る習慣《しゅうかん》があったからなのね。でも結局、有馬皇子《ありまのみこ》は十八歳《さい》で処刑《しょけい》されてしまった」

　歴史《れきし》の授業《じゅぎょう》でも聞いたことがあるけど、歌の話を聞くと情景《じょうけい》が浮《う》かぶようだ。

「この歌は後世の人が作ったんじゃないか、っていう説もあるみたいだけどね。ともかく、こんなふうに植物に人の気持ちが託《たく》されている歌をまとめたんだよ」

　となりにしゃがんでいる祖母《そぼ》を見た。小さいなあ、と思う。むかしはわたしよりずっと大きかったのに、いまはずいぶん小さくなってしまった。

「ツユクサの歌はたくさんあるんだよ。『月草《つきくさ》に衣《ころも》ぞ染《そ》むる君《きみ》がため綵《まだら》色の衣《ころも》を摺《す》らむと思ひて』とかね」

　祖母《そぼ》がすらすらと言う。

「それ、どういう意味？」

「『ツユクサであなたの衣を染《そ》めましょう。美しいまだら模様《もよう》に染《そ》めたくて』。詠《よ》み人知らずの歌だよ。ツユクサは染料《せんりょう》にもなったんだね。衣を染《そ》めるのと、恋《こい》する気持ちをかけてる。ツユクサはね、朝咲《さ》いて、昼にはしぼむ。だから儚《はかな》いもの、って見なされていたんだね」

「そうなんだ」

「異名《いみょう》もたくさんあるんだよ。『万葉集』だと、月草《つきくさ》、百代草《ももよぐさ》、鴨頭草《つきくさ》。時代をくだると、蛍草《ほたるぐさ》、帽子花《ぼうしばな》、青花《あおばな》、かまつか、移《うつ》し花、万夜草。忘《わす》れてしまったけど、ほかにもいろいろあったっけ」

「おばあちゃん、すごいね」

「そう？　若《わか》いころは夢中《むちゅう》で勉強したからね。勉強するのが楽しくて仕方なかった。『万葉集』に出てくる植物の歌を調べて、まとめて、先生からもずいぶん褒《ほ》められたんだ」

「そうだったんだ……」

そんな話、ちっとも知らなかった。

「面白《おもしろ》いだろう？　こうやって植物を記す文字を見てると、それ自体が植物みたいに見えてくる。葉っぱや枝《えだ》や蔓《つる》みたい。むかしから、言葉は『ことのは』だし、葉っぱの一種なのかもしれないね」

祖母《そぼ》が笑う。

「萩《はぎ》もねえ、奈良時代には、男女で髪《かみ》に萩《はぎ》の花を飾《かざ》って、恋文《こいぶみ》を枝《えだ》に結んで贈《おく》り合っていたそうだよ。人はむかしから植物に自分たちの思いを重ねてきたんだよね」

ことのは……。

文字は葉っぱ。

これまで知らなかった祖母《そぼ》の顔が見えたような気がした。

「むかしはおじいちゃんが新しい木を植えるたびに、よくこんな話をしてた。アルバムに写真も貼《は》って、横に『万葉集』の歌を貼《は》ったりしてね」

祖母《そぼ》が庭を眺《なが》めながら、目を細める。

「じゃあ、この庭の植物が日本のものばっかりなのは、そのせいなんだね。おじいちゃんはおばあちゃんのために木や草を選んでたんだ」

何気なくそう言うと、おばあちゃんが目を丸くした。

「わたしのため？」

「ちがうの？　おばあちゃんがいろいろ話してくれるから、おじいちゃんはそういう木を選んで植えてたのかと」

「いやいや、それは、単におじいちゃんが和風の庭が好きで、こういう草木が好きだっただけで……」

そこまで言って、はっと息をのむ。

「ううん、そうじゃないかもしれない」

ゆっくり首をふる。

「前にね、いっしょに植木市に行ったとき、訊《き》かれたことがあったんだ。レンギョウだったかなあ。おじいちゃんは気に入ってたみたいだけど、訊《き》かれたの。これ、『万葉集』に出てくるか、って」

祖母《そぼ》は目を閉《と》じた。

「出てくるの？」

「出てこない。それで買うのをやめたんだ。あとでおじいちゃんが調べて言ってた。レンギョウは平安時代に中国から日本にはいってきたんだって。限《かぎ》られた地域《ちいき》では固有種が生えてたみたいだけど、『万葉集』の時代には広く知られていなかった」

「そうなんだ」

「あのときはなんでそんなこと訊《き》くんだろうなあ、って思ってたけど、そういうことだったのかもしれないね。おじいちゃんはそんなこと、言わなかったけど」

祖母《そぼ》はため息をつき、少し黙《だま》った。蟬《せみ》の声が大きく響《ひび》く。

「ああ、知らないこと、いっぱいあるんだろうなあ。おじいちゃんは、あんまりしゃべらなかったからね。気持ちがさっぱりわからなくて、いつもいらいらしたもんだった」

「そうなの?」

「そうだよ。ここはむかし、おじいちゃんの両親の家だった。そこに嫁《よめ》としてはいって、いろいろ厳《きび》しく言われたよ。こんちくしょう、出て行ってやる、って思ったことも何度もあった」

祖母《そぼ》は家の方を見た。

「この家もむかしは大っ嫌《きら》いだったんだ。この家がなくなったらさぞせいせいするだろう、って思ってたのに、ずいぶん長いこと住んでたからね……」

そこまで言って、祖母《そぼ》は黙《だま》った。うつむいて手で顔をおさえる。

泣いてる……。

びっくりした。祖母《そぼ》が泣くのなんて見たことなかった。祖父《そふ》のお葬式《そうしき》のときもちっとも泣かなかったのに。どうしたらいいかわからず、おろおろする。

「ああ、ごめんね、楓《かえで》、びっくりしたよね」

祖母《そぼ》が顔を上げる。

「そんなこと……ないけど……」

しどろもどろで答えた。

「わたしは世間知らずで、気むずかしくて、わがままだったからね。実家にいたときとちがっていろいろ不自由で、文句《もんく》ばっかり言って……何度も癇癪《かんしゃく》を起こして、おじいちゃんをだいぶ困《こま》らせた。ごめんねえ」

庭を見つめる祖母《そぼ》の目から、するする涙《なみだ》がこぼれる。

どうしたらいいかわからなくて、ただじっととなりにしゃがんでいた。祖母《そぼ》が小学生くらいの女の子に見えた。

おばあちゃんも大変だったんだな。なぜかそう思った。いやだなあ、と思うことや、思い通りにならないこともたくさんあったんだろう。

小さかったころのことを思い出す。ここに来ると、することもなくて、いつもひとりで庭で遊んだ。南天《なんてん》の実を並《なら》べたり、薄《すすき》を振《ふ》り回したり。退屈《たいくつ》だった。祖父《そふ》はあまりしゃべらないし、祖母《そぼ》は厳《きび》しかった。

祖父《そふ》や祖母《そぼ》がなにを考えていたのか、わたしはひとつも知らなかったんだな、と思った。知らないうちに、祖父《そふ》は亡《な》くなってしまった。この庭だっていつかなくなる。いろんなものが隠《かく》されたまま、消えてしまう。

しばらくすると、祖母《そぼ》はしずかに泣き止《や》んだ。

「そろそろ麻美《あさみ》さんが戻《もど》ってくる。わたしが泣いたのはナイショだよ、お父さんにもお母さんにも言っちゃダメだよ」

それだけ言うと、ぐっすんと鼻をかみ、いつものきりっとした顔に戻《もど》った。

「ああ、でもこの庭、そんなふうに作ったんだったら、最後はいっそ万葉植物園にしてもいいかもしれない」

急に、思いついたように祖母《そぼ》が言った。

「万葉植物園?」

「『万葉集』に出てくる植物ばかり集めた植物園があるんだよ。前にどこかで見たことがある。『万葉集』に出てくる植物ばかりが並《なら》んでいて、名前と和歌が添《そ》えられてるんだ」

「ここの植物に全部札をつけるの?」

「そうそう。もうこの庭もなくなるんだし、最後にそれくらいやってもいいかなあ、って。でもね、無理。もうわたしにはそんな体力ない」

祖母《そぼ》は笑った。だけどさびしそうだった。

なんだか前より少しだけ、いろんなことが見えた気がした。

6

金曜日、父が出張《しゅっちょう》から帰ってきた。明日《あした》には兄も戻《もど》って来る。お盆《ぼん》は来週だが、親戚《しんせき》の都合もあり、祖父《そふ》の三回忌《さんかいき》はこの日曜に行うことになっていた。

父がいる夕食は久《ひさ》しぶりだった。母とふたりで気ままに過《す》ごす日が続いていたせいか、妙《みょう》に緊張《きんちょう》する。しかも出張中《しゅっちょうちゅう》トラブル続きだったらしく、父は疲《つか》れているうえに不機嫌《ふきげん》で、ずっと愚痴《ぐち》をこぼしている。矛先《ほこさき》が自分に向くよりはマシだが、息苦しかった。

「それで、楓《かえで》はどうなんだ？　ちゃんとやってるのか？」

「う、うん……」

ぼそっと答え、うつむく。

「夏休み明けたら、ちゃんと学校行けるのか？」

いきなりか……。むきだしの言葉がぐさっと突《つ》き刺《さ》さり、なにも言えなくなった。

「行くよ」

短くそう答える。

「楓《かえで》ね、この前から活版《かっぱん》印刷の工房《こうぼう》に通ってるの。楓《かえで》の絵を使って、カードを作るんですって」

言わなくてもいいのに、母が話を持ち出す。

「活版《かっぱん》印刷？　なんだ、それは」

父が首をひねる。

「むかしの……活字を使った印刷よ。わたしたちが子どものころは、本とかみんな活字で印刷してたでしょ？」

「さあ、そうだったっけ。でも、そんな古いもの、なんでいまやってるんだ？」

「流行《はや》ってるのよ、若《わか》い人のあいだで。手作り感がある、って、人気があるの。この前、ニュースでもやってたわ」

「まあ、なんでもいい。で、楓《かえで》が通ってる、っていうのは、なんなんだ？　バイトじゃないんだろう？」

「ええ、いちおうバイトでもあるんだけど……」

「工房《こうぼう》ってどれくらいの大きさなんだ？」

「店主さんがひとりでやってる工房《こうぼう》よ。わたしの大学時代の友人の娘《むすめ》さんで……」

「大丈夫《だいじょうぶ》なのか、そんな小さなところ。趣味《しゅみ》で表現《ひょうげん》やってる連中なんて、どうせ長続きしないだろ」

弓子さんのところはちゃんとした工場だし、弓子さんの仕事は趣味《しゅみ》じゃない。すごく一生懸命《いっしょうけんめい》やってる人なんだ、って言いたかったけど、なにを言ってもどうせ聞きはしないだろう、と思って黙《だま》っていた。

「それって、学校でうまくいかないから逃避《とうひ》してるだけなんじゃないか」

父はそう言いながらテレビをつける。

「ええと、野球は……」

リモコンを操作《そうさ》しながら画面を見ている。

夏休みに入る前、母が学校に呼《よ》び出されたあとのことだ。夜中に目が覚めてリビングに降《お》りると、父と母がしゃべっているのが聞こえた。

──楓《かえで》は子どもだな。高校に入ってもなにも変わらない。

──そんなことないわよ。自分の気持ちを説明するのが得意《とくい》じゃないだけ。考えることは、ちゃんと考えてる。

──だからさ、考えてるだけじゃダメなんだ。周りとちゃんとやっていけないんじゃや、どんだけ考えたって意味ないんだよ。社会に出たら、だれも守ってくれないんだから。

父の声に心がひんやりした。階段《かいだん》にしゃがみ、耳をふさいだ。

――そうやってずるずると高校に行けなくなったらどうするんだ。

――だから、そんなふうにすぐに決めつけないでよ。

母の声もとげとげしくなってくる。

自分のせいだ。自分のせいで、家のなかがぐちゃぐちゃになる。音を立てないように階段《かいだん》をのぼり、自分の部屋のベッドのなかで丸まった。

わかっていたことだった。高校入試で第一志望《しぼう》に落ちたとき、父ははっきりと落胆《らくたん》した表情《ひょうじょう》になった。すべり止めに受かったとき、口ではおめでとうと言っていたが、ぜんぜんうれしそうじゃなかった。

父は野球に集中しはじめ、ビールを飲みながらぼうっと画面を見ている。

三日月堂《みかづきどう》に行きはじめて、少し楽しくなってきたところだったのに、父がいるとすべて台無しになる。わたしが築《きず》いた小さなものは全部踏《ふ》み潰《つぶ》されてしまう。

母がいたたまれない顔でこっちを見ているのがわかった。わたしは立ち上がり、なにも言わずに自分の部屋に戻《もど》った。

土曜日には兄も帰ってきた。夕食のときも、父の相手は兄が全部引き受けていたから、わたしはただ黙々《もくもく》とごはんを食べていた。兄も社会人になったからだろうか、少し見ないうちに父に似《に》てきた気がした。

日曜日は祖父《そふ》の三回忌《さんかいき》で、みんなでお墓《はか》まいりしたあと、近くの店で会食することになった。

親戚《しんせき》の集まりというのは、どうしてこんなに息苦しいのだろう。伯父《おじ》たちはいつもどおり会社の業績《ぎょうせき》の話をはじめ、さらにゴルフだの接待《せったい》で行った店だのの話を大きな声で話している。早く終わらないかなあ、とだけ思っていた。

だが、ほかのいとこたちは臆《おく》さずしゃべっている。なんであんなふうにできるんだろう、と思いながら、ぼうっと聞いていた。

一番上の伯父《おじ》の家の愛菜《まな》さんは大学四年生。美人だし、伯父《おじ》の海外赴任《ふにん》についていっていたため、英語堪能《たんのう》な帰国子女としてテレビ局のアナウンサーに内定したらしい。やっぱり愛菜《まな》ちゃんは美人だから、と言われながら、みんなとそつなく会話している。

二番目の伯父《おじ》のところの美咲《みさき》ちゃんは、わたしと同じ歳《とし》だが、偏差値《へんさち》トップクラスの学校に行っている。将来《しょうらい》はグローバル企業《きぎょう》に就職《しゅうしょく》したいらしく、伯父《おじ》たちから、しっかりしている、これは将来《しょうらい》が楽しみだね、などとからかわれていた。

「楓《かえで》ちゃんはなにが好きなの？」

派手《はで》ないとこたちの話が終わったあと、わたしのところにも質問《しつもん》がきた。この前も話したのに、と思う。

「絵を描《か》くこと？」

フォローするように横から母が言う。言わなくていいのに、と思いながら、あいまいにうなずく。

「まったくなあ、絵を描《か》くくらいしか能《のう》がなくて」

謙遜《けんそん》といえば聞こえはいいが、父の言い方は心に刺《さ》さった。わたしは愛菜《まな》さんみたいにも、美咲《みさき》ちゃんみたいにもなれない。あんなふうにはきはき自信を持ってしゃべれない。そもそも自信を持てるようなものもなにもないのだ。

「でも、すごい芸術家《げいじゅつか》になるかもしれないよ。それともいまは、イラストレーターとかデザイナーの方が商売になるのかな」

アニメがどうとか、クールジャパンとか、伯父《おじ》たちがいろんなことを言って笑う。そういうの、全部関係ないんだけどな、と思いながら、黙《だま》っている。みんなが関心を失って、ほかに話題が移《うつ》るまで息を殺《ころ》している。

どうせ社交辞令なのだ。平等に声をかけないと、と思っているだけ。みんなわたしになんて関心はない。

「いやいや、楓《かえで》は臆病《おくびょう》だから。流行《はや》りじゃない、写生ばっかしてて。いまも活版《かっぱん》印刷、とか言って、なんだかちまちまやってるみたいだけど……」

「ちょっと、正之《まさゆき》」

祖母《そぼ》の声がした。

「活版《かっぱん》印刷のどこが悪いの？」

「え、いや……別に、悪い、ってわけじゃ……」

父がしどろもどろになる。

「写生も、なにが悪いの？　あんた、世界のすべてを知ってるわけじゃないんだから、楓《かえで》がやりたいことをたまにはちゃんとみてやりなさいよ」

えっ、と思った。祖母《そぼ》は涼《すず》しい顔をしている。

「謙遜《けんそん》してるつもりなのかもしれないけどね、子どもっていうのは、だれでも親に認《みと》めてもらいたいもんなの」

「いや、でも、もう楓《かえで》もさすがに高校生だし……親に認《みと》められたからどう、ってことでも……」

父の表情《ひょうじょう》が固まっている。

「そりゃ成長すれば、親に認《みと》められただけじゃ満足しない。そうやって世の中に出て行く。けどそれは、親が子どもを認《みと》める役を降《お》りていい、ってことじゃないのよ。子どもがそれに感謝《かんしゃ》しなくなっても、関心を持たなくなっても、親は淡々《たんたん》とそれをやるの。そうしなかったら、子どもは卑屈《ひくつ》になるだけだよ」

みんな、しんとしてしまっている。

「あんたたちだって、そうでしょ？　おじいちゃんは無口だった。もっと褒《ほ》めてやればいいのに、ってわたしはいつも思ってたよ」

祖母《そぼ》はそう言うと、伯父《おじ》たちの顔を見回した。みんな困《こま》ったような顔をしている。

祖母《そぼ》はクロスで口の周りを拭《ふ》くと、しゃきっと立ち上がり、席を離《はな》れた。

「いや、参ったね。ここで鉄槌《てっつい》が来るとは」

祖母《そぼ》の姿《すがた》が見えなくなると、いちばん上の伯父《おじ》が言った。

「まだまだ元気だよなあ」

二番目の伯父《おじ》が苦笑した。

わたしはそっと立ち上がり、祖母《そぼ》のあとを追った。祖母《そぼ》は廊下《ろうか》の化粧室《けしょうしつ》の前の椅子《いす》に座《すわ》っていた。

「おばあちゃん」

「ああ、楓《かえで》」

祖母《そぼ》が天井《てんじょう》を見上げ、息をつく。

「ダメだねえ。ついいらいらして、余計《よけい》なことを言ってしまった。やさしい、ほんわかしたおばあちゃんになりたいんだけど、なかなかうまくいかないね」

祖母《そぼ》が苦笑いした。

「あの……ありがとう」

「お前が礼を言うようなことじゃないよ。言いたいことを言っただけ。お前の父親は、わたしにとっては息子《むすこ》なんだから」

祖母《そぼ》は渋《しぶ》い顔で言った。

「まあ、仕方ないね。わたしはわたし。楓《かえで》もそうだよ。一生楓《かえで》として生きてくしかない。だれも代わりはいないんだから、それを放棄《ほうき》したら、無責任《むせきにん》だろう？」

もう一度大きく息をつく。

「うん、わかった」

「とにかく、あの日、庭でわたしが泣いたこと、だれにも言っちゃダメだからね。それで貸《か》し借りなしだよ」

そうか。祖母《そぼ》はあれをそんなに気にしていたのか。ちょっと笑いそうになる。

「ねえ、おばあちゃん、あれ、やろうよ」

「あれ、って？」

「万葉植物園。わたし、プレート作るよ。おばあちゃんが教えてくれたら、植物の名前と和歌を書いてさ。それで飾《かざ》ろうよ。できるとこまででいいから」

「そうだねえ、それもいいかもしれない。あの家もあの庭ももうすぐなくなる。時が経《た》ったんだから、仕方ない」

祖母《そぼ》は笑った。

「ああ、でもさ、そんなことより、楓《かえで》、あの庭にある木や草、全部絵に描《か》いておくれ。きれいなカードにして、カードの庭を作って……。それをアルバムにするんだ。そしたら一冊《さつ》、必ず買うよ」

「うん」

しずかにうなずいた。

祖父《そふ》は亡《な》くなった。ずっといると思っていたのに。あの家もなくなる。庭もなくなる。そしていつか、祖母《そぼ》も亡《な》くなる。信じられないことだけど。

だから、だれがなんと言おうと描《か》き留《と》めておきたい、と思った。

帰りの車のなかで、会食のときのことを思い出していた。

あのときのおばあちゃん、かっこよかったな。

――あんた、世界のすべてを知ってるわけじゃないんだから、楓《かえで》のやりたいことをたまにはちゃんとみてやりなさいよ。

みんなしんと黙《だま》って聞いていた。

だけどなあ。窓《まど》の外の景色をぼんやり眺《なが》めながら、ふっと思う。わたしも逃《に》げてるだけじゃ、ダメなんだよなあ。

――わたしはわたし。楓《かえで》もそうだよ。一生楓《かえで》として生きてくしかない。

そうなんだ。わたしは愛菜《まな》さんにも美咲《みさき》ちゃんにもなれない。だからダメだ、っていうなら、一生ダメで生きてかなくちゃならなくなる。

わたしはわたしのまま、生きてかなくちゃならないんだ。このままの自分を認《みと》めさせなければならない。お父さんにも、伯父《おじ》さんたちにも。そうでなかったら、ずっと隅《すみ》っこでなにもできずにいるだけだ。

三日月堂《みかづきどう》の工場や、弓子さんの姿《すがた》を思い出す。弓子さんはダメな人じゃない。しっかり前を向いて、仕事に取り組んでいる。三日月堂《みかづきどう》の印刷はみんなに自慢《じまん》できる、素晴《すば》らしい仕事だ。活版《かっぱん》印刷なんてどうせわかってもらえない、って引き下がったら、三日月堂《みかづきどう》にも弓子さんにも失礼だ。

家に帰ってから、三日月堂《みかづきどう》からもらってきたチラシを出した。それからこの前刷った萩《はぎ》のカード。じっと見つめ、心を決めた。リビングに戻《もど》る。父と兄がビールを飲んでいた。

「お父さん」

思い切って話しかけた。

「なんだ?」

父が振《ふ》り向く。

「この前話した、活版《かっぱん》印刷のことなんだけど……」

そう言いかけると、父は机《つくえ》の上のグラスを持ち上げ、ビールをぐいっと飲んだ。

「こういうのを作ったんです。わたしが描《か》いた絵を版《はん》にして、活版《かっぱん》印刷っていう古い手法で印刷しました」

萩《はぎ》のカードを父の前に差し出す。父は、うん、と言いながらカードを受け取った。

「九月に、こういうイベントがあるんです。わたしの描《か》いた絵を全部で四枚《まい》こういうカードにして、このイベントで販売《はんばい》することになってて……。夏休みのあいだ、お店でバイトしながら、カード作りを手伝うことにしました」

父は老眼鏡《ろうがんきょう》をかけ、カードとチラシを代わる代わる眺《なが》める。

「ちゃんとしたイベントみたいだな」

息をつき、言った。

「最近、流行《はや》っているんだってな、こういうの。母さんから聞いたよ」

真面目《まじめ》な顔でわたしを見る。

「悪くないんじゃないか」

ぼそっと言った。父の顔を見返す。

「父さんたちのころみたいに、会社にはいれば安泰《あんたい》、っていう時代じゃない。いまのうちからいろんな生き方があることを知っておくのは、悪いことじゃないよ。ふつうのバイトをするより、ずっと社会勉強になるだろ。むかしのことを知ることにもなる。いいんじゃないか。イベント、土日なんだな。母さんといっしょに見に行くよ」

「ほんと?」

わあっ、と声をあげそうになる。

「面白《おもしろ》そうじゃないか。チラシ、まだあるんだったらもらってこいよ。知り合いで興味《きょうみ》がありそうな人に渡《わた》してやる」

兄がぶっきらぼうに言った。

「ありがとう」

夏休みが明けたら、学校でも配ってみようか。クラスの子、美術部《びじゅつぶ》。もしかしたら関心を持つ子がいるかもしれない。がんばろう、と思った。キッチンで母がくすっと微笑《ほほえ》んでいる。心のなかで祖母《そぼ》にお礼を言った。


お盆《ぼん》が明けて、三日月堂《みかづきどう》でツユクサと忘《わす》れ草の絵を見せた。

「うん、素敵《すてき》ね。あとふたつはこれにしましょう」

弓子さんが微笑《ほほえ》む。

「それから、いっしょに入れる文字のことなんですけど、植物の異名《いみょう》はどうでしょうか?」

「異名《いみょう》?」

「植物にはむかしの呼《よ》び名とか、たくさん異名《いみょう》があるんです」

祖母《そぼ》と話したあと、辞書で調べて書いてきたメモを取り出して言った。

「これ、調べたの?」

「はい。最初は祖母《そぼ》に聞いて。面白《おもしろ》そうだな、って思って」

「こんなにいろんな名前があるんだ。それに、こうして見ると、名前の文字がみんなすごくきれい」

弓子さんが感心したようにつぶやいた。

「それにしましょう。最初にカタカナ、次の行に異名《いみょう》」

——言葉は「ことのは」だし、葉っぱの一種なのかもしれないね。

祖母《そぼ》はそう言っていた。

だとしたら、ここは森だな。印刷所のなかを見回して、思った。森。文字でできた森。

「あの……。弓子さんって、高校生のときはなにになりたいと思ってました?」

「高校生のとき? うーん、わからないなあ。いろんなことを考えてたけど、どれも現実的《げんじつてき》じゃなかった」

「よかった……」

ほっと胸《むね》をなでおろす。

「え、どうして?」

弓子さんがきょとんとした顔になった。

「わたし、まだ将来《しょうらい》なにをしたいのか、とか、ぜんぜん決まらなくて。学校でもなにがしたいかわからなくて……。弓子さんは、これだけ印刷が好きだから、きっと若《わか》いころからしっかり道を決めてたんだろうなあ、って思ってたから。ちょっとほっとしました」

「そうなの」

弓子さんがくすっと笑う。

「でも、いま言われて思った。高校生のころ、わたし、よくここに来てたの。印刷所の手伝いに。高校時代っていろいろ悩《なや》むじゃない？　人と自分を比《くら》べて落ち込《こ》んだり、なんのために生きてるんだろう、って思ったり」

この人にもそんなことがあったのか。なんだか信じられない気がして、弓子さんの目をじっと見た。

「ここに来るとそういうことを忘《わす》れられた。活字を拾っていると、ただ拾うことに夢《む》中《ちゅう》になって……。それがよかったのかな、と思う」

「そう……なんですか？」

わたしが植物をスケッチするときの感じと似《に》ていた。

「この仕事をしているのは『たまたま』が重なっただけなんだけど、よく考えると、ずっと前からここで働きたかったのかもしれないなあ、って。祖父《そふ》はもうここは閉《と》じるって言ってたし、いまの時代に活版《かっぱん》印刷が仕事になるなんて、思ってもいなかったけど」

弓子さんは笑った。

「でも、だからいま、結局自分のしたいことをしてるんだと思うよ。答えが目の前にあったのに、見えてなかっただけ」

いつかわたしにもそういうことが起こるんだろうか。

「ねえ、楓《かえで》さん。わたし、ずっとひとりでやって来たけど、やっぱり人と作業するのって、楽しいな、って思った」

弓子さんが言った。

「デザイナーさんが手伝ってくれたり、版画家《はんがか》さんとコラボしたり。そういうことはいままでもあったんだけど、毎日いっしょに掃除《そうじ》して、雑用《ざつよう》もして、お弁当《べんとう》食べて、っていうのは、楓《かえで》さんがはじめてだったから。新鮮《しんせん》だった」

「そうですか?」

ちょっと照れくさかった。

「楓《かえで》さんがいるとにぎやかだし、自分ひとりじゃ思いつかないことも思いつく。ひとりじゃできないこともできる」

高い天井《てんじょう》を見上げ、息をつく。

「ここをちゃんと動かすためには、わたしひとりじゃダメなんだな、って。大型《おおがた》印刷機だって、わたしひとりしかいないんじゃ、動かしたってどうにもならない。これからの三日月堂《みかづきどう》をいっしょに考えられる人がいたら、すごくいいなあ、って」

「わたしでよかったら、夏休み終わったあとも、お手伝いに来ますよ」

「ほんと？」

弓子さんが目を見開く。

ここでなら、がんばれる気がした。

「いえ、弓子さんがよければ……ですけど」

「考えとく」

弓子さんが、ふふふっと笑った。

印刷のことをもっと勉強して、三日月堂《みかづきどう》でいろんなことができるようになりたい。植物のカードも少しずつ増《ふ》やして……。祖母《そぼ》が言ってたみたいに、いつか庭のアルバムを作りたい。

そしたら、祖母《そぼ》に贈《おく》るんだ。

あの庭がなくなってしまっても、いつでもあそこに帰れるように。

川の合流する場所で

1

「むかしとはずいぶん変わったなあ」

地下鉄から出て神保町《じんぼうちょう》の街に出ると、大叔父《おおおじ》がぽつんとつぶやいた。

盛岡《もりおか》に住む大叔父《おおおじ》が東京にやって来たのは、いま神保町《じんぼうちょう》で開催《かいさい》されている活版《かっぱん》印刷のイベントを見るためだった。

最近、活版《かっぱん》印刷が小さなブームになっているらしい。ときどきテレビや雑誌《ざっし》でも取り上げられていて、このイベントも、印刷関係の業界誌《ぎょうかいし》に告知《こくち》されていた。

僕《ぼく》の家族は、盛岡《もりおか》の本町《ほんちょう》印刷という印刷会社の経営《けいえい》に携《たずさ》わっている。大正はじめに荷札《にふだ》の製造《せいぞう》会社としてはじまった会社で、のち県内有数の印刷会社に成長した。社名は創業時《そうぎょうじ》の社屋が本町《ほんちょう》かいわいにあったことに由来している。

うちは創業者《そうぎょうしゃ》の親戚筋《しんせきすじ》にあたり、一族のほとんどが本町《ほんちょう》印刷関係の仕事についている。いまは僕《ぼく》の父が総務《そうむ》部長で、長兄《ちょうけい》は同じ総務《そうむ》で人事課長、次兄《じけい》は営業部《えいぎょうぶ》にいる。僕《ぼく》は本社の技術部所属《ぎじゅつぶしょぞく》だが、一ヶ月ほど前から埼玉支社勤務《さいたましししゃきんむ》になっている。

埼玉支社《さいたましししゃ》は関東圏《かんとうけん》の仕事を請《う》け負いながら、本社に先駆《さきが》けて新しいオンデマンド機の導入《どうにゅう》を試みている。その運用について検討《けんとう》するための異動《いどう》で、あと半年ほど埼《さい》玉《たま》で働くことになっている。

大叔父《おおおじ》も亡《な》くなった祖父《そふ》もかつては本町《ほんちょう》印刷の社員で、活版《かっぱん》の職人《しょくにん》だった。祖父《そふ》は組版《くみはん》、大叔父《おおおじ》は印刷を行っていた。

僕《ぼく》は古い機械が好きだったから、中学生のころから工場に出入りし、大叔父《おおおじ》から活版《かっぱん》の印刷機の使い方を習い、高校に入ってからはアルバイトもしていた。そのころはまだ細々《ほそぼそ》と活版《かっぱん》部門も続いていたのだ。

だが祖父《そふ》が亡《な》くなったいま、もう組版《くみはん》をできる人がいない。活版《かっぱん》部門は閉鎖《へいさ》になっている。当然の流れではあるが、そのことにさびしさを感じていた。だから最近の活版《かっぱん》ブームには少なからず関心があった。

大叔父《おおおじ》もブームのことが気になっていたようで、活版《かっぱん》印刷の大きなイベントがあるらしいから見に行ってみるよ、と知らせると、わたしも行く、と言い出した。わざわざ出て来るほどのものなのかわからないよ、と言ったが、久《ひさ》しぶりに東京も見てみたいから、とひとりで切符《きっぷ》も買い、宿もとってしまったのだった。

朝の新幹線《しんかんせん》で盛岡《もりおか》を出て、昼前に東京着。僕《ぼく》が東京駅まで迎《むか》えに出た。東京駅構《こう》内《ない》にも食事できるところはたくさんあったが、大叔父《おおおじ》が、昼食は久《ひさ》しぶりの神保町《じんぼうちょう》で、と主張《しゅちょう》したので、そのまま荷物を転がして、神保町《じんぼうちょう》までやって来た。

大叔父《おおおじ》は仕事の都合でむかし東京に住んでいたことがあり、そのときは毎週のように神保町《じんぼうちょう》の古書店に通い詰《つ》めていたらしい。だが、神保町《じんぼうちょう》の街はずいぶん変わり、大叔父《おおおじ》の馴染《なじ》みの古書店もいくつかはなくなってしまっていた。

「まあ、五十年以上前の話だから仕方ないか」

大叔父《おおおじ》はさびしそうに笑った。

僕《ぼく》自身、神保町《じんぼうちょう》を訪《おとず》れるのは久《ひさ》しぶりだった。いまは埼玉《さいたま》の社宅《しゃたく》に住んでいるが、会社と社宅《しゃたく》を行き来するだけの日々《ひび》で、仕事で都内を訪《おとず》れることはあっても、散策《さんさく》する時間などなかった。

神保町《じんぼうちょう》に来たのは大学時代の東京旅行以来だ。あれからもう十年以上経《た》つ。古書好きだった僕《ぼく》にとって、神保町《じんぼうちょう》は宝《たから》の山だった。朝から夜までへとへとになるまで歩き回った。とはいえ、欲《ほ》しいものをすべて買えるはずもなく、悔《くや》しい思いをしたのをよく覚えている。

大叔父《おおおじ》の目当てのカレー屋は健在《けんざい》だった。僕《ぼく》も大叔父《おおおじ》から教えられ、東京旅行で立ち寄《よ》った店だ。ほかにはない変わった味で、おいしかった。だが、辛《から》い。一皿食べ終わるころには汗《あせ》だくになっていた。

大叔父《おおおじ》も僕《ぼく》もポークカレーを頼《たの》んだ。おまけのスープもカレーもむかしのままで、変わらずおいしかったけれど、あのときほど辛《から》いとは感じなかった。たぶんカレーの味ではなく、僕《ぼく》の味覚の方が変わったのだろう。

大叔父《おおおじ》は「変わらないものもあるな」とうれしそうにつぶやきながら、全部食べた。

カレー屋を出て、イベント会場に向かう。大叔父《おおおじ》によれば五十年前のこのあたりは小さな建物が立ち並《なら》ぶ街区だったようだが、いまはすっかり整備《せいび》され、大きなオフィスビルになっていた。

自動ドアを抜《ぬ》け、エントランスホールに入る。会議用の机《つくえ》が並《なら》べられ、仮設《かせつ》の店が作られているようだが、客の数が信じられないくらい多い。

「なんだ、これは。すごいにぎわいだな」

大叔父《おおおじ》は驚《おどろ》いてあたりを見回す。圧倒的《あっとうてき》に女性客《じょせいきゃく》が多かった。前にニュースで「若《わか》い女性《じょせい》に人気」と報《ほう》じられていたが、ここまでとは思わなかった。ブースのなかで売り子をしている人たちもみな若《わか》い。

勝手がわからないまま、ブースを回りはじめる。グリーティングカードや絵葉書、ポチ袋《ぶくろ》、コースター。そうした雑貨《ざっか》を並《なら》べている店が多かった。カラフルで、凝《こ》ったデザイン。客の女性《じょせい》たちが、かわいい、きれい、と言いながら手に取っている。

よく考えて作られた商品だということはすぐにわかった。活版《かっぱん》印刷ならではの特《とく》徴《ちょう》を生かしている。風合いのある紙、多色刷りの良さを生かした図案。オフセットの印刷物にはない手作り感がある。

会場はおそろしい混雑《こんざつ》で、人がすれちがうのすら困難《こんなん》だった。八十近い大叔父《おおおじ》には苦痛《くつう》なのではないか、と心配したが、本人はいたって元気で、出展者《しゅってんしゃ》たちと楽しそうに会話をしている。

出展者《しゅってんしゃ》は、活版《かっぱん》印刷の工房《こうぼう》を営《いとな》んでいる人や、活版《かっぱん》を表現《ひょうげん》活動に使っているクリエイターがほとんどだった。もともと家が印刷屋で道具が残っていたから、という人もいれば、印刷会社が廃棄《はいき》した機械や道具をもらってきて、という人もいた。

大叔父《おおおじ》にとってはそうした話がひとつひとつ新鮮《しんせん》だったらしい。活版《かっぱん》に取り組んでいる若者《わかもの》がいることがうれしい、というのもあるだろう。終始ご機嫌《きげん》で、むかしのことを楽しそうに話していた。

いつのまにか、会場に来て二時間近く経《た》っていた。大叔父《おおおじ》もさすがに歩き疲《つか》れたのか、いったん休む、と言って、建物のなかのコーヒーショップに入った。

「どうだった？」

アイスコーヒーをふたつ買い、窓際《まどぎわ》の席に座《すわ》る。

「うん、なかなかおもしろかったよ。来てよかった」

大叔父《おおおじ》にそう言われ、ほっとした。

「印刷はまだまだのところも多かったが、よく考えてる、って感心した。文字が凹《くぼ》んでたり、かすれたりしているのも、最初は、なんだこれは、と思ったけど、いまの人にとっては、あれが味わいなんだな。時代が変わった、と思ったよ」

思った以上に楽しんでいたようだ。大叔父《おおおじ》の柔軟《じゅうなん》さに感心した。

「組版《くみはん》はなあ。できる店は少ないみたいだが、樹脂凸版《じゅしとっぱん》を使っているところが多いみたいだし、できなくてもいいのかもしれん」

経験《けいけん》を積めない現状《げんじょう》で、組版《くみはん》を学ぶのはむずかしいだろう。しかし、デザインソフトで版下《はんした》を作成、それを樹脂凸版《じゅしとっぱん》にして印刷するなら、組版《くみはん》の技術《ぎじゅつ》は必要ない。大量の活字を抱《かか》える必要もない。名刺《めいし》やハガキのような小さなものは少部数なら手《て》キンでも刷れる。小さな工房《こうぼう》であればその方が運営《うんえい》しやすいだろう。

「これはわたしたちが知っている活版《かっぱん》印刷とは別もんなんだ、って思ったよ。みんな、大量部数の印刷は考えていない。小ロットで、特別なもの、高級なものとして作ってる」

「名刺《めいし》や結婚式《けっこんしき》の招待状《しょうたいじょう》みたいなものなら、少し値《ね》が張《は》っても、特別なものを作りたい客はいるだろうしね」

「自分だけのものを求める時代なんだろうなあ」

大叔父《おおおじ》は笑った。

「ともかく、これだけ盛況《せいきょう》だとは。正直驚《おどろ》いたよ。ただ……」

窓《まど》の外を見ながら、うーん、とうなる。

「印刷会社の商売とは別物だ。クリエイターっていうのかな。まあ、うちみたいな会社はいくらでもあるんだから、大部数が必要な人はそっちを使えばいいわけで」

「そうかもしれない」

「でも、あれだけ活版《かっぱん》好《ず》きな人がいるのは、うれしかったね。うちの機械や道具を引き取ってくれ、と言ったら、欲《ほ》しがる人はけっこういそうだ」

「えっ」

思わず大叔父《おおおじ》を見た。そんなことを考えていたのか。ブースの人と話すたびに、道具の入手方法を聞いていたのはそのためだったのか。

「うちではもうあの印刷機も活字も使うことはないだろう。必要な人がいるなら渡《わた》す。それもひとつの選択肢《せんたくし》だな、と思った」

大きく息をつく。

「幸治《こうじ》おじさんは、それでいいの?」

「捨《す》てられるよりはいいだろ? そうすりゃ、機械や活字を生かすことができるんだから。けどなあ」

大叔父《おおおじ》は首をひねる。

「あの平台《ひらだい》まではみんな使いそうにないか」

平台とは、本社にある大型《おおがた》の印刷機のことだ。印刷事業に乗り出したころに使っていた国産の機械で、祖父《そふ》と大叔父《おおおじ》が愛用していたものだ。

その後ハイデルベルグ社の印刷機が何種類か導入《どうにゅう》され、そちらはいまも筋入《すじい》れなどの加工のため現役《げんえき》で稼働《かどう》している。だが国産機の方はまったく使っていない。十年ほど前、本社がいまの場所に移転《いてん》するとき、処分《しょぶん》するという話も出た。祖父《そふ》と大《おお》叔父《じ》が反対したため結局持ってきたのだが、祖父《そふ》の死後は動かすことなく、工場の隅《すみ》に眠《ねむ》っている。

いまあの平台を扱《あつか》えるのは大叔父《おおおじ》と僕《ぼく》だけだ。とくに大叔父《おおおじ》は扱《あつか》いに精通《せいつう》していて、不具合や故障《こしょう》にもだいたいは対応《たいおう》できる。製造《せいぞう》会社はずいぶん前に廃業《はいぎょう》したが、そのときに交換《こうかん》用の部品で残っているものを入手していた。だからこの先も使おうと思えば使える。ただ使い道がない。

「さあ、まだ見ていないブースもあるし、展示《てんじ》もあるみたいだ。会場に戻《もど》ろう」

大叔父《おおおじ》が立ち上がる。まったく元気だな。苦笑いしてあとを追った。

2

さっきと反対側のブースを順に見ていくと、三日月堂《みかづきどう》という店に目がとまった。売り子は女性《じょせい》ふたり。ひとりはまだ高校生ぐらいだが、一生懸命《いっしょうけんめい》客に説明している。けっこう人気があるようで、前にはちょっとした列ができていた。

「ここのはあんまり凹《くぼ》んでないな。それに、これ……活字じゃないか」

カードを目にした大叔父《おおおじ》の目が真剣《しんけん》になる。

売られているカードを一枚《まい》手にとって、目を近づけた。たしかに凸版《とっぱん》ではない。活字を並《なら》べて作ったものとわかった。

「お嬢《じょう》さん、これ、活字だね」

大叔父《おおおじ》が高校生のような女の子に声をかける。

「はい、そうです。活字を組んで作りました」

「なかなかきれいにできてる。この植物の絵は？」

「わたしが描《か》きました」

「ほんと？　お嬢《じょう》さん、まだ学生さんでしょ？」

大叔父《おおおじ》の表情《ひょうじょう》がゆるんだ。

「高校生です。うちの庭にある植物を描《か》いたんです」

「ふうん。うまいもんだ。文字の組版《くみはん》は……？」

「はい、それはすべて弓子さんが……」

女の子がもうひとりの女性《じょせい》を見た。

「弓子さん……」

女の子が呼《よ》ぶと、ほかの客の接客《せっきゃく》を終えた弓子という女性《じょせい》がふりかえった。

「こちらのお客さまに組版《くみはん》のことを訊《き》かれて……」

目でこちらを指す。

「どういったことでしょうか？」

弓子さんが落ち着いた声で訊《き》いてくる。

「ああ、すみません。こちらのカードの文字、活字ですね。なかなか達者だなあ、と思って……この活字、どうされたんですか」

大叔父《おおおじ》が言った。

「うちはもともと印刷所で……曽祖父《そうそふ》の代に作られて、祖父《そふ》が引退《いんたい》して店を閉《と》じてたんですが、たまたまわたしが戻《もど》ってきて、機械や活字があるのにもったいないなあ、と思って……」

「ああ、なるほど。じゃあ、組版《くみはん》はそのお祖父《じい》さんに習ったんですか?」

「はい。高校時代から大学まで店を手伝ってました」

大叔父《おおおじ》は、ブースに並《なら》べられた品物を眺《なが》め、隅《すみ》に置かれていた本を手に取った。

「これは……?」

「頼《たの》まれて受注生産したものなんです。展示《てんじ》のみで販売《はんばい》はしてないんですが」

表紙に『我《われ》らの西部劇《せいぶげき》』と書かれていた。大叔父《おおおじ》がページを開く。

「全部活字……?　もしかして、これもあなたが刷ったんですか?」

横からのぞいて驚《おどろ》いた。活版《かっぱん》で印刷された本だ。しかも活字を組んでいる。字面《じづら》を見て、ぞくっと鳥肌《とりはだ》が立った。むかしの本と同じ……。なつかしい。紙面にいまの印刷物にはない緊張感《きんちょうかん》がある。

「はい、刷ったのはわたしです。でも、組んだのは祖父《そふ》なんです。祖父《そふ》がむかし組んだ版《はん》が残っていて……わたしが組んだのは、最後の数ページで……」

弓子さんに言われて、大叔父《おおおじ》はページをめくり、最後の方を開く。

「どこですか?」

「この最後の章と、あとがきの部分です」

弓子さんが答えると、大叔父《おおおじ》は本に目を近づけた。

「なかなかしっかりしてる。ここまで組めるとは立派《りっぱ》なもんだ」

大叔父《おおおじ》の言葉に、弓子さんはほっと息をついた。

「でも、印刷の方は……もう少しだな。ページごとにムラがあるし……」

「すみません。実は、校正機で刷ったものなんです」

弓子さんがうつむき加減《かげん》に言った。

「校正機で?」

大叔父《おおおじ》が目を丸くする。

「もちろん、校正機がそういう機械じゃないことはわかってます。でも、うちにある平台は、祖父《そふ》が亡《な》くなったあと数年使ってなかったので……動かそうとしても動きませんでした。調整の仕方もわからなくて……」

「それで校正機で印刷したの? 何部?」

「百部です。三週間かかりました」

大叔父《おおおじ》が仰天《ぎょうてん》した表情《ひょうじょう》になる。

「校正機で本を百部刷った？　とんでもない話だけど、根性《こんじょう》あるね」

ははは、と笑う。弓子さんが申し訳《わけ》なさそうな顔になった。

「それに、製本《せいほん》も。ちゃんと手で作っているね」

「はい。友人で、製本《せいほん》のできる人がいて。手かがりで作ってもらいました」

大叔父《おおおじ》は本を開いたり、いろいろな角度から眺《なが》めたりしている。

「ああ、すみません。実は、僕《ぼく》のところは印刷所なんです」

僕《ぼく》は呆気《あっけ》にとられている弓子さんに言った。

「印刷所？　出展者《しゅってんしゃ》の方ですか？」

「いえ、違《ちが》います。うちもむかしは活版《かっぱん》を使ってましたが、いまはもう……。本町《ほんちょう》印刷っていう、盛岡《もりおか》の印刷所なんです」

「盛岡《もりおか》……」

弓子さんの表情《ひょうじょう》が少し変わった。

「どうかしましたか？」

「あ、いえ、なんでも……」

弓子さんは元の顔に戻《もど》る。名刺《めいし》を取り出し、弓子さんに手渡《てわた》した。

「大きな会社なんですね」

埼玉支社《さいたまししゃ》と書かれた名刺《めいし》だったからだろう。弓子さんはそう言った。そしてポケットから名刺《めいし》を取り出し、差し出した。

活版《かっぱん》印刷三日月堂《みかづきどう》　月野弓子
「活版《かっぱん》印刷専門《せんもん》なんですね」

「祖父《そふ》が活版一筋《かっぱんひとすじ》だったので、活版《かっぱん》の機械しかないんです。それじゃこれからやってけない、って父には言われてましたけど、父は店を継《つ》がなかったので……」

弓子さんが淡々《たんたん》と答える。

「でも、遠くの印刷所の方がなぜわざわざ……」

「視察《しさつ》に来たんです。活版《かっぱん》ブームって話も聞きますし、どんな感じなのか、気になって。ずいぶん盛況《せいきょう》なので驚《おどろ》きました。どのブースの作品も魅力的《みりょくてき》で……工夫してるなあ、って思います。こちらの植物のカードも……」

「ありがとうございます。元絵は彼女《かのじょ》……楓《かえで》さんが描《か》いたんですよ。まだ高校生なんですけど、夏休みのあいだお店も手伝ってくれて……」

「多色刷りのカードにしたところもいいですね。色もいいし……。僕《ぼく》もいまはオンデマンドの部門にいますが、活版《かっぱん》印刷、好きだったんです。こちらの大叔父《おおおじ》がずっと活版《かっぱん》印刷を手がけていて、学生時代よく機械に触《さわ》らせてもらってました」

「そうだったんですね」

弓子さんが大叔父《おおおじ》を見る。

「今日《きょう》はここに来てよかったよ。いろんな人と話せて。活版《かっぱん》でものを作ってる人がこんなにたくさんいるってわかって、うれしかった」

「よかったです」

弓子さんが微笑《ほほえ》む。

「久《ひさ》しぶりにたくさん印刷の話ができて、楽しかった。こんなことが起こるんだなあ。このカード、記念に買ってこう、なあ、悠生《ゆうき》」

大叔父《おおおじ》が僕《ぼく》を見る。

「そうですね」

僕《ぼく》はカードを手に取った。

「すみません、カード、ほんとは四柄《がら》あったんですけど、売り切れてしまって、いまは二種類しかないんです」

楓《かえで》さんという女の子がカードを二枚《にまい》並《なら》べた。

「どちらもいいですねえ。ところで、楓《かえで》さんはどうして活版《かっぱん》印刷を？」

高校生がなぜ活版《かっぱん》に興味《きょうみ》を持ったのか気になった。そもそもどこで活版《かっぱん》のことを知ったのだろう。学校？　それともニュースや雑誌《ざっし》だろうか。

「母が三日月堂《みかづきどう》で刷られた短歌のカードを持ってたんです。それがとっても素敵《すてき》で、自分も作ってみたいと思って……」

どうやら実物を見たということらしい。

「真っ白い紙に短歌だけ。でも、ふつうの字となんかちがってて……三日月堂《みかづきどう》で活字の棚《たな》を見て、ああ、すごいなあって思って……」

郷愁《きょうしゅう》じゃない。活字も活版《かっぱん》印刷もなにも知らない子が、活字で刷られたものをきれいだと感じ、関心を持った。

「これ、全部、わたしの祖母《そぼ》の家の庭の植物なんです。もっとたくさん作って、庭のアルバムを作れたらいいなあ、って」

一生懸命《いっしょうけんめい》に語る。絵の下に漢字の異名《いみょう》が記されている。絵にも文字にも叙情《じょじょう》があふれていた。

「じゃあ、二枚《にまい》とも買います」

「ありがとうございます」

楓《かえで》さんは勢《いきお》いよく頭を下げた。

「ところで、その動かない平台っていうのは、どんな機械なんだね？」

楓《かえで》さんが商品を袋《ふくろ》に入れているあいだに、大叔父《おおおじ》が弓子さんに訊《き》いた。

「ええ、昭和三十年代の国産の機械で……」

弓子さんの言った機種名を聞いて、大叔父《おおおじ》と僕《ぼく》は顔を見合わせた。

「それ、たぶんうちにあるのと同じ機械ですよ」

僕《ぼく》は言った。

「え？　ほんとに……？」

弓子さんも目を丸くした。

「その機械のことならだいたいわかるよ。盛岡《もりおか》まで来てくれれば教えられるんだが
……ちょっと遠いかな」

大叔父《おおおじ》が言った。

「そうですね、でも……」

弓子さんはなにか言いたそうな顔をしていた。

「もしその気になったら、ご連絡《れんらく》ください。僕《ぼく》は埼玉支社《さいたましし゛ゃ》にいますし。電話でも、メールでも」

弓子さんはさっき渡《わた》した名刺《めいし》を見つめ、ありがとうございます、と言った。展示《てんじ》を見て、イベントの終了《しゅうりょう》時間までブースを回ったあと、大叔父《おおおじ》をホテルに送った。明日《あした》はこっちにいる知り合いを訪《たず》ね、夕方盛岡《もりおか》に帰るらしい。

ひとり社宅《しゃたく》に戻《もど》り、入浴してビールを開けた。

カバンから今日《きょう》入手した商品を出す。どれも魅力的《みりょくてき》で、作ってみたくなる。商売にどう結びつけたらいいのかわからないが、名刺《めいし》や年賀はがきなら現実的《げんじつてき》かもしれない。観光客用の土産《みやげ》になるようなものもできる気もした。

美濃《みの》和紙を使ったハガキが出て来る。和紙の名刺《めいし》や年賀状《ねんがじょう》は需要《じゅよう》があるだろう。岩手《いわて》県にも成島《なるしま》和紙、東山《とうざん》和紙があるから、それらと組み合わせるのもいいかもしれない。

印刷業界は斜陽《しゃよう》と言われる。だから本町《ほんちょう》印刷も、紙の印刷以外の分野に手を広げている。建物のサイン、看板《かんばん》、ディスプレイ関係の仕事、地域情報誌《ちいきじょうほうし》の編集《へんしゅう》、オリジナルグッズの製作販売《せいさくはんばい》、ウェブサイト関係。それらも必要なことではあるが、なにかもっと別のことはないか、と思っていた。

印刷物、紙の魅力《みりょく》を感じさせるようななにか。イベントを見に行ったのも、そこにヒントがあるかもしれないと思ったからだ。

ビールを一口飲み、息をつく。

今日《きょう》の大叔父《おおおじ》の顔を思い出し、祖父《そふ》が生きていたころの記憶《きおく》がよみがえってきた。祖父《そふ》も大叔父《おおおじ》も活版《かっぱん》とともに生きていた。活字を組んで作り上げる世界。もちろん親の勧《すす》めもあったが、あのころのふたりの仕事に憧《あこが》れを感じていたからこそ、僕《ぼく》は本町《ほんちょう》印刷にはいったのだ。

今日三日月堂《きょうみかづきどう》のブースで見た『我《われ》らの西部劇《せいぶげき》』という本を見たときの、あのぞくっとする感じ。活字を組んで刷られた本。製本《せいほん》も手かがりで、表紙は布貼《ぬのば》り。

僕《ぼく》が作りたかったのは、ああいう本じゃなかったのか。

本が好きで、学生時代はよく古書店を回っていた。人が思いを込《こ》めて作った句集《くしゅう》、歌集、詩集。高価《こうか》でなかなか買うことはできなかったけれど、そういうものがこの世に存在《そんざい》するということで、心が満たされていた。

ふっと祖父《そふ》が組んでいた版《はん》を思い出した。祖父《そふ》が勝手にひとり黙々《もくもく》と組んでいた八木重吉《やぎじゅうきち》の詩集だ。仕事ではないから、会社の印刷機で刷られることはなかった。祖父《そふ》が亡《な》くなったいまも、あの版《はん》はまだ倉庫に眠《ねむ》っている。

いつか刷ってやりたいなあ。葬式《そうしき》で大叔父《おおおじ》はそう言っていた。大叔父《おおおじ》が平台を捨《す》てることに反対し続けていたのは、あれを刷りたいからかもしれないな、と気づいた。

3

翌々日《よくよくじつ》の朝、メールをチェックしていると、三日月堂《みかづきどう》の弓子さんからのメールが来ていた。大型《おおがた》印刷機のことをくわしく知りたい、と書かれている。まさかほんとうに連絡《れんらく》してくるとは思っていなかったので、少し驚《おどろ》いた。

ちょうど再来週《さらいしゅう》は会議や社内のもろもろで、一週間ほど盛岡《もりおか》に戻《もど》る予定だった。一足早く週末に帰れば、弓子さんに機械を見せることもできる。

大叔父《おおおじ》に相談すると、それならその日までにしっかり動くように調整しておこう、と言った。弓子さんにメールすると、その日程《にってい》でよいと返事がきた。僕《ぼく》は金曜の夜に盛岡《もりおか》に戻《もど》り、弓子さんは土曜に来ることになった。

弓子さんの乗った新幹線《しんかんせん》は十時少し前に盛岡《もりおか》に着くらしい。南改札口の前で待ち合わせし、車で迎《むか》えに出た。

改札から出て来る人々《ひとびと》のなかに、弓子さんの姿《すがた》を認《みと》め、近づく。

「わざわざありがとうございます」

弓子さんはぺこっと頭を下げた。

「いえいえ、車がないと工場まで行くのが面倒《めんどう》なので……」

駐車場《ちゅうしゃじょう》までの道を歩きながら、この前のイベントの話を聞いた。なかなかの盛況《せいきょう》で、テレビや新聞の取材もあったらしい。

「わたしもはじめての参加だったので、あんなに規模《きぼ》が大きいとは思ってなくて……はじめはびっくりしました」

弓子さんは笑った。

「お客さまも皆《みな》さん紙や印刷の好きな方ばかりで……予想以上に売れました。うちはいままではああいうグッズをあまり作ったことがなかったので……」

「そうなんですか?」

意外だった。

「受注生産というか、お客さまから請《う》け負って作る仕事が多かったんです。それで、イベントに誘《さそ》われたとき、なにを売ろうか、って悩《なや》んでしまって……。活版《かっぱん》体験に来た楓《かえで》さんの絵がとてもきれいで、印刷してみたらなかなかいい感じにできたので、これで行ってみようかな、と」

「そうだったんですね。あのカード、きれいでしたよ」

「ありがとうございます」

弓子さんがはずかしそうに笑った。

「あ、あれです。うちの車」

車をさし、ドアのロックを開ける。

「すみません、うちの会社の車なんで、うしろにはごちゃごちゃ荷物が詰《つ》まってるんですが……助手席に乗ってもらえますか？」

ドアを開けながら言った。弓子さんがうなずいて、車に乗り込《こ》む。

「盛岡《もりおか》ははじめてですか？」

「はい」

「どこか見たいところはありますか？　寄《よ》っていくこともできますけど……」

「いえ、大丈夫《だいじょうぶ》です。明日《あした》回ろうと思っていますし、今日《きょう》はとにかく機械を動かすところをゆっくり見たいので」

「じゃあ、さっそく工場に行きましょうか」

「はい、お願いします」

弓子さんが答える。車を発進させ、駐車場《ちゅうしゃじょう》を出た。

国道を走っていると、北上川《きたかみがわ》が見えて来た。弓子さんは窓《まど》の方に身体《からだ》を向けた。

「川、広いですね」

弓子さんが言う。僕《ぼく》にとっては見慣《みな》れた景色だが、東京から来る人にとってはめずらしいのだろう。窓《まど》の外をじっと見ている。

「うしろを見ると、岩手山も見えますよ」

「あ、ほんとだ。きれい」

弓子さんが息を飲むのがわかった。

「この前の話だと、お祖父《じい》さんから文選《ぶんせん》や組版《くみはん》を習っていたんですよね。僕《ぼく》は組版《くみはん》はよくわからない。印刷機ばかり動かしてた。古い機械が好きだったんです」

歯車とネジでできた古い機械。パソコン制御《せいぎょ》とちがって加減《かげん》はむずかしいが、慣《な》れると手足のようになる。大叔父《おおおじ》はよく機械に話しかけていた。友だちに話しかけるみたいに。

「わたしは活字が好きなのかもしれません。凸版《とっぱん》を使うこともありますけど、できるだけ活字を使いたい」

弓子さんはしずかに、だがきっぱりとそう言った。

本社工場に着き、車を止めた。

「大きな会社なんですね」

車を降《お》り、弓子さんが建物を見上げた。

「ええ、従業員《じゅうぎょういん》も百人ほどいますし、周辺の県にも事業所があります。県内では大手の方ですね」

入り口の自動ドアを抜《ぬ》け、受付に上がる階段《かいだん》をのぼる。受付前の待合スペースのソファで大叔父《おおおじ》が待っていた。

「ああ、よく来ましたね」

大叔父《おおおじ》が立ち上がる。

「こんにちは。お邪魔《じゃま》します」

弓子さんが頭をさげた。

「たいしたものではないんですが、わたしの地元の……川越《かわごえ》のお菓子《かし》です」

持っていた紙袋《かみぶくろ》から、黄色っぽい包みを出した。さつまいものお菓子《かし》らしい。

「それはどうもわざわざ」

大叔父《おおおじ》は箱を受け取ると、目の高さまであげ、礼をした。

「今日《きょう》は遠くから来てくれて……」

うれしそうに目を細める。

「すみません、図々《ずうずう》しくお邪魔《じゃま》してしまって……」

弓子さんも深々《ふかぶか》と礼をした。

「まずはここに名前を書いて、なかにいるあいだはこれ、つけといてください」

入館証《にゅうかんしょう》を差し出す。弓子さんは受付カードに名前と連絡先《れんらくさき》を書き、受け取った入《にゅう》館証《かんしょう》を胸《むね》につけた。大叔父《おおおじ》が扉《とびら》を開け、なかに入る。

「こんな大きな会社……ちょっと緊張《きんちょう》します」

廊下《ろうか》を歩きながら、弓子さんはあたりを見回す。

「こういう印刷所ははじめてですか？」

前を歩く大叔父《おおおじ》が聞いた。

「うちも人がたくさんいた時期もあったみたいですが、それでも二十人程度《ていど》で……」

「活版《かっぱん》以外の設備《せつび》は入れなかった、っておっしゃってましたよね」

うしろから訊《き》いた。

「はい。父が継《つ》がなかったので、祖父《そふ》は自分の代で終わらせるつもりで……だから、自分が使い慣《な》れている機械以外、入れるつもりがなかったみたいです」

「じゃあ、ついでにいまの印刷設備《せつび》も見学しますか」

大叔父《おおおじ》が天井《てんじょう》から吊《つ》るされた扉《とびら》の開閉用《かいへいよう》の紐《ひも》を引っ張《ぱ》る。そのままあとについて工場にはいった。

紙折機、裁断機《さいだんき》、中綴《なかと》じ折機、製本機《せいほんき》など加工用の機材の部屋、屋外ディスプレイや建物のサインを刷る印刷機の部屋、大型《おおがた》の枚葉《まいよう》印刷機の部屋。大叔父《おおおじ》と僕《ぼく》が説明するのを聞きながら、弓子さんはものめずらしそうに部屋のなかを眺《なが》めた。

「活版用《かっぱんよう》の機械でもね、現役《げんえき》で働いてるのもあるんですよ」

特殊《とくしゅ》加工用の機材が集まった部屋で、大叔父《おおおじ》が奥《おく》の方を指差す。ハイデルベルグ社の印刷機が三台並《なら》び、そのうちのひとつが動いていた。

「伝票の筋入《すじい》れをしてるんです」

大叔父《おおおじ》が機械の前に立ち、筋入《すじい》れの終わった伝票を手に取り、弓子さんに見せる。

「ほんとはここに版《はん》が入ってたんだよねえ……」

機械の反対側に回ると、胴《どう》の下で動いている部分を示《しめ》した。

「いまはこれで印刷することはないんですか?」

弓子さんが訊《き》く。

「インキを入れて印刷することはない。でも、いまでもちゃんと動いてるよ。こちらの二台もね。向こうの封筒《ふうとう》の糊付《のりづ》けをする機械も……みんな昭和期のものですよ。手入れしてればそうそう壊《こわ》れないからね。ずっと使ってる」

「そうなんですか……」

「さて。じゃあ、これで見学は終わり。活版《かっぱん》の部屋に行こうかね」

大叔父《おおおじ》がふうっと息をついた。


活版《かっぱん》の部屋は工場のいちばん奥《おく》にあり、いまは使われていない活字や機械がまとめて置かれている。大叔父《おおおじ》と僕《ぼく》のほか数人の古い社員しか訪《おとず》れない。

「さあ、どうぞ」

大叔父《おおおじ》が鍵《かぎ》を開け、なかに入った。活字の収《おさ》められた棚《たな》に、古い平台。もちろん手《て》キン、小型《こがた》の自動機、鋳造機《ちゅうぞうき》もある。

「イベントで話してた平台ですが……これでしょう?」

大叔父《おおおじ》が奥《おく》の機械を指差して言った。

「そうです。うわあ、ほんとに同じです」

弓子さんが驚《おどろ》いている。

「この機械はね、うちが本格的《ほんかく》に印刷事業に乗り出したころ買ったものなんだよ。わたしもこの機械はずいぶん使った。それで愛着があってね」

昭和三十年代の国産品で、Ａ１サイズまで刷れる。

「いまはほとんど使ってないが、わたしが死ぬまでは廃棄《はいき》しないでくれ、って会社に頼《たの》み込《こ》んでる」

大叔父《おおおじ》が笑う。祖父《そふ》も大叔父《おおおじ》も功労者だし、会社の歴史《れきし》を物語る機械でもある。

「久《ひさ》しぶりに動かすことになって、今朝《けさ》からずっと調整してたんだよ」

「ほんとにすみません。お手数おかけしてしまって」

「いや、いいんだ。これが動くところを人に見せられるのは、わたしにとってもうれしいことだから」

いつになくうれしそうに、にまっと笑った。

「そろそろ動かしてみるか。お嬢《じょう》さんも、使ったことがあるって言ってたね」

「はい。でもだいぶ前です。それにいつも祖父《そふ》の手伝い程度《ていど》で……」

「でも、動かしたことはあるんだろう？　操作《そうさ》できるのか見たいからね、ちょっと試《ため》しにこれを印刷してみようか」

大叔父《おおおじ》が結束された版《はん》を金属板《きんぞくばん》の上に置く。

活字の数は少ない。改行の多い、詩のような形だ。

もしかして……。これは祖父《そふ》が組んでいた八木重吉《じゅうきち》の詩……？

「これを組み付けるとこから」

大叔父《おおおじ》が弓子さんに言う。

「はい」

弓子さんは版《はん》のまわりに締《し》め金《がね》を置き、版《はん》を固定するための締《し》め付け金具を入れた。活字の高さをそろえるため、ならしをかけ、金具をしっかり締《し》める。

「うん、ここまではよし。次はインキだな」

大叔父《おおおじ》は機械の反対側に回り、インキを流し込《こ》んだ。ここから何本も並《なら》んだローラーでインキを練り、版《はん》につける。量はつまみで調整するのだが、加減《かげん》がむずかしい。多過《す》ぎると細かいところが潰《つぶ》れるし、少なければベタの部分がかすれる。

大叔父《おおおじ》は試《ため》し刷り用の紙を一枚《まい》取り出し、動力を入れた。ごおん、と低い音が響《ひび》き、胴《どう》が回る。慣《な》れた手つきでレバーを回し、胴《どう》の前に紙を差し出す。紙が胴《どう》の下に吸《す》い込《こ》まれる。くるんと回り、紙受けにはいった。

紙に文字が並《なら》んでいた。

虫

虫が鳴いてる
いま　ないておかなければ
もう駄目《だめ》だというふうに鳴いてる
しぜんと
涙《なみだ》をさそわれる

やっぱりそうだ。これは祖父《そふ》が組んでいた八木重吉《じゅうきち》の詩だ。

「これは、お祖父《じい》さんの……」

僕《ぼく》は訊《き》いた。

「そうそう。活字の版《はん》で保存《ほぞん》してあったのはこれしかなかったんだよ」

大叔父《おおおじ》がうなずく。

本町《ほんちょう》印刷の活字。祖父《そふ》の組版《くみはん》。

本町《ほんちょう》印刷はオリジナルの母型《ぼけい》を持っていた。それをもとにうちの鋳造機《ちゅうぞうき》で活字を鋳造《ちゅうぞう》していた。だから、うちの活字はうちにしかない。

「詩集の印刷もしてたんですか?」

弓子さんが訊《き》いた。

「うん、むかしはしてたね。自費出版《じひしゅっぱん》の歌集とか句集《くしゅう》とか、個人史《こじんし》とかもあったね。でも、これは仕事じゃないんだ。兄が晩年《ばんねん》に組んでたんだよ、趣味《しゅみ》っていうか……。いろいろあってね、いまうちに残っている組版《くみはん》はこれしかなくて」

これしかない。大叔父《おおおじ》の言葉が心に重く響《ひび》いた。

「なんであんなことやってたんだろうなあ。印刷するあてもないのに。仕事用の紙に印刷するなんて、厳《きび》しい兄のことだから考えてなかっただろう。もしかしたら、写経《しゃきょう》みたいなものだったのかもしれない」

大叔父《おおおじ》が笑った。祖父《そふ》のうしろ姿《すがた》を思い出す。たったひとりこの部屋にこもってこれを組んでいた。あのころはもうかなり弱っていたのに。

「じゃあ、次はお嬢《じょう》さんの番だ」

弓子さんはさっき大叔父《おおおじ》が立っていた位置に移動《いどう》し、壁《かべ》のスイッチを入れた。紙を一枚《まい》持ち、レバーを引いて、紙を差す。紙が胴《どう》に巻《ま》き取られる。弓子さんが次の紙を置く。

「けっこう慣《な》れているね」

大叔父《おおおじ》がうなずく。弓子さんは終始落ち着いた様子だ。

ごおおん、と久《ひさ》しぶりの音が響《ひび》く。十枚《まい》ほどで機械を止めた。

「なかなかうまいね。これなら機械が動くようになれば、ひとりで印刷できるんじゃないかな」

大叔父《おおおじ》が印刷を終えた紙をじっと見つめた。

「あとはムラ取り。いま印刷したもので言うと、この字がちょっと潰《つぶ》れていて、これは薄《うす》い。どうする？」

大叔父《おおおじ》が弓子さんに訊く。

「まずは活字の交換《こうかん》でしょうか。それでもうまくいかない場合は、活字の高さをひとつずつ調節《ちょうせつ》します」

「うん。まず潰《つぶ》れている字は交換《こうかん》だ。ほかにも、この字は角に欠けがあるし、これもかすれてるから交換《こうかん》。薄《うす》くなってる部分は、圧胴《あつどう》の方に紙を貼って調節《ちょうせつ》する」

紙によって厚さがちがうので、印圧《いんあつ》の細かい調整《ちょうせい》は圧胴《あつどう》に紙を巻きつけることで行う。これを胴張《どうば》りと言う。部分的に印刷の薄《うす》い部分があるときは、胴張《どうば》りのその位置に小さな紙を貼りつけるのだ。

「何枚《なんまい》か試《ため》しに刷っていくといい。大きな紙に刷るということは、それだけ版《はん》も大きくなるからね。ならしもしっかりしないといけないし、気をつかうところがたくさんある。ここに紙もある。いろんな種類があるから、使ってみなさい」

大叔父《おおおじ》が指した台の上に、紙の分厚《ぶあつ》い束があった。

「こんなに……いいんですか？」

弓子さんが驚《おどろ》いた顔で言った。

「もう使わない紙だ。廃棄《はいき》するしかないからね」

大叔父《おおおじ》がぽんと紙の束を叩《たた》く。

めずらしい。これまで大叔父《おおおじ》が他所《よそ》の人間に印刷機を自由に使わせたことなどなかった。よほど弓子さんを気に入ったのだろう。

「悠生《ゆうき》、お前が見てやれ。わたしはちょっと行くところがあるから。お前がいっしょについて、わからないことがあったらちゃんと教えるんだぞ」

大叔父《おおおじ》はそう言うと、部屋を出て言った。

それから弓子さんといっしょに印刷機を動かした。機械や道具の扱《あつか》いはなかなか手慣《てな》れているし、目もいい。

「広い面積全体に目を配るのはけっこう大変ですね」

弓子さんは言った。名刺《めいし》やカードは見慣《みな》れているのだろうが、版《はん》が大きくなれば
なるほど、全体の刷り具合を均一《きんいつ》に保《たも》ちながら数を刷るのは大変になる。
大叔父《おおおじ》には、紙も組版《くみはん》もあるものは使っていい、と言われていた。弓子さんは倉
庫からさらに組版《くみはん》を出してきて、組み合わせて紙面を作り、印刷を続けている。
気がつくと、一時半を過《す》ぎていた。さすがに空腹《くうふく》だった。
「食事、どうしましょうか」
「あ、もうこんな時間だったんですね。少し、お腹《なか》すきましたね」
弓子さんは、いま気づいた、というふうに言って、笑った。
「今日《きょう》は休日で社食もやってないですし、外に行きましょう。車で少し行ったとこ
ろに、蕎麦屋《そばや》があるんです。そこでよければ」
このあたりもどんどん開発が進んで、バイパス沿《ぞ》いは全国どこにでもあるような
チェーン店ばかりが並《なら》んでいる。ふだんはそういう店で食事することも多いが、東
京から来たお客さんがいるのにそういうわけにはいかない。
いつもの蕎麦屋《そばや》に行くように大叔父《おおおじ》からも言われていた。構《かま》えは小さいが、ちゃ
んと手打ちの蕎麦《そば》の食べられる店だ。
「お蕎麦《そば》、いいですね」

弓子さんがにこっと笑った。

4

時間が遅《おそ》いこともあって、店は空いていた。

僕《ぼく》は蕎《そ》麦《ば》とミニ天《てん》丼《どん》のセットを頼《たの》んだ。ここはもともと祖《そ》父《ふ》のお気に入りの店で、うちの家族も、会社の人もよく使っている。蕎《そ》麦《ば》は手打ちだと説明すると、弓子さんはもりそばを注文した。

「練習までさせていただいて……。なんとお礼を言えばいいのか……」

「気にしないでください。あのイベント以来、大叔《おお》父《おじ》もいろいろ考えてるみたいです。若《わか》い人が活版《かっぱん》に興《きょう》味《み》を持ってくれるのがうれしいようでもあり、ああいうふうになってしまうのがさびしいというところもあるみたいで」

「さびしい?」

弓子さんが首をかしげた。

「クラシックカーや蓄音機《ちくおんき》と同じで、古くなって、実用品としての役割《やくわり》を終えた。だからこそ希少価値《かち》がある。活版《かっぱん》がそういうものになったのを目《ま》の当たりにして、いろいろ感じるところがあったんだと思います」

「もう大量生産を担《にな》っていない、ということですよね」

「僕《ぼく》も、ほんとはうちにある活版《かっぱん》の機械をなんとか活用できないか、って考えて、あのイベントに行ったんですよ。イベントは盛況《せいきょう》だし、作られているもののクオリティも高い。でも、うちで活用できるか、っていうと……」

「むずかしいですよね」

「ええ。数を出さないと会社は回りませんからね」

蕎麦《そば》がやってくる。つやつやの蕎麦《そば》に、いい香りのつゆ、天丼《てんどん》と並《なら》べられた。

「まずは、食べましょうか」

僕《ぼく》が言うと、弓子さんも笑って、いただきます、と言った。

「あの……」

しばらくして、弓子さんが言った。

「さっき印刷に使わせてもらった版《はん》のことなんですけど……」

「ああ、八木重吉《じゅうきち》の？」

「はい。お祖父《じじ》さまが趣味《しゅみ》で組んでらした、っておっしゃってましたよね？」

「ええ。祖父《そふ》は詩が好きだったんです。とくに八木重吉《じゅうきち》を読むことが多かった」

「さっき刷りながら読んでたんです。これまで読んだことがなかったんですが、胸《むね》に響《ひび》きました」

ここにはほんとうの気持ちだけが書かれている、心がずっと明るいところに向いている。祖父《そふ》はよくそう言っていた。

「八木重吉《じゅうきち》はクリスチャンで、肺結核《はいけっかく》で三十前に亡《な》くなってるんです。祖父《そふ》は、若《わか》いころ結核《けっかく》で友人を亡《な》くして、それから八木重吉《じゅうきち》を読むようになったようです」

「そうだったんですか」

「祖父《そふ》が組んでいた『貧《まず》しき信徒《しんと》』は重吉《じゅうきち》の第二詩集ですが、刊行《かんこう》されたのは本人が亡《な》くなったあとなんです。子どもがふたりいて……でも、重吉《じゅうきち》が亡《な》くなったあと、ふたりとも十代のうちに結核《けっかく》で亡《な》くなってしまったとか……。祖父《そふ》は『言葉にはこんなに美しいものもあるんだぞ』ってよく言ってました」

さっき大叔父《おおおじ》が冗談《じょうだん》めかして言っていたが、ほんとうに写経《しゃきょう》みたいなものだったのかもしれない。自分が大切に思う言葉を自分で組んでみたかったのだろう。

「あまり見せてくれなかったけど、亡《な》くなったあと確認《かくにん》したらずいぶんたくさん束があって……。一編《ぺん》ずつ組んで結束してあったんです。『貧《まず》しき信徒』の詩はほとんど全部組まれていました」

蕎麦《そば》を食べ終わり、店の人が淹《い》れ直してくれたお茶を一口飲む。

「さっきずっと考えてたんですけど……」

蕎麦猪口《そばちょこ》をテーブルにおき、弓子さんがじっと僕《ぼく》を見た。

「あれ、ページを考えて組み付ければ、冊子《さっし》が作れますよね」

「冊子《さっし》を……？」

「ええ、せっかく紙もたくさんありますし、今後ページものの印刷をすることを考えると、面付けの練習にもなりますし、ちょっと試《ため》してみたいなあ、って」

「試《ため》してみたい、って……？」

まさか、これから、ってことじゃないよな？

「これから、午後に……」

本気か。呆気《あっけ》に取られた。

「すみません、ご迷惑《めいわく》ですよね」

僕《ぼく》の表情《ひょうじょう》を見て、察したのだろう。弓子さんはあわててそう言った。

「いえ、大丈夫《だいじょうぶ》ですよ。ただ、びっくりしただけです」

僕《ぼく》は笑った。

「おもしろそうだし、やってみましょう」

「ほんとですか？　冊子《さっし》って言っても、薄《うす》いものでいいんです。紙一枚《まい》で作れる程《てい》度《ど》の……」

大叔父《おおおじ》が出してくれた紙の大きさを考えると、文庫本サイズなら一枚に八ページ配置できるだろう。裏表《うらおもて》合計で十六ページということだ。

「文庫本サイズなら、片面で八ページは取れると思います」

「となると、最初と最後は表紙、裏表紙《うらびょうし》にするので、正味十四ページですね」

「表紙裏《うら》は白紙の方が落ち着くんじゃないですか？」

「余白《よはく》をとって、一ページ一作品で印刷するとしたら、作品を十三編《へん》載《の》せられますね。午前中印刷した作品で気になったのは……」

弓子さんは丸めた紙を広げた。工場を出るとき、紙を選んで丸めて持って来たのだ。なんのために持っていくんだろう、と思ったが、このためだったのか。

「気になった作品に丸をつけておいたんです。えーと、最初に大叔父《おおおじ》さまと刷った『虫』に、『雨』、『悲しみ』、『ふるさとの川』、『夜』、『雨の日』……」

丸をつけた詩を、指を折って数えている。

「僕《ぼく》は、『冬』っていう詩が好きなんです。さっき刷ったなかにはなかったかな。『木に眼《め》が生《な》って人を見ている』っていう一行だけの詩。子どものころ祖父《そふ》から聞いて、なんだかぎょっとして。でも、それからずっと木を見るたびにそんな気がしてました」

弓子さんはくすくす笑った。

「あと、祖父《そふ》は、『草をむしる』が好きだった。『草をむしれば／あたりが　かるくなってくる／わたしが／草をむしっているだけになってくる』っていう詩」

「いいですね」

「なにがいいんだろうなあ。なんでもないことしか言ってなくても、それがほんとうに響《ひび》いてくる」

以前読んだときも思った。この人の詩を読んでいると、あたりまえのことしか言っていないのに、そのあたりまえのことが奇蹟《きせき》のように感じられる。

「祖父《そふ》は言ってました。読むときによって変わって見える、って。読む日によってちがうように見えるし、歳《とし》をとって読むと前はなんでもなかったものが突然《とつぜん》響《ひび》くときがある、って」

「そうかもしれませんね」

弓子さんがうなずく。

「あと、この少し長い詩、『踊《おどり》』も入れたいですねえ。ああ、もう十五を超《こ》えてしまいました。少し減《へ》らさないと」

そう言って、また紙とにらめっこし、指を折りはじめた。

ほんとに熱心というか……変わった人だな。

なんだかおかしくて、笑いそうになった。

「これでどうでしょう？」

弓子さんが紙を差し出す。丸のついた詩が順番に並《なら》んでいる。「雨」からはじまって「悲しみ」で終わる、全部で十三編《へん》。紙の向こうをちらっと見ると、弓子さんがこっちをじっと見つめていた。

「どうですか？」

「いいですね。こうして並《なら》べてみると、またちがう」

「じゃあ、作りましょう。表紙の文字を組んで、面つけして……。ああ、もうこんな時間。急いで帰らないと」

弓子さんががたんと席を立つ。その真剣《しんけん》な表情《ひょうじょう》がなんともかわいらしく、面白《おもしろ》い人だなあ、とまた思った。

車で工場に戻《もど》り、さっそく組版《くみはん》に取りかかった。一枚《まい》の紙に八ページ分、裏表《うらおもて》で十六ページ。仕上がりを文庫本、つまりA6サイズと決めた。短い詩ばかりなので、一ページに一編ずつうまくおさまりそうだ。

天の余白《よはく》を決め、左右中央になるように文字を組むことにした。DTPしか知らない人に説明するといつも驚《おどろ》かれるが、DTPであれば数字さえ設定《せってい》すれば自動的に出てくる書式フォーマットはここには存在《そんざい》しない。周囲《しゅうい》の余白《よはく》もすべて込《こ》め物を詰《つ》めることで作っていく。

弓子さんはときどき悩《なや》みながらも、手際《てぎわ》よく版《はん》を作成していった。組版《くみはん》に関しては、僕《ぼく》よりずっと早いし、うまい。

表紙はタイトルだけ、裏表紙《うらびょうし》は今日《きょう》の日付だけのシンプルな形。校正機をセットするのは手間がかかるので、そのままさっきの機械で校正刷りを出すことにした。

弓子さんが大きく息をした。印刷機のスイッチを入れる。モーターの大きな音が響《ひび》いた。紙を当てる。胴《どう》が紙を巻《ま》き取り回転し、上から印刷された紙が出てきた。

弓子さんは紙を手に取ると、目を近づけ、刷り具合をチェックしている。

「どうでしょう？」

差し出された紙を見たとき、息をのんだ。

踊《おどり》

冬になって
こんな静かな日はめったにない
桃子《ももこ》をつれて出たらば
櫟林《くぬぎばやし》のはずれで
子供《こども》はひとりでに踊《おど》りはじめた
両手をくくれた顎《あご》のあたりでまわしながら
毛糸の深紅《しんく》の頭巾《ずきん》をかぶって（た）首をかしげ（て）
しきりにひょこんひょこんやっている
ふくらんで着こんだ着物に染《そ》めてある
鳳凰《ほうおう》の赤い模様《もよう》があかるい
きつく死をみつめた私《わたし》のこころは
桃子《ももこ》がおどるのを見てうれしかった

今回選んだなかでいちばん長い詩が目に飛びこんできた。

重吉《じゅうきち》は三十前に結核《けっかく》で亡《な》くなった。ここに描《か》かれている娘《むすめ》も、息子《むすこ》も、重吉《じゅうきち》の死後、成人せずに亡《な》くなった。

ここに描《か》かれた人はもうみんないない。踊《おど》った子どもも、うれしかった父も、この世から消えてしまった。

むかし読んだときより、ずっと胸《むね》に迫《せま》ってくる。純粋《じゅんすい》とかはかないとか、八木重《じゅう》吉《きち》の詩はよくそんなふうに言われるけれど、なにかとてつもなく激《はげ》しい気持ちが、奥《おく》に流れている気がする。

「どうですか？」

弓子さんの声にはっとする。

「え、ええ。きれいですね」

あわてて答えた。紙をじっと見て、印刷の具合を見る。

「インキの具合はこれでよいと思います。ただ、ここところが少しつぶれてますね。あとは、ここに汚《よご》れが……」

紙に印をつける。弓子さんが活字を交換し、セットする。再《ふたた》び試《ため》し刷りをしてみると、さっき指摘《してき》したところはきれいになおっている。

何度か調整を重ね、なおすべきところはなくなったように見えた。

「これでいいと思います。本刷《ほんず》り、いきましょう」

僕《ぼく》は言った。

「ちょっと緊張《きんちょう》しますね」

弓子さんがきれいな紙を手に取る。

「同じ紙が五十枚《まい》ほどあります。これ、全部刷りましょう」

僕《ぼく》が言うと、弓子さんはうなずいて、スイッチを入れた。機械が動きだす。

僕《ぼく》は紙の束を持って、弓子さんの隣《となり》に立った。弓子さんが慎重《しんちょう》に紙を当てる。くるん、と紙が巻《ま》き取られる。

出来上がりを見る。申し分ない仕上がりだ。

弓子さんが次の紙を置く。無言でその作業を繰《く》り返した。五十枚《まい》ちょっとの印刷はすぐに終わった。

「ああ、いけない」

機械を止めた弓子さんが声をあげた。

「どうしました?」

なにがあったのかと、あわてて訊《き》いた。

「インキ乾《かわ》かさなくちゃいけないから、今日《きょう》は裏面《うらめん》、印刷できない……」

弓子さんの言葉に僕《ぼく》もはっとした。

「ほんとだ」

弓子さんは困《こま》り果てた顔になっている。しっかりしているようでいて、ちょっとおっちょこちょいのところもあるんだな。

まあ僕《ぼく》も同じだけど。冊子《さっし》を作るなんて考えてもいなかったし……。

ははははっと声に出して笑った。弓子さんも笑い出す。

「まあ、大した量じゃないですし、裏面《うらめん》はあとで僕《ぼく》が刷って送ってもいいですよ。弓子さんさえよければ、明日《あした》作業の続きをしても……」

「おや、まだいたのか？」

そのとき入口から声がした。大叔父《おおおじ》だ。

「帰るときには電話入れろ、って言ってたのにいっこうにかかって来ないから、どうしたのかと思ってたんだよ。機械の音もしてるし、こんな時間までずっと作業してたのか？」

不思議そうに印刷機を見る。

「これは……」

刷り上がった紙に目をとめ、首をひねる。

「刷り具合はまずまずだ。でも、いつのまに……ノンブルまで……」

大叔父《おおおじ》は紙に目を近づけて眺《なが》める。

「昼ごはんを食べに行ったときに、なぜかこういう話になって……」

「もしかして、これ、冊子《さっし》にするつもりで……？」

「すみません、詩が素晴《すば》らしかったので……つい……。長々《ながなが》とお邪魔《じゃま》してしまって、申し訳《わけ》ありません」

弓子さんが頭をさげる。

「ここは使ってないから時間はかまわないんだが……。いや、練習していいとは言ったけど、こんなものまで作るとは、とんでもないお嬢《じょう》さんだ」

大叔父《おおおじ》が呆《あき》れたように言って、笑った。

「すみません……実はもう、裏《うら》も組んであるんです。でも、インキを乾《かわ》かすのに時間がかかることをすっかり忘《わす》れていて……」

「裏面《うらめん》も？」

台に置かれた裏面《うらめん》の版《はん》を見た。

「こっちは校正、まだか？」

版《はん》を見ながらぼそっと言う。

「うん。校正刷りもこの印刷機で出したから……」

「表面は印刷全部終わったんだな」

大叔父《おおおじ》に訊《き》かれ、うなずいた。

「じゃあ、裏面《うらめん》校正刷りを出して、チェックしろ」

「え？」

僕《ぼく》は訊《き》き返した。

「この紙なら、一晩《ひとばん》あればインキも乾《かわ》くだろう。お嬢《じょう》さん、今日《きょう》はこっちに一泊《ぱく》するんだったね」

「はい」

「じゃあ、明日《あした》帰る前にもう一回来て、裏面《うらめん》刷って帰りなさい」

「いいんですか？」

弓子さんが目を丸くした。

「あとで悠生《ゆうき》に刷らせてもいいが……。はじめたことはちゃんと最後まで自分でやった方がいいだろう？」

「はい」

弓子さんがうれしそうにうなずいた。

「でも、明日《あした》はこっちで見たいところがあるって言ってませんでしたか？」

「いえ、いいんです。それはそんなに時間がかかることじゃ、ありませんし。そもそも、行き着けるかどうか、あるかどうかわからないようなものですから……」

弓子さんは意味のわからないことをもごもご言った。

「それに、こっちの方が大事です。刷り上げて、持ち帰りたい」

「そうなんですか。それなら……」

ぼんやり答える。

「おい、悠生《ゆうき》。お前も手伝うんだぞ。で、そのあとこの人の行きたいところまで車で送ってやれ」

「あ、ああ、わかったよ」

言われなくても手伝うつもりだった。ちらっと弓子さんを見ると、もう表面の版《はん》を外そうと、手をのばしている。大叔父《おおおじ》が印刷機を挟《はさ》んで向かいに立つ。

「そうと決まったら、校正刷りまでしてしまおう。それから、晩飯《ばんめし》だ。うちに来てもらえ。たいしたものはないが、なにか用意するから」

「そんな……そこまでご迷惑《めいわく》は……。ご飯は大丈夫《だいじょうぶ》ですから……」

弓子さんが両手を胸《むね》の前で振《ふ》った。

「いや、わたしもうれしいんだ。まれびととはもてなすもの。そうだろう?」

大叔父《おおおじ》がにまっと笑った。

5

それから大叔父《おおおじ》といっしょに裏面《うらめん》をチェックした。修正《しゅうせい》すべきところを直し、印刷機の片《かた》づけを終えると、九時を過《す》ぎていた。弓子さんは、遅《おそ》くまですみませんでした、と平謝《ひらあやま》りだったが、大叔父《おおおじ》は上機嫌《じょうきげん》だった。

車で大叔父《おおおじ》の家に行く。大叔母《おおおば》は、お客さん連れてくるならもっと早く言ってよ、なにもないわよ、と大叔父《おおおじ》にぶつぶつ文句《もんく》を言っていたが、冷蔵庫《れいぞうこ》にあるもので簡《かん》単《たん》なつまみを作ってくれた。さらに秘蔵《ひぞう》のあれやこれやも出してくれて、食卓《しょくたく》はけっこうにぎやかになった。

大叔父《おおおじ》は勝手に酒を出して来て飲みはじめた。弓子さんにも酒をすすめている。僕《ぼく》はこのあと弓子さんを車で送らなければならないから飲めない。お茶とつまみで我慢《がまん》するしかなかった。

大叔母《おおおば》は、女性《じょせい》がひとりで印刷所を営《いとな》んでいる、というのが信じられないようで、こんな華奢《きゃしゃ》な人が、嘘《うそ》でしょ、と何度も弓子さんに訊《き》いていた。

「どうして？　なんで印刷の仕事をしようと思ったの？」

弓子さんが経緯《けいい》をぽつぽつと話す。

「でも、反対されなかった？　ご両親とか……」

大叔母《おおおば》が訊《き》いた。

「いえ、父も母も、もう亡《な》くなっているので……。きょうだいもいませんし」

弓子さんの言葉にはっとした。ご両親のことは聞いてなかった。お父さんが印刷所を継《つ》がなかった、という話は聞いたが、いまどうしているかまでは……。

「そうなの？　でも、お父さんもお母さんもまだお若《わか》いでしょ？」

大叔母《おおおば》は容赦《ようしゃ》なくどんどん切り込《こ》んでいく。

大叔父《おおおじ》はただ黙《だま》って酒を飲みながら、その話を聞いていた。

「母はわたしが小さいころ病気で。父は三年前、病気で亡《な》くなりました。それまでは別の場所に住んでたんですけど、父が亡《な》くなったあと、相続のことがあったから、空き家になっていた祖父母《そふぼ》の家を見に行ったんですよ」

「それで住みはじめたの？」

「はい。母が亡《な》くなったあと祖父母《そふぼ》に預《あず》けられていたので、もともと住んでた家だったんです。だから、なつかしくて……」

「ひとりになっちゃったら、さびしいもんねえ。むかし住んでた家だったら、少しは安心するわよねえ」

大叔母《おおおば》が、うんうん、とうなずく。

「でもなあ、ほんとうに、ずっと印刷所でやっていくつもりなのかな？」

それまで黙《だま》っていた大叔父《おおおじ》が口を開いた。

「大型《おおがた》印刷機、わたしが見ればなおせるかもしれない。行ってみてやってもいい」

そう言って、咳払《せきばら》いした。

「ほんとですか？」

弓子さんが身を乗り出す。

「東京に行く用事はほかにもあるし、こいつが休みの日にいっしょに行く」

大叔父《おおおじ》が僕《ぼく》を見た。

「うちにはあの平台の予備《よび》の部品もいくつか保管《ほかん》してあるからね。交換《こうかん》が必要だったとしても、たぶんなんとかなる。いったん動くようになれば、あんたなら動かすことはできるだろう。問題はトラブルが起こったときくらいかな。それだって、こいつが埼玉《さいたま》にいるうちはなんとか対応《たいおう》してやれる」

「そんな……」

弓子さんが申し訳《わけ》なさそうな顔になった。

「だが、ローラーを巻《ま》き替《か》えるのにはお金もかかる。メンテナンスだって、手間がかかるぞ。名刺《めいし》やカードを刷るくらいなら、手《て》キンや小型《こがた》自動機で事足りる。なぜ平台を動かしたいんだね？　動かしてなにをしたい？」

大叔父《おおおじ》がじっと弓子さんを見た。

「それは……」

弓子さんは口ごもり、うつむいた。

「いや、あんたがなにをしたいか、じゃないな。そういう仕事の依頼《いらい》が来るか、ってことだ。正直、うちのような印刷会社とあんたのところでは仕事の仕方もちがうだろうから、どんな仕事が来るか、わたしには想像《そうぞう》もつかないんだが……」

大叔父《おおおじ》はそこで一度言葉を切り、天井《てんじょう》を見上げる。

「あんたがその印刷所に思い入れを持っているのはわかる。だが、それはお祖父《じい》さんたちが生きてたころの姿《すがた》に近づけたい、ってだけなんじゃないかね？　いまのような仕事をするだけなら、平台まで動かすことはないと思うんだ」

大叔父《おおおじ》の言葉に弓子さんが顔をあげる。

「うちの活版《かっぱん》の機械はどれもみんな動く。鋳造機《ちゅうぞうき》も母型《ぼけい》もあるから、活字の補充《ほじゅう》もできないことはない。だが、兄が亡《な》くなって、組版《くみはん》をできるものがいないんだよ」

組版職人《くみはんしょくにん》がいなければ、道具がそろっていても印刷はできない。

「うちの会社ではもう活版《かっぱん》の出番はない。わたしが活版《かっぱん》の仕事をしてたのは、活版《かっぱん》印刷が現役《げんえき》の実用品だったころだ。あのころはなんでも活版《かっぱん》で刷られていた。百科事典も本もチラシも包装紙《ほうそうし》も伝票も。みんな食うために印刷の仕事をしてた」

弓子さんはじっと大叔父《おおおじ》の話に耳を傾《かたむ》けている。

「あのイベントに行ったときは驚《おどろ》いた。活版《かっぱん》印刷が贅沢品《ぜいたくひん》になるなんて理解《りかい》できなかったんだ。もちろんわたしたちはみんな誇《ほこ》りを持って仕事していたよ。だけどそれはきれいなものを作るってだけじゃない。なにかを伝えたい、広めたいという欲《よく》望《ぼう》……汚《きたな》いものまで含《ふく》めての人間のいろんな営《いとな》みを支《ささ》えるためだった」

大叔父《おおおじ》は酒をぐいっと飲んだ。

「本、新聞、お役所の書類、商品のパッケージ……。印刷っていうのは、政治《せいじ》、経《けい》済《ざい》、文化、教育、社会のすべてに関わる仕事だ。わたしたちはそれを担《にな》ってきた。あの形が悪いとは思わない。ああやって、まだまだ活版《かっぱん》に思い入れがある人がたくさんいるのを見ると胸《むね》が熱くなるし、活版《かっぱん》を知らない世代が喜《よろこ》んでいるのもうれしかった。あんたがあの仕事を大切にして、人とつながっているのもよくわかる。わたしたちにはできない、新しい形だ。だが、もし今後も小物を作るのがメインなら、平台を動かすまではしなくていいんじゃないか？」

「そうかもしれません」

弓子さんが大叔父《おおおじ》の目をじっと見た。

「でも、わたしは……」

そこでじっと黙《だま》る。

「たぶん、本を作りたいんだと思います」

「本？」

大叔父《おおおじ》が目を丸くした。

「仕事があるのかはわかりません。でも『我《われ》らの西部劇《せいぶげき》』を作ったとき、次は一から本を作りたい、と感じました」

弓子さんは低い、落ち着いた声で言った。

「最初は活版《かっぱん》印刷が仕事になるとは思ってませんでした。でも、大事に使ってくださる方もたくさんいた。だから、活字で本を作りたい、という方もいるかもしれない。もしいるなら、それに応《こた》えたい。うちには機械があるのだから。そう思ったんです」

弓子さんの言葉に、大叔父《おおおじ》がうなった。

「パソコンで組んだのを樹脂凸版《じゅしとっぱん》にするんじゃなくて、全部活字で組む、ってことですか？」

僕《ぼく》は訊《き》いた。

「はい。活字で組みたいです」

「本を作るとなったら大変なことだぞ。『我《われ》らの西部劇《せいぶげき》』はほとんどお祖父《じい》さんが組んだものなんだろう？　あれを最初から組むんだ。相当な手間だし、それこそひとりでできることじゃない。工賃《こうちん》だって……」

「だから最初はページ数の少ない冊子《さっし》からはじめたいと思います。内容《ないよう》も、文字数の少ない句集《くしゅう》、歌集、詩集がいいかもしれません。でも、あの印刷機が使えれば、絵と文字を組み合わせた大判《おおばん》の絵本のようなものも刷れるでしょう」

たしかにその通りだ。

「包装紙《ほうそうし》やポスター、地図も作れる。求める人はいると思うんです」

「大判《おおばん》のカレンダーや商品パッケージも作れる。需要《じゅよう》はあるんじゃないかな」

僕《ぼく》は言った。

「そうよ、むずかしいむずかしいばっか言っててもしょうがないし、ケチケチしないで行って見てあげればいいじゃないの」

大叔母《おおおば》にもつつかれ、大叔父《おおおじ》はじっと黙《だま》っている。

「わかった」

しばらくして、大きく息をついて、大叔父《おおおじ》が言った。

「近々《ちかぢか》東京に行こう」

「ほんとですか？」

弓子さんが目を丸くする。

「お前たちの言う通りかもしれない。動かしてみなければはじまらない。わたしもあと何年働けるかわからないし、いまできることをしておかないとな」

大叔父《おおおじ》は笑った。


大叔父《おおおじ》のところを出たときには、十一時をすぎていた。宿まで送るため、車に乗った。大叔父《おおおじ》にすすめられて弓子さんもけっこう酒を飲んでいたはずだが、顔に出ない体質《たいしつ》らしい。いつもと変わらない顔色だった。

「いろいろありがとうございます。楽しかったです」

弓子さんが言った。

「そうですか。それはよかった。大叔父《おおおじ》も喜《よろこ》んでたと思いますよ」

運転しながら僕《ぼく》は答えた。

「そうでしょうか」

弓子さんがぼそっと言う。

「大叔父《おおおじ》があんなふうに笑うの、久《ひさ》しぶりに見ました。あの機械を久《ひさ》しぶりに動かして、楽しかったんだと思いますよ。弓子さんがあの機械で本を作りたい、って言ったとき、驚《おどろ》いてたなあ。そういえば工場に来てあの本刷りを見たときも……」

あの顔を思い出すと、笑いそうになる。

「すっかりお世話になってしまって……しかもうちの機械を見てくださる、って……なんだか申し訳《わけ》なくて……」

「まあ、同じ機械を持ってるなんて、なにかの縁《えん》ですからね」

信号に引っかかり、止まる。

「うちの機械も、いつまであそこに置いておけるかわからない。新しい部署《ぶしょ》が作られるかもしれないし。大叔父《おおおじ》が生きているあいだは置いておきたいと思ってますが、大叔父《おおおじ》もいつかは処分《しょぶん》するもの、と覚悟《かくご》はしてるんですよ」

「大きな会社は、いろいろむずかしいんですね。うちはわたしひとりしかいないから、なんでもひとりで決めるしかない。気楽ではありますけど……」

なんでもひとりで決める……。そうなのか、と思った。

少しうらやましい気もした。僕《ぼく》はずっと会社のなかで生きてきた。だからどうしても、会社にとってどうか、という視点《してん》で考えてしまう。自分の思い通りにならないこともある。だが個人《こじん》で生きれば、すべての責任《せきにん》をひとりで背負《せお》わなければならない。それができるか、と問われると自信がなかった。

「あ、川だ。きれいですね」

弓子さんが言った。車は北上川《きたかみがわ》にかかる橋を渡《わた》っていた。

「そうですか？」

「ええ。月の光でときどき水面《みなも》が光るんです」

「停《と》めてみますか？　たしか河原《かわら》に降《お》りられるところがありますよ」

「ほんとですか？　ちょっとだけ見てみたいです」

車で川に近づくためには、住宅地《じゅうたくち》を通って回り道しなければならない。少し迷《まよ》いながら、細い路地を抜《ぬ》けて土手の道に出る。

車をおりて、川を見下ろした。河原《かわら》には芝《しば》が植えられ、きれいに整備《せいび》されていた。

休日の昼間はジョギングしたり、散歩したり、子連れで遊びにくる人もいるのだろう。

「すごいですね。水が、こんなに近い」

川を見ながら、弓子さんが言った。

「昨日《きのう》大雨が降《ふ》りましたからね。増水《ぞうすい》して、今日《きょう》は特別水量が多いみたいです。この少し上流で、北上川、雫石川《しずくいしがわ》、中津川《なかつがわ》が合流するんです。ここは三本が合流してすぐの場所なんですよ」

「そうなんですか。増水《ぞうすい》した川って、すごいですね。大きくて、速くて、なんでも流していってしまう気がする」

暗い川をじっと見ながら、弓子さんがつぶやく。

「でもきれい。力強くて、目が離《はな》せなくなる」

僕《ぼく》も弓子さんのとなりに立ち、川を眺《なが》めた。

「あの、弓子さん」

弓子さんが僕《ぼく》の方を見た。

「今日《きょう》はありがとうございました」

ずっと言おうと思っていたことを思い切って言った。

「どうしてですか？　お世話になったのはこちらの方で……ご迷惑《めいわく》ばかり……」

弓子さんが驚《おどろ》いた顔になってこっちを見る。

「いえ、ちがうんです。そうじゃ、ないんです」

どう言ったらいいかわからず、空を見た。

「なんて言ったらいいのかな。うれしかったんです。祖父《そふ》の組んだ文字が紙の上に現《あらわ》れたとき。あれは、僕《ぼく》がしなければならないことだった」

僕《ぼく》はようやく言った。

「僕《ぼく》も前々《まえまえ》からあれを形にしたいと思っていたんです。たぶん、大叔父《おおおじ》も。でも、会社で大っぴらにするのは気が引けて……。いや、ちがうな」

口ごもる。弓子さんが不思議そうに僕《ぼく》を見た。

「祖父《そふ》があれを組み始めたのは、震災《しんさい》のあとでした」

「震災《しんさい》……」

東日本大震災《ひがしにほんだいしんさい》のあとのことだ。

「地震《じしん》のあと、活字が棚《たな》から全部落ちてしまったんです。見に行ったときは、ばらばらの活字が山のように積み上がっている状態《じょうたい》でした。結束して保管《ほかん》してあった版《はん》も、ほとんど崩《くず》れてダメになって、もう一度組むなんてことは到底《とうてい》無理でした」

あのころまで活版《かっぱん》の設備《せつび》を残していた印刷所はほとんどないだろう。うちは祖父《そふ》が古い客と取引していたから特別に残されていた。だがそれも震災《しんさい》で終わった。

「床《ゆか》に散乱《さんらん》した活字はもう使えない。全部処分《しょぶん》しよう。大叔父《おおおじ》も父も言いました。でも、祖父《そふ》はあきらめなかった。工場が一段落《だんらく》すると、ひとりで活字を棚《たな》に戻《もど》しはじめたんです。戻《もど》し終わると、黙々《もくもく》と八木重吉《じゅうきち》の詩を組みはじめた」

祖父《そふ》はもう年で、身体《からだ》も弱っていた。それでも二年間、少しずつあの版《はん》を組んで行ったのだ。なんのために、とか、組んでどうするのかについてはなにも語らずに。使っていない設備《せつび》ということもあって、会社も黙認《もくにん》していた。

「亡《な》くなる少し前、あの版《はん》を見ながら祖父《そふ》は言っていました。この人の言葉に、この人と家族がこの世界にいたことに、いつも心打たれる。いつまでも残しておきたいと思う。自分が印刷に願うのはそういうものだ、って」

きっとだからなんだ。大叔父《おおおじ》と僕《ぼく》があの印刷機と活字を残しておきたかったのは。祖父《そふ》の思いがそこに残っているから。せめて、あの八木重吉《じゅうきち》の版《はん》を印刷するまでは……。どこかでそう思っていたのかもしれない。活用できるとか、社のためになるとか、そんな計算じゃない、個人的《こじんてき》な思いだった。

「あのときは大変でした。本町《ほんちょう》印刷には、沿岸部《えんがんぶ》にも事業所がありました。そこが津波《つなみ》で流されて……従業員《じゅうぎょういん》やその家族にもたくさん死傷者《ししょうしゃ》が出た。僕《ぼく》の知り合いも何人か亡《な》くなりました」

「そうだったんですね」

「こういう暗い川の縁《ふち》に立っているみたいだった。足元が崩《くず》れて、自分も暗い流れに巻《ま》き込《こ》まれそうな気がしてた」

いまもときどき、胸《むね》のなかにあのときの暗い川のようなものが流れているのを感じることがある。

「そんななかで、祖父《そふ》はただひとり、黙々《もくもく》と活字を組んでいた。その姿《すがた》を見ることで、大叔父《おおおじ》も僕《ぼく》も平静を保《たも》っていた。心の支《ささ》えだったんです。だから、使わないとわかっていても、その版《はん》は捨《す》てられない。平台も捨《す》てられない。でもあれを刷ろうとは思わなかった」

大叔父《おおおじ》も僕《ぼく》も、棚《たな》に置かれた版《はん》を遠くから見ているだけだった。

「さっき紙の上にあの詩が刷られたのを見て、ああ、すごいな、って思ったんです。ずっとむかし生きていた人の声が浮《う》き上がってくるようだった。死に向かって歩いていた人の言葉なのに、美しくて、ただ澄《す》んでいて、しんと明るかった。印刷して、言葉に向き合わなければ、わからないことだった」

うつむいて、川の音を聞く。

「自分が印刷に願うのはそういうものだ。祖父《そふ》はそう言いました。僕《ぼく》はこわかったのかもしれない。祖父《そふ》のその言葉にきちんと向き合うことが。それを受け止め、考える自信がなかった。この暗い川のように、引き込《こ》まれそうでこわかった」

心のなかの濁流《だくりゅう》が、外に流れ出していくような気がした。

きつく死をみつめた私《わたし》のこころは
桃子《ももこ》がおどるのを見てうれしかった

「踊《おどり》」という詩の一節が頭のなかによみがえってくる。どうしてこんなに光っているのだろう。雨の雫《しずく》のように、世界を映《うつ》し、光っている。

死に向かって歩いていたからなのか。そういう強さなのか。平易《へいい》で、子どものような言葉に見えて、ところどころに血のように命がにじむ。

「少しわかる気がします」

弓子さんの声がした。

「わたし、ずっと心のどこかで、生きているのは、明るい、素晴《すば》らしいことだって思ってたんです。でも、父が病気になって……死に向かって行く父といっしょに過《す》ごしながら思いました。明るくも素晴《すば》らしくもないんじゃないか、って」

じっと暗い川を見ている。

「わたしたちは生まれてしまったから生きてるだけ。死ぬまで続く地獄《じごく》のような道をひとりで歩き続けているだけ。どんなふうに生きたって、みんな最後はひとりで死ぬ。素晴《すば》らしいことなんか、どこにも、なにもない」

川の遠くが光る。ずっとずっと遠いところまで、ときどきちらりちらりと光る。

「亡《な》くなったあとも……。でも、いまは少し変わりました」

弓子さんがこっちを見る。

「生きることが素晴《すば》らしいって信じていられたのは、そう信じさせてくれた人がいたから。子どものころ、まわりの大人《おとな》がそう信じさせてくれたから。みんな暗い道を歩いているのに、わたしの前を照らしてくれた。だから、感謝《かんしゃ》しよう、って」

呆然《ぼうぜん》と弓子さんを見る。この人はきっと暗い道をひとり歩くために、印刷を続けている。僕《ぼく》の祖父《そふ》がそうしたのと同じように。いまの世の中でどうするのが良いかとか、なにができるのか、なんてこととは関係なく、ただ光を灯《とも》すために活字を拾っている。

「そうかもしれないですね。人生はきっとただの苦しい道なんだろうけど、歩いていれば素晴《すば》らしいことも起こるかもしれない」

うつむいてつぶやいた。そう、いまのように。こんなふうに思いがけず、大事なことをほかの人と語り合える瞬間《しゅんかん》が訪《おとず》れることだって……。

もしかしたら大叔父《おおおじ》は、『我《われ》らの西部劇《せいぶげき》』を見たときに、祖父《そふ》の版《はん》のことを思い出していたのかもしれない。今回あの版《はん》を出してきたのも……。この人は、僕《ぼく》たちの願いを知らず知らずくみ取ってくれたのかもしれない。

顔をあげ、弓子さんを見た。

「明日《あした》、裏面《うらめん》、いっしょに刷りましょう」

息をつき、ゆっくり言った。

「はい。よろしくお願いします」

弓子さんが微笑《ほほえ》み、うなずいた。

6

翌日《よくじつ》の午前中、弓子さんがふたたびやってきた。今度は大叔父《おおおじ》もいて、細かいところをチェックしてもらいながら裏面《うらめん》を刷った。

「これ、どうするのかね」

表裏《おもてうら》刷り上がった紙の束を見ながら、大叔父《おおおじ》が言った。

「持って帰って製本《せいほん》します。十六ページですから、背中《せなか》を糸でかがるだけでいい。『我《われ》らの西部劇《せいぶげき》』を製本《せいほん》してくれた人から教わって、自分で製本《せいほん》してみてもいいかな、って」

「そんなことをしていて、仕事は大丈夫《だいじょうぶ》なのか」

「空いた時間にゆっくりやります」

弓子さんは笑った。

「今度そちらを訪《たず》ねるときまでに、できているといいな」

大叔父《おおおじ》も笑った。

「直せるものなのか機械の状態《じょうたい》を見てみないとわからないが、ともかくやってみよう。動くとわかったら、ローラーを巻《ま》き替《か》えて……実際《じっさい》に動かすのはそれからだ」

「はい」

「最初のうちは僕《ぼく》が毎週行きますよ」

僕《ぼく》は言った。

「え?」

弓子さんが驚《おどろ》いたように僕《ぼく》を見る。

「そうだな。なにかと調整が必要だろうし……」

大叔父《おおおじ》がうなずく。

「いいんですか? お仕事もお忙《いそが》しいのに……」

「休みの日に行きますから。僕《ぼく》も活版《かっぱん》を活用する道を模索《もさく》したい。やってみなければはじまらない。それでうまくいくかわからないけど……」

「うまくいくかわからない、じゃない。うまくいかせろ」

大叔父《おおおじ》が苦笑いする。

「やるからには結果を出せ」

耳が痛《いた》かった。


弓子さんは今日《きょう》じゅうに東京に戻《もど》ればいいということで、まだ時間があった。弓子さんが見たいと言っていた場所に案内したくて、盛岡《もりおか》まで車を走らせた。

「なんていうところなんですか、見に行きたいところって」

運転しながら訊《き》く。

「それが……わからないんです」

弓子さんが困《こま》ったように答えた。

「わからない？」

「名前とか、番地とか、そういうことは全然……」

口ごもり、しばらく黙《だま》っている。

「実は……。母はわたしが幼《おさな》いころに亡《な》くなった、ってお話ししましたよね」

「ええ」

「その母の出身地が、盛岡《もりおか》だったんです」

「そうなんですか？」

「はい。ただ、母方の親戚《しんせき》のことがまるでわからなくて……。あまり付き合いがなかったそうで、父もよく知らなかったんです。だけど……」

弓子さんが口ごもる。

「母は短歌を作っていたんです。そのノートが残っていて。ときどき盛岡《もりおか》に住んでいたころのことが出てくるんです。子どものころ住んでいた家のあたりのこととか。歌の描写《びょうしゃ》をたよりに、母が住んでいたあたりに行ければいいなあ、と……」

「なるほど。そういうことだったんですね」

「はい。ぼんやりした話で……すみません」

弓子さんが申し訳《わけ》なさそうに言う。

「いえ、むしろそういうことならなおさら、地元の人間がついてないと。で、その歌になにか手がかりのようなものはないんですか？」

「短歌なので、はっきりした地名は出てこないんです。でも、北上川はよく出てきました。川沿《かわぞ》いを歩く、とか、川を眺《なが》めた、とか……」

「北上川なんですか？　中津川《なかつがわ》と雫石川《しずくいしがわ》って川もありますが」

「いえ、北上川、ってはっきり書いてあるものもあったので、北上川だと思います。あと、木の格子《こうし》の窓《まど》とか、酒造店《しゅぞうてん》の蔵《くら》とか……」

「格子《こうし》の窓《まど》に酒造店《しゅぞうてん》の蔵《くら》……？　鉈屋町《なたやちょう》のあたりかな。あそこなら川も近いし、川が合流したあとだし……」

「鉈屋町《なたやちょう》？」

「町家の古い町並《まちな》みが残っていて、観光客にも人気があるところですよ。いちばんそれらしい気がしますし、まずそこに行ってみましょうか」

「はい。ありがとうございます」

鉈屋町《なたやちょう》なら市街地より近い。八幡宮《はちまんぐう》より手前からはいれたはず。

車を走らせ、鉈屋町《なたやちょう》に向かった。

「なんとなく……川越《かわごえ》に似《に》てますね」

車が鉈屋町《なたやちょう》に入ったあたりで、窓《まど》の外を眺《なが》めていた弓子さんが言った。

「そうなんですか？　すみません、川越《かわごえ》、行ったことないんです。写真はときどき見ますけど、どんなところかよくわかっていなくて」

僕《ぼく》は言った。

「川越《かわごえ》は蔵造《くらづく》りの町並《まちな》みで有名なんです。同じように古い建物が並《なら》んでいて……。建物の感じはだいぶ違《ちが》うんですけど……」

「蔵造《くらづく》り……喜多方《きたかた》みたいな感じでしょうか」

「すみません、喜多方《きたかた》は行ったことがないんです」

申し訳《わけ》なさそうに言う。

「僕《ぼく》も川越《かわごえ》を知らないし、あやまらなくても……」

僕《ぼく》が笑うと、弓子さんもほっとしたように笑った。

「蔵造《くらづく》りはふつうの蔵《くら》とはちょっと違《ちが》うんですよ。母屋《おもや》のほかに蔵《くら》があるんじゃなくて、店蔵《みせぐら》って言って、蔵《くら》のような建て方をした商家っていうか……」

「鉈屋町《なたやちょう》も商人の町だったみたいですよ。水運で物資《ぶっし》を運んでたとか……」

「あれはなんですか？」

弓子さんが消防《しょうぼう》センターの望楼《ぼうろう》を指す。

「櫓《やぐら》です。消防施設《しょうぼうしせつ》の」

「そうなんですか。川越《かわごえ》にもああいう塔《とう》があるんです。そっちは『時の鐘《かね》』って言って、鐘《かね》つき堂《どう》なんですけど」

弓子さんは望楼《ぼうろう》を見上げている。

車を「もりおか町家物語館」の駐車場《ちゅうしゃじょう》にとめ、歩き出した。

短歌に、日本酒の蔵元《くらもと》らしい建物やお酒の匂《にお》いが出てくる、ということだったので、まずは近くにある「あさ開」の酒蔵《さかぐら》に向かった。明治創業《そうぎょう》の蔵元《くらもと》で、酒造《さけづく》りの見学もできる。白い建物のまわりを歩くと、たしかにほんのりと日本酒の香りがした。

「このあたりだったんでしょうか」

「木の格子《こうし》といい、お酒の匂《にお》いといい、歌に出てくる通りだし、このあたりだったような気がしますすね」

弓子さんはあたりを見回しながら言った。生家の住所はわからない。母方の親戚《しんせき》とは縁《えん》が切れてしまっているので、聞くあてもないらしい。

「そこまでわからなくてもいいんです。母が暮《く》らしていたあたりの雰囲気《ふんいき》を知りたかっただけなので」

細い道を歩きながら、弓子さんはさばさばと言う。

しばらく歩いていると、公園が見えてきた。

「あれ、なんでしょう？　仏像《ぶつぞう》みたいなものがたくさん並《なら》んでますけど……」

「仏像《ぶつぞう》？　ああ、あれは羅漢像《らかんぞう》ですね。十六羅漢《らかん》だったかな」

「羅漢《らかん》？」

弓子さんは首をかしげ、羅漢像《らかんぞう》の方に近づいて行った。広場をぐるっと取り囲《かこ》むように、十六体の羅漢《らかん》が建立《こんりゅう》されている。

「ひとりずつ顔が違《ちが》うんですね」

看板《かんばん》の説明には、江戸《えど》時代、元禄《げんろく》・宝暦《ほうれき》・天明《てんめい》・天保《てんぽう》の大凶作《だいきょうさく》で出た餓死者《がししゃ》を供《く》養《よう》するためのもの、とある。もともとは寺のなかにあったものらしいが、明治維新《いしん》後にその寺が廃寺《はいじ》となり、いまは羅漢像《らかんぞう》だけが残っている。

かたむいた日がゆったりと羅漢像《らかんぞう》を照らしている。

「そういえば、母の歌のなかに、羅漢《らかん》さまと夕日を浴びる、みたいな作品がありました。やっぱりこのあたりなんだと思います」

弓子さんは羅漢像《らかんぞう》を一体ずつめぐり、手を合わせた。

それから原敬《はらたかし》の墓所《ぼしょ》のある大慈寺《だいじじ》や、その近くの青龍水《せいりゅうすい》という井戸をめぐった。青龍水《せいりゅうすい》は共同の井戸で、いまも近所の人が使っている。長方形で、飲料水、米とぎ用、洗濯用《せんたくよう》の三つに仕切られている。

お母さんの歌にも井戸は出てくるらしく、井戸というからてっきり丸いものかと思ってました、と弓子さんは笑っていた。

表札に弓子さんのお母さんの旧姓《きゅうせい》を探《さが》したが、当てずっぽうで見つかるわけもない。もう家もないかもしれない。それでもなんとなく歩き続けた。弓子さんはなにも言わない。でも顔はおだやかだった。

鉈屋町《なたやちょう》を抜《ぬ》け、神子田町《みこだちょう》の家々《いえいえ》の並《なら》ぶ路地をしばらく歩いて行くと川が見えた。

「ああ、昨日《きのう》降《お》りた河原《かわら》、あそこですよ」

僕《ぼく》は対岸を指した。

盛岡《もりおか》バイパスが北上川を渡《わた》る場所、南大橋のたもとまで来ていた。昨日《きのう》の夜ふたりで降《お》りた河原《かわら》が向かいに見えていた。

西の空が少し赤くなってきている。

「ありがとうございました。母はまちがいなくここにいたんだ、って感じることができました。なにもかも、母の歌の通りでした」

ふたりで川を見る。

「母はいろいろあってここを出たみたいですけど……でも、ここの空気をなつかしいと思う気持ちは強かったんだろうと思います。河原《かわら》を歩いている歌もたくさんありました。山もよく出てきますが、岩手山のことだったんですね」

そう言って、土手の階段《かいだん》を降《お》りてゆく。

「母が残した短歌を読むと、ときどき気配だけ、ふうっとよみがえるときがある。頬《ほほ》を撫《な》でる指先の感じとか、頭を撫《な》でる手のひらの感じとか。一瞬《いっしゅん》だけで、すぐ消えてしまうけど……」

最後の段《だん》をぴょんっと飛び降《お》りる。

「最近、短歌のノートが残っててよかったなあ、ってすごく思うんです。母の亡《な》くなった年に近づいたからかな」

立ち止まり、僕《ぼく》の方を向いた。

「本を作りたい、っていうのも、そのノートのことがあるからかもしれません。最近、母の友だちが短歌を一首選んでカードにしてくれたんです。うちで印刷して、むかしのお友だちに送ってくれた。なぜかすごくほっとしました。歌が紙飛行機になって飛んでいくみたいで……ああ、よかったなあ、って」

弓子さんが空を仰《あお》ぎ、深呼吸《しんこきゅう》した。

「別に、母の歌集を作りたい、ってわけじゃないんです。母がいないいま、どうまとめたらいいかわからないし、本にする意味があるのかもわかりません。でも、思いを文字にして世に出したいと思っている人は、いまもたくさんいると思うんです。母は叶《かな》えられなかったことだけど、そういう人のお手伝いをしたいな、って」

胸《むね》を突《つ》かれた。

思いを文字にして世に出す、その手助け。僕《ぼく》がしたかったのもそういうことなんじゃないか。

――この人の言葉に、この人と家族がこの世界にいたことに、いつも心打たれる。いつまでも残しておきたいと思う。自分が印刷に願うのはそういうものだ。

祖父《そふ》の声が耳に響《ひび》く。

会社が、とか、印刷業界が、とか、そんなことには関係なく、僕《ぼく》もそんな思いから印刷の仕事についたのだ。

「お母さん……」

川の方を見ながら、弓子さんが小声でつぶやく。

「あ、すみません。一度、こんなふうに声に出して呼《よ》んでみたかったんです」

僕《ぼく》が見ると、恥《は》ずかしそうに笑った。この人は、呼《よ》んだことがなかったんだな。みんながお母さん、お母さん、と日に何度も呼《よ》ぶ時期にも。

「いいんじゃないですか。声に出したら」

僕《ぼく》が言うと、弓子さんは少し微笑《ほほえ》んで、水辺に歩いて行った。僕《ぼく》はただ突《つ》っ立って、そのうしろ姿《すがた》を見ていた。華奢《きゃしゃ》な身体《からだ》が水際《みずぎわ》に立っている。

「わたし、ここにいるよー。生きて、ちゃんと歩いてるよー」

弓子さんが川に向かって叫《さけ》ぶ。

紙飛行機を飛ばすように。

この人を手伝いたい。突然《とつぜん》そう思った。なぜだろう。まだ二度しか会ったことがないのに。この人のことをまだなにも知らないのに。

夕日を浴びて、川面《かわも》がきらきらと光っていた。

執筆《しっぴつ》、扉写真撮影《さつえい》にあたり、九ポ堂の酒井草平《さかいそうへい》さん、葵《あおい》さん、緑青《ろくしょう》社《しゃ》の多田陽平《ただようへい》さん、岡城直子《おかしろなおこ》さんには多大なご協力をいただきました。川口印刷工業《かわぐちいんさつこうぎょう》株式会社の矢後保博《やごやすひろ》さんからは印刷所に関する貴重なお話をうかがいました。川越の町、スカラ座の取材につきましては、櫻井《さくらい》印刷所の櫻井理恵《さくらいりえ》さんにご尽力《じんりょく》いただきました。また、三章扉写真の植物の樹脂凸版《じゅしとっぱん》には妹・山崎《やまざき》みのりの絵を使用いたしました。皆様に深く感謝《かんしゃ》いたします。

Letter Press
Printing
Crescent

特装版
活版印刷三日月堂
庭のアルバム

2020年4月　第1刷発行

著　者　ほしおさなえ
発行者　千葉均
編　集　森潤也
発行所　株式会社ポプラ社
〒102-8519
東京都千代田区麹町4-2-6
電話　03-5877-8109（営業）
03-5877-8108（編集）
ホームページ　www.poplar.co.jp
印刷・製本　中央精版印刷株式会社
装　画　中村至宏
ブックデザイン　斎藤伸二（ポプラ社デザイン室）

N.D.C.913/327p/20cm
ISBN 978-4-591-16567-6

P4157003

本書は2017年12月にポプラ社より刊行されたポプラ文庫『活版印刷三日月堂　庭のアルバム』を特装版にしたものです。